W0208949

Alejandro Palomas

D'abord traducteur des ouvrages de Gertrude Stein, Katherine Mansfield, Willa Cather ou encore Jack London, Alejandro Palomas devient ensuite journaliste et scénariste. Il a été finaliste de nombreux prix littéraires en Espagne. Énorme succès dans ce pays, traduit dans une dizaine de langues, *Une mère* (Le Cherche Midi, 2017) est son premier roman publié en France, suivi de *Tout sur mon chien* (2018) chez le même éditeur.

UNE MÈRE

ALEJANDRO PALOMAS

UNE MÈRE

Traduit de l'espagnol
par Vanessa Capieu

cherche midi

Titre original :
UNA MADRE

Ouvrage publié en collaboration
avec l'agence littéraire Sandra Bruna, SL.

MIXTE
Papier issu de sources responsables
FSC® C003309

Pocket, une marque d'Univers Poche, est un éditeur qui s'engage pour la préservation de son environnement et qui utilise du papier fabriqué à partir de bois provenant de forêts gérées de manière responsable.

Le Code de la propriété intellectuelle n'autorisant, aux termes de l'article L. 122-5, 2° et 3° a, d'une part, que les « copies ou reproductions strictement réservées à l'usage privé du copiste et non destinées à une utilisation collective » et, d'autre part, que les analyses et les courtes citations dans un but d'exemple et d'illustration, « toute représentation ou reproduction intégrale ou partielle faite sans le consentement de l'auteur ou de ses ayants droit ou ayants cause est illicite » (art. L. 122-4).
Cette représentation ou reproduction, par quelque procédé que ce soit, constituerait donc une contrefaçon, sanctionnée par les articles L. 335-2 et suivants du Code de la propriété intellectuelle.

© Alejandro Palomas, 2014
© le cherche midi, 2017, pour la traduction française
ISBN : 978-2-266-27762-4
Dépôt légal : avril 2018

Le bon funambule sait
qu'en réalité le vide est en haut.

À tous ceux qui se tiennent en équilibre.
À ma mère.
Et à Rulfo, toujours.

Livre 1

QUELQUES LUEURS ET BEAUCOUP DE ZONES D'OMBRE

« On ne peut pas trouver la paix
en évitant la vie, Leonard. »

Virginia Woolf dans le film *The Hours*,
tiré du roman homonyme de Michael Cunningham

1

Maman avait dit qu'elle s'occuperait des fleurs, mais avec toute cette agitation, elle a oublié de passer chez le fleuriste cet après-midi, donc il n'y en aura pas. Maintenant, elle compte des grains de raisin à côté de moi. Elle les détache précautionneusement de leur grappe, avec en fond sonore la radio qui braille triplement dans le petit appartement : dans le transistor posé près de l'évier, dans celui qu'elle a laissé allumé dans sa chambre et enfin dans celui de la salle de bains qu'elle n'éteint que très rarement. Nous sommes assis à la table du séjour, elle est occupée à compter son raisin et moi à plier les serviettes en papier rouges à motifs de Noël, tandis que dans le four le velouté refroidit en même temps qu'une viande, censée être de la dinde, à l'apparence indéfinie.

Dehors, il fait nuit noire. Par terre, blotti contre le canapé, Max dort. Sa tête baigne dans une petite flaque de salive et sa patte est secouée de tics nerveux dans son sommeil. Shirley, la petite chienne de maman, roupille aussi dans son panier près de lui, sous sa couverture écossaise.

Barcelone. Le 31 décembre.

« Nous serons cinq, déclare maman. Sans compter Olga, évidemment. » Olga est la compagne d'Emma, ou, comme ne manque pas de le rappeler Silvia quand Emma n'est pas dans les parages, la « pièce rapportée », ce qui explique pourquoi maman la compte à part. Ce n'est pas par mépris, non. Elle compte juste comme le font les mères : les miens, ceux de mon sang, d'un côté, le reste du monde de l'autre.

« Mais oncle Eduardo arrivera un peu plus tard : son vol a du retard, m'explique-t-elle, en mettant de côté douze grains dans un premier bol[1]. » Puis elle se remet à compter. Voyant que je ne dis rien, elle s'interrompt et lève les yeux sur moi : « Il y a un problème ? »

Je fais non de la tête. Maman est sur des charbons ardents. Elle est dans cet état depuis quelques semaines, depuis qu'elle sait avec certitude que nous serons tous là ce soir. Enfin, après tant de tentatives ratées, nous, qui sommes de son sang, nous serons assis ce soir à sa table pour fêter cette fin d'année et trinquer ensemble. C'est un grand jour pour elle, et elle ne songe pas à s'en cacher parce qu'elle en est incapable. Depuis qu'elle a divorcé de papa, il y a toujours eu un imprévu, quelque chose qui a mal tourné et qui est venu gâcher la soirée du réveillon. Au premier Noël, Emma est restée coincée en Argentine presque un mois parce que la compagnie

1. En Espagne, le 31 décembre au soir, pour commencer la nouvelle année sous les meilleurs auspices, la tradition veut qu'on mange douze grains de raisin au moment où sonnent les douze coups de minuit. *(N. d. T.)*

aérienne avec laquelle elle voyageait avait fait faillite, laissant tous ses passagers en plan. Oncle Eduardo fut le suivant à faire faux bond : il avait décidé un an après d'aller vivre à Lisbonne et pendant les fêtes il attendait encore de recevoir les deux conteneurs de meubles qui apparemment s'étaient perdus en route et ont finalement réapparu à Tanger. Et l'an dernier, ce fut notre tour, à Max et moi. Le 31 à midi, alors que je jouais avec lui au parc, sa balle a rebondi contre un arbre et a fichu le camp dans la rue. Max a fait alors ce qu'il n'avait encore jamais fait : il s'est mis à cavaler derrière la balle comme un dératé et sur la chaussée un 4 × 4 l'a fauché. Nous avons passé la nuit aux urgences de la fac de vétérinaire, lui miraculeusement indemne, mais obligé de rester en observation ; moi, deux Lexos dans les veines, allongé sur une civière entre Max et un shar-pei à tête de bouddha mal embouché qui n'arrêtait pas de geindre à cause de je ne sais quoi aux intestins. Et cette fois encore pour maman le dîner s'était résumé à un océan de faibles lueurs et de beaucoup de zones d'ombre.

Mais aujourd'hui, c'est enfin sa soirée et elle n'a pas soufflé une seconde depuis ce matin six heures, si émue que, entre son stress, la maladresse qui la caractérise et sa vue défaillante, nous en sommes déjà à un record d'hécatombes dont les restes s'amoncellent près de la poubelle.

« Sors-la avant que Silvia arrive, je t'en prie, me supplie-t-elle avec une grimace angoissée avant de se rasseoir devant ses grains de raisin. Tu sais dans quel état se met ta sœur quand je casse quelque chose », ajoute-t-elle, en glissant un coup d'œil du côté du sac-poubelle où se mêlent les débris d'une lampe en porcelaine, trois verres, deux cadres photo, une carafe à eau et une théière soi-disant chinoise qui était à ce jour le clou de sa collection d'horreurs miniatures, gracieuseté d'un journal qu'elle refuse de lire mais qu'elle achète « pour les cadeaux ».

Je la vois maintenant me regarder, de l'autre côté de la table, et il y a tout à coup dans ses yeux tant de joie contenue, tant de désir que cette soirée soit réussie, de nous avoir tous autour d'elle, que malgré la journée qu'elle m'a fait vivre, je suis à deux doigts de la prendre dans mes bras pour lui dire de ne pas s'inquiéter, que tout va bien se passer.

« Tu crois qu'ils vont aimer ? reprend-elle pour la énième fois, les yeux sur son four. J'espère que j'ai fait assez ! Enfin, c'est vrai qu'il y a aussi les deux salades, sans compter oncle Eduardo qui prendra sûrement quelque chose au duty free. Et puis il reste les tourons que Silvia a apportés à Noël, et…

— Calme-toi, maman. Il y a largement de quoi. »

Nous avons dû avoir cette conversation au moins une dizaine de fois au cours de ces trois dernières heures. Est-ce qu'il y aura assez à manger ? Est-ce que ce sera suffisant ? Est-ce que le menu leur plaira ? Est-ce qu'il ne fait pas trop chaud ? Ce ne serait pas mieux de baisser un peu le chauffage ? On allume déjà les bougies ou on attend qu'ils arrivent ? Et pour l'apéritif ? Ah, pas d'apéritif ? Tu es sûr ?… Une avalanche de questions. Maman les lance les unes après les autres comme si elle était en train de revoir tous les ingrédients d'une recette désormais difficile à modifier, parce qu'il est déjà tard et que tout le monde doit déjà être sur la route. Ces questions en cachent d'autres, d'une autre teneur, celles qui la mettent réellement dans cet état, qui la font souffrir par anticipation, dominée qu'elle est par l'anxiété et par une émotion presque enfantine qu'elle n'a jamais appris à contrôler malgré les années. Ce sont des interrogations qui la tourmentent et que ni elle ni aucun d'entre nous ne pouvons résoudre d'avance, parce que certaines familles – dont la nôtre – sont ainsi : excessives, imprévisibles et explosives ; ces interrogations qui, si maman osait les formuler, prendraient cette forme : « Tu crois que Silvia saura tenir sa langue et évitera de s'en prendre à Olga ? Tu crois qu'elle arrivera à ne pas parler politique, à ne pas s'emporter contre les banques ou contre ton père et qu'on pourra passer une soirée tranquille ? Pourvu qu'oncle Eduardo ne se lance pas encore dans une de ses histoires salaces sur ses voyages qui mettent Olga dans un état… un état… Dis-moi qu'aucun voisin ne va débarquer, comme il y a deux ans quand M. Samuel, celui du 1er C, est venu sonner avec cette pauvre métisse cubaine, pratiquement en costume d'Ève, pour nous demander une bouteille de rhum, et puis quand la petite Cubaine est redescendue ensuite parce qu'elle préférait passer la soirée avec nous et… Ah, Fer, dis-moi que non ! »

Il faut bien avouer – même si depuis que papa n'est plus là il y a beaucoup de nœuds qui se sont dénoués, beaucoup de tensions que nous n'avons plus à affronter et que la soirée du nouvel an est devenue beaucoup plus paisible – que le 31 décembre est pour notre famille une date qui reste un peu sur l'estomac. Voilà pourquoi nous sommes tous particulièrement tendus ce soir-là, décidés, chacun de son côté, à rectifier autant que faire se peut les virulences de l'année précédente, à passer une soirée légère, à discuter tranquillement de frivolités et à partager un sens de l'humour dans lequel la famille se reconnaît, qui nous rapproche et qui dit le mieux ce que nous sommes ensemble.

Jusqu'à aujourd'hui, chacune de ces tentatives s'est soldée par un échec.

Il faut ajouter à cela que depuis quelques semaines maman semble en état d'alerte. Elle est inquiète, préoccupée. Sans rien savoir avec certitude, elle pressent des éléments qui lui sont encore étrangers, des vérités qui ne se sont pas encore profilées. Lueurs et zones d'ombre. Elle est maladroite. Plus bruyante.

Elle n'imagine pas qu'il y a peut-être des raisons pour qu'elle le soit. Des raisons qu'elle ignore.

Pour l'instant.

« Non. Tout va bien », lui dis-je, en essayant d'écarter de ma mémoire le dernier dîner où nous étions tous réunis et où oncle Eduardo avait voulu nous surprendre avec « le cadeau du siècle », comme il l'avait annoncé en faisant tinter sa coupe de champagne avec sa cuillère si violemment que la coupe avait volé en éclats au troisième coup, jonchant la nappe de cristal.

Le cadeau en question s'avéra être des pochettes en couleur – une pour chacun –, nous informant en détail de la marche à suivre pour adhérer à Dignitas, cette association suisse qui aide les gens à se suicider. Un formulaire pour rédiger son testament accompagnait le dossier d'information. Olga, catholique de la souche la plus collet monté s'il en est, était devenue blanche comme un linge. Emma avait fondu en larmes comme elle sait le faire, sans un bruit, parce que sa chienne Lúa venait de mourir et qu'elle se sentait coupable, je ne me souviens plus de quoi exactement. Puis, les plus vieux ayant un peu trop bu, oncle Eduardo était tombé dans l'escalier (maman habite au premier) et nous avions dû appeler une ambulance. Pendant tout le trajet jusqu'à l'hôpital, il n'avait pas cessé de brandir son testament et de brailler à l'infirmier, en laissant traîner les syllabes comme un vieux poivrot : « Bande d'assassins ! Tantouzes ! Vous ne m'aurez pas si facilement, suppôts de Satan ! »

Oui, sans compter Olga, nous sommes encore cinq. Deux fratries sur deux générations : celle de maman – oncle Eduardo et elle – et la mienne – Silvia, Emma et moi –, comme deux rails parallèles qui traversent le temps, séparés ce soir par la table, les assiettes et les verres, et les multiples interprétations de notre histoire commune.

Sans papa. Sans grand-père et grand-mère.

Eux morts. Lui parti. Tous absents.

Et moi, ici, à compter des grains de raisin avec maman comme si de rien n'était, et inquiet, comme elle, à l'idée de ce que nous réserve la soirée autour de cette table dressée pour sept. Je devine qu'elle prie en silence – *Pourvu que tout se passe bien. Pourvu que tout se passe bien* –, et me revient soudain en tête l'aveu que Silvia m'a fait il y a quarante-huit heures à peine, un aveu dont je sens depuis le poids sur mes épaules, comme une seconde peau.

Car dans mon radar personnel clignote depuis quelques heures une lumière rouge que je connais bien. C'est une lumière qui tremblote, de plus en plus nette, sur l'écran de mon esprit, rouge sur fond blanc comme les serviettes que je suis en train de plier.

En face de moi, maman pousse un grand soupir. Je la regarde et je me sens proche d'elle. Maman fait partie de moi ; de ce que j'aime et de ce que je n'aime pas, en moi. *Elle représente tant, trop parfois*, me dis-je pendant que nous continuons nos préparatifs. À la radio, quelqu'un rit. On y parle de raisins, des réveillons précédents et d'autres futilités. Des lieux communs. Du vide. Le bruit de fond des fêtes de Noël.

C'est pour bientôt.

Ils ne vont pas tarder à arriver.

2

Maman se tourne vers son four en plissant les yeux. Il y a trop de lampes allumées et sa photophobie ne pardonne pas. Soixante-quatre pour cent d'incapacité : voilà ce qui caractérise maman – parmi bien d'autres choses – même si l'ONCE, l'Organisation nationale des aveugles espagnols, a refusé de reconnaître son invalidité, alléguant que la photophobie était difficilement quantifiable et qu'en outre ils ne prenaient en compte que les gens atteints d'une incapacité visuelle de soixante-cinq pour cent. Lorsque nous sommes sortis de la consultation du médecin qui avait fait son évaluation (un type exécrable aux dents jaunies, bossu comme une colline galloise, qui n'avait pas daigné se lever pour nous saluer quand nous étions entrés et n'avait pas regardé maman une seule fois), nous nous sommes assis à la terrasse d'un café. C'était le mois d'août, et il faisait une chaleur épouvantable. Maman était comme absente, savourant sa bière avec un plaisir enfantin. Le bitume était brûlant. L'air aussi.

« Tu vois, a-t-elle déclaré enfin, la lèvre supérieure ornée d'une moustache de mousse, avec ce sourire béat qui annonçait une de ces sorties qui mettaient généralement Silvia dans tous ses états et qu'oncle Eduardo, toujours soucieux de paraître jeune et branché, qualifiait de "hallucinante", je te l'avais bien dit que ce n'était pas si grave ! »

Je l'ai regardée.

« Bien sûr que non, ai-je rétorqué, mâchoire serrée. Tu as eu une année splendide, voyons ! On t'a juste enlevé deux mélanomes dans le dos, tu ne verrais pas un éléphant à un mètre devant toi et tu vis en HLM avec une chienne minuscule qui bouffe tes vieux Kleenex et une voisine de palier du nom d'Eugenia qui vend des Tupperware au black et balance ses poubelles par la fenêtre. Tout va su-per-bien, maman ! On va tous super bien. D'ailleurs, on est la famille "Tout va bien". Je me demande comment ça se fait qu'"Informe Semanal" ne nous a pas encore appelés pour faire un reportage sur nous pour leur numéro spécial d'été. »

Elle a eu une petite moue et elle a avalé une gorgée de bière.

« Comme tu exagères, Fer ! Tu es en colère, je le sens bien. » Et, levant les yeux au ciel, elle a ajouté, en tapotant des doigts son sternum : « Ça me fait comme un courant vibratoire, ici. »

Oui, j'étais en colère. Très en colère. Contre le médecin bossu évaluateur d'aveugles, contre la chaleur démoniaque de cette mi-journée infernale et contre moi-même, parce que j'étais incapable de prendre les choses avec l'humour et l'insouciance de maman. *Je ferais mieux de me remettre à fumer*, me suis-je dit dans un accès de mauvaise humeur pendant que je la regardais se refaire, rayonnante, une moustache de mousse. Je n'ai pu m'empêcher de lui lancer une nouvelle pique :

« C'est dingue comme depuis que tu sais que tu n'as que soixante-quatre pour cent d'incapacité tu es devenue observatrice…

— Hi hi hi. »

Son rire s'est changé en toux, une toux qui a projeté un jet de mousse sur la table. En voulant attraper une serviette pour l'essuyer, sa main a tout balayé sur son passage, projetant au sol la bouteille qui a roulé jusqu'au caniveau. Deux gaillards couverts de tatouages qui s'échangeaient quelque chose qui ne ressemblait pas à des images à coller sur un album, assis sur le dossier d'un banc à écouter du rap sur leur téléphone *made in China*, se sont mis à applaudir. « Comme ils sont chou », a dit maman en leur faisant coucou de la main. Ils lui ont souri. Entre les dents de celui de gauche ont étincelé deux couronnes en or et un brillant. Celui de droite s'est collé un joint entre les lèvres et a tiré une bouffée qui a dû lui cramer la moitié du cerveau.

« Tu vois que je ne vais pas si mal ? »

Je n'ai pu retenir un sourire. C'est alors que son portable a sonné, une sorte de gros pavé avec un écran phosphorescent et des touches géantes que lui avait rapporté oncle Eduardo de Hong Kong et qui, quand il retentit, braille en chinois une page entière du *Yi King*.

« Eduardo ! s'est exclamée maman quand elle a fini par décrocher et que la Chinoise a arrêté de psalmodier de sa voix métallique. Oui, oui, oui. Je suis avec Fer, à une terrasse de café. Oui. Non. Ah, parfait. Non, ils ne m'ont pas donné l'allocation, il me manquait un point. Est-ce que ce n'est pas fantastique ? Je le savais bien, moi, que j'étais en pleine forme. Mais oui ! Oui, on est en train de fêter ça en prenant une bière. Ah, tu n'imagines pas comme j'étais nerveuse, Edu ! Tu m'imagines, moi, vendre des billets de loterie dans un de leurs kiosques, accompagnée d'un chien ? Et pourtant, tu sais combien j'aime jouer ! »

Elle a raccroché, a rangé son téléphone dans sa housse en cuir rose Bob l'éponge et m'a regardé :

« Qu'est-ce qu'il y a ? »

J'ai eu envie de le lui dire, ce qu'il y avait : que nous avions fait tout ce chemin un 17 août, par cette chaleur qui faisait fondre jusqu'aux palmiers, pour obtenir quelque chose ; que ce quelque chose était une aide financière afin qu'elle puisse mieux faire face à la vie ; que la réponse que nous attendions était « Oui, madame, vous avez droit à tant » et non « Désolé, madame, vous n'avez droit à rien », mais je l'ai vue si enthousiaste, si contente, la main en visière sur les yeux pour essayer d'y voir, avec cet air de candeur absolue, que ma réponse a été :

« Qu'est-ce que je donnerais pour aimer la bière, moi aussi.

— Mmm... Le tout, c'est d'essayer, mon chéri. » Elle sirotait son demi tandis que du banc squatté nous arrivait un nuage toxique de shit qui m'a fait monter les larmes aux yeux mais auquel maman n'a même pas pris garde. « Moi, au départ, je te parle d'il y a des années, je n'aimais pas ça. Il n'y avait rien à faire. La bière, ça me dégoûtait... et maintenant, regarde. » Elle a avalé une nouvelle gorgée qu'elle a ponctuée d'un « J'y pense, tu pourrais peut-être demander à Ingrid qu'elle te fasse un reiki. Vu qu'elle en fait aux alcooliques et aux animaux, ça marche peut-être aussi pour les gens sobres. »

J'ai dégluti. Ingrid est une amie suédoise de maman. Elle a cinquante ans et, en plus de travailler pour un tour-opérateur qui organise des voyages pour découvrir les pays de l'ex-Union soviétique, elle est amoureuse d'Arundel, un garçon de vingt-cinq ans de moins qu'elle, qu'elle n'a vu qu'une demi-heure par jour pendant une semaine. Ingrid s'était blessée lors d'une séance de chamanisme : elle avait eu la hanche un peu déplacée après un coup que lui avait asséné le chaman avec une espèce de maraca en fer et Arundel était le kiné qui l'avait soignée. Le garçon en question, qui déjà à l'époque était marié et avait un fils, était rentré au Venezuela peu après avoir fini son master à Barcelone et depuis Ingrid économisait comme une folle pour pouvoir passer l'été dans une ONG à Caracas, parce que après avoir lu *Le Secret* de Rhonda Byrne elle était convaincue que son destin allait la mener jusqu'à Arundel et qu'il l'attendait, même si le pauvre n'était pas encore au courant. Ingrid est aussi maître de reiki et praticienne pour animaux de la ferme, mais elle n'exerce pas beaucoup : il y a quelques mois, lors d'une séance avec un étalon arabe, le cheval a essayé de la monter, et comme elle ne s'est pas laissé faire, l'animal lui a presque arraché la moitié des cheveux.

« Maman, arrête ! Ingrid est une folle furieuse : un de ces quatre, on va la retrouver carbonisée après avoir été découpée en morceaux par l'un de ces chamans qui s'amusent à la battre en public. »

Elle a posé la main sur sa joue, en hochant lentement la tête :

« Tu crois ? Pauvre petite, elle est si gentille… Tu sais qu'elle ne fait pas payer ses clients ?

— Non, je ne savais pas, mais ça ne m'étonne pas. En fait, ce qui m'étonne, c'est qu'elle en ait, des clients !

— L'autre jour, elle m'a raconté qu'un monsieur lui avait demandé de lui faire un reiki sur… enfin, sur ses parties, tu vois, parce qu'il avait des problèmes avec son… machin, soi-disant qu'il ne fonctionnait pas bien, et cette bécasse, elle n'a rien trouvé de mieux que d'accepter, figure-toi.

— Et ?

— Eh bien, elle a posé ses mains sur… sur son truc, quoi.

— Et ?

— Eh bien, apparemment, ce coup-ci, ça a bien fonctionné.

— Maman…

— Et même, il lui a… oui, dessus !

— Maman !

— Écoute, moi, je te répète juste ce qu'elle m'a raconté. »

Bref. Je disais donc que maman n'y voit rien. Surtout quand il y a trop de lumière. Et quand elle ne voit rien et qu'elle est assise à une table, comme maintenant, il faut la surveiller comme le lait sur le feu parce que, vu qu'elle remue les mains comme des hélices, tout finit toujours par valdinguer. Même elle, parfois.

« Tu veux que j'éteigne une lampe, maman ? »

Elle cligne des yeux et gobe un grain de raisin. Puis, refusant d'un signe, la main en visière pour se protéger les yeux, elle reprend :

« J'ai le pressentiment qu'il est arrivé quelque chose à ta sœur. »

Je me tasse un peu. Quand maman commence avec son « J'ai le pressentiment », je sais que ça va mal finir parce que c'est déjà mal parti. Je me demande si elle en sait plus qu'elle ne veut bien le dire et si elle cherche à aller à la pêche aux informations. Non, impossible : Silvia ne peut pas lui en avoir parlé. Pas à maman.

« J'ai deux sœurs, tu sais, lui dis-je, histoire de faire diversion. Tu veux parler de laquelle, au juste ?

— D'Emma, bien sûr. »

Je respire un peu mieux.

« Oui, enfin, Emma, il lui est toujours arrivé quelque chose. »

Elle hoche la tête, pensive, et son regard se perd par la fenêtre :

« C'est drôle, non ? C'est toujours à Emma qu'il arrive des choses : à Silvia, il ne lui arrive jamais rien. » Elle a raison. Dans son mécanisme mental, à la construction particulière, il y a des vérités qui claquent comme des gifles et qui nous désarment tous. Ça a toujours été ainsi. « Quant à toi… euh… toi, il serait bien temps qu'il t'arrive quelque chose, non, mon chéri ? » conclut-elle en se tournant vers moi.

Je me disais bien que ça allait être mon tour. Je sais parfaitement pourquoi elle dit ça. Et elle aussi.

Elle n'insiste pas. À la radio, un type connu entonne un chant de Noël et l'animatrice se lance dans une anecdote personnelle sur un réveillon à Rome, une histoire de lentilles et de slip rouge qui n'a rien de drôle. Il est presque vingt et une heures.

« J'aimerais bien apprécier les fêtes de Noël, dis-je pour passer à autre chose. Juste un peu. Comme tous les gens. Les gens normaux, je veux dire. »

Elle fronce les sourcils, la tête un peu penchée. Puis elle coupe la radio, et elle déclare :

« Moi, je les aime beaucoup. Les fêtes, je veux dire. » Elle examine attentivement un grain de raisin avec la loupe qu'elle a toujours sur elle et ajoute, comme si elle parlait pour elle-même : « Les gens normaux, un peu moins. »

Nous éclatons de rire, elle, de ce rire si contagieux que je ne peux qu'y céder, moi, du mien, qui me vient parfois et parfois non.

« On dirait une phrase d'oncle Eduardo.

— Mais *c'est* une phrase d'oncle Eduardo », confirme-t-elle, avec un sourire en coin.

De mon iPhone des sonneries diverses se succèdent en continu. Quatre différentes qui alternent et amusent beaucoup maman : Facebook, Twitter, mails et WhatsApp, surtout du groupe de padel, qui s'est pas mal agrandi au fil des semaines et comprend maintenant une trentaine de personnes qui tentent de s'accorder pour jouer. Les gens ne s'arrêtent jamais, pas même le 31 décembre.

« Rappelle-toi de ne mettre des coupes que pour moi et pour Silvia, hein ? me dit maman.

— Pas pour oncle Eduardo ? »

Elle fait signe que non.

« Il a arrêté de boire. » Puis, comme j'ouvre la bouche, elle lève la main pour me stopper : « En tout cas, c'est ce qu'il dit. » Je hausse un sourcil soupçonneux. Elle soupire : « Ne m'en demande pas plus. Je sais juste qu'il ne boit plus. Tu connais ton oncle : quelques lueurs et beaucoup de zones d'ombre. Comme toujours avec lui. » Elle compte encore douze grains. « Ah ! Il m'a dit aussi qu'il avait une nouvelle à nous annoncer.

— Quel genre de nouvelle ?

— Je n'en ai pas la moindre idée, Fer, répond-elle, sans me regarder. On peut s'attendre à tout, venant de ton oncle. Je crains le pire. »

Quelques lueurs et beaucoup de zones d'ombre. Une expression qui nous est chère, dans la famille. Grand-mère Ester l'avait faite sienne à la fin quand, la cataracte ayant attaqué, et bien attaqué, ses deux yeux, elle avait catégoriquement refusé de se faire opérer. La phrase nous avait amusés et nous l'avions peu à peu adoptée et adaptée à des situations diverses, comme lorsque maman nous demandait comment nous allions et que nous voulions éviter de donner trop de détails, ou pour parler de quelqu'un qui venait d'entrer dans la vie de l'un de nous trois sans que rien soit encore très défini. Puis, avec le temps, l'expression a fini par servir un peu à tout : pour décrire un fruit pas très frais au supermarché, un restaurant pas mal sans être vraiment exceptionnel… ce genre de chose.

Ces quelques lueurs et beaucoup de zones d'ombre me conduisent immanquablement à papa. Et ce n'est pas très positif, est-ce utile de le préciser. Nous avons souvent parlé, maman et moi, de papa. De ce qui n'est pas positif, s'entend.

« C'est dingue de penser que ça fait presque quatre ans que papa n'est plus là. »

Je ne sais pas pourquoi j'ai sorti ça. Tout à coup, je me vois là, un verre dans chaque main, venant de prononcer cette phrase idiote que je regrette immédiatement.

Maman arrête de compter.

« Ah, oui ? fait-elle distraitement. Tant que ça ? »

Tous les ans, aux fêtes de fin d'année, lors d'un des déjeuners ou dîners familiaux, il y a quelqu'un pour faire cette réflexion, et tous les ans, elle joue la surprise.

« Oui.

— Ah, tiens. » Elle soupire, met ses grains dans un bol, qu'elle pousse dans un coin. « À la radio, ils ont dit que c'était le mois de décembre le plus sec de ces trente dernières années. Je crois bien qu'il y a une chaîne pour enfants qui retransmet les douze coups de minuit avec des personnages de dessins animés. Qu'est-ce que tu en penses ? »

Maman est la reine pour détourner les conversations qui ne l'intéressent pas. Sa vue basse et la maladresse physique avec laquelle elle évolue dans le monde contrastent avec son agilité quand il s'agit d'esquiver tout ce qui la dérange. Elle sait parler comme ça, perpendiculairement aux interventions des autres, comme si elle jouait au Scrabble. Depuis qu'elle vit seule ici avec sa chienne, quand elle n'a pas envie de poursuivre une conversation, elle la coupe net avec une phrase, pour vous emmener vers n'importe quel autre sujet.

Là, tout de suite, balayant des yeux la pièce, elle me sort d'une voix angoissée :

« J'espère que je n'ai rien oublié de nettoyer. Tu sais dans quel état se met miss Serpillière quand il lui vient l'idée de passer son doigt partout. »

Miss Serpillière, c'est Silvia. C'est moi qui lui ai trouvé ce surnom, que nous lui donnons secrètement maman et moi depuis qu'elle m'a raconté que tous les jeudis, quand Silvia vient déjeuner avec elle, la première chose qu'elle fait après avoir embrassé maman du bout des lèvres, c'est courir inspecter la cuisine et la salle de bains. Généralement, elle finit le tablier autour du cou, armée de gants en caoutchouc et la serpillière à portée de main. Avec le remontage de bretelles en prime. Pour maman, bien sûr. « Tu ne peux pas continuer à vivre comme ça, lui serine-t-elle, cigarette à la main, raide comme un piquet. La crasse va finir par te bouffer. »

La scène est toujours la même : Silvia qui rumine sa rage et sa nicotine et maman qui engloutit une glace ou un paquet de biscuits au chocolat devant un feuilleton. Quel qu'il soit. « Oh, ma chérie, lui répond maman sur un ton de grand-mère bienveillante mais avec son sourire béat qui n'est en fait qu'une moue signifiant "Cause toujours", ne sois pas si dure avec ta pauvre mère, va. » Puis, quand elle voit Silvia la foudroyer du regard, elle tente de s'en sortir avec un « Un peu de poussière n'a jamais fait de mal à personne. Allez, calme-toi et viens t'asseoir un peu. Viens voir le feuilleton avec moi, ma belle », en tapotant le coussin du canapé près d'elle sans jamais se départir de son sourire figé, comme si elle parlait à une débile mentale.

Alors que je mets les couverts à dessert et les verres à vin sur la table, j'en profite pour demander :

« Tu es sûr qu'elle ne vient pas avec Peter ? »

Peter est le mari de Silvia, informaticien en plus d'être norvégien, et si mutique qu'il en devient presque effrayant. Silvia et lui se sont rencontrés à un séminaire d'optimisation des ressources, ou quelque chose de ce genre, il y a une dizaine d'années, alors que cela en faisait dix qu'elle vivait avec Sergio, un de ses collègues, que maman et papa adoraient et qu'elle a quitté pour Peter, car, comme elle nous l'a affirmé : « Il faut savoir changer de vitesse à temps, même si la destination et l'allure sont les mêmes », une phrase qu'oncle Eduardo n'a pas mis longtemps à traduire à maman d'après son propre dictionnaire : « Bref, le Norvégien est plus doué que l'autre côté levier de vitesses. » Maman l'a regardé, l'air d'avoir vu passer un taxi en plein désert. Quand enfin elle a compris l'allusion, oncle Eduardo a conclu son état des lieux d'un encore plus malencontreux : « Mais bon, on ne va pas lui jeter la pierre, le pauvre. Dis-moi quel homme peut faire le poids face à cette tigresse de Silvia. »

Le fait est que, depuis que Peter et Silvia vivent ensemble, lui passe toujours les fêtes à Tromsø – « cette ville où l'on prescrit des rayons UVA aux universitaires pour éviter qu'ils se suicident et où les supermarchés placent des vigiles au rayon liqueurs », nous a raconté Silvia au retour de ses premières vacances là-bas avec Peter –, en compagnie de sa mère et de son frère Adam, qu'on croyait activiste de Greenpeace en mer du Nord jusqu'à ce que les flics le prennent avec deux kilos de cocaïne cachés dans la cale du bateau avec lequel il poursuivait les baleiniers le jour pour les fournir en neige artificielle la nuit. La version toujours positive de maman est que Silvia et Peter passent les fêtes de Noël séparés parce que, comme le dit Ingrid, « c'est toujours bon de laisser les chakras prendre l'air et les auras respirer ». La version d'oncle Eduardo est sensiblement différente : « Peter est de Mars et Silvia du Pays imaginaire. Et allez savoir pourquoi après tant d'années il ne nous a toujours pas présenté sa famille, ce zigoto. Avec ses yeux de merlan frit et ses cheveux gras, je vous fiche mon billet qu'il a une cabane planquée au fin fond des glaces, pleine de cadavres de vieux congelés. »

Maman répond à ma question en hochant vigoureusement la tête :

« Absolument sûre. Silvia m'a appelée cet après-midi et m'a confirmé qu'elle venait seule. Peter ne rentre pas de Norvège avant le 2.

— Dommage, fais-je. Encore un réveillon à être privés de la convivialité et de la bonne humeur de l'ami Peter. Je ne sais pas si on va pouvoir s'en remettre. »

Maman sourit :

« Ne sois pas méchant. Peter est un bon garçon. » Puis, devant ma mine peu convaincue, elle ajoute : « Et ça, au point où en sont les choses, c'est déjà beaucoup. »

Elle me regarde placer les coupes sur la table en se protégeant les yeux de sa main en visière et finit par dire, avec un soupir résigné :

« Tu ferais mieux de les laver. Même si miss Serpillière les remettra de toute façon au lave-vaisselle. Ah, et tant que tu y es, sors-moi un Coca Light, tu veux ? »

Alors que je vais lui proposer de relaver aussi les verres et les couverts, on sonne à l'interphone et les deux chiens filent vers la porte en se mettant à aboyer comme des fous furieux.

« Tiens, justement, fait maman, d'une voix tendue. C'est sûrement ta sœur. »

Elle va jusqu'à l'interphone, appuie sur le bouton et laisse la porte d'entrée entrebâillée avant de revenir s'asseoir. Elle ouvre sa canette de Coca, en avale une grande gorgée et reste là, les yeux sur le tableau accroché au mur en face d'elle, juste au-dessus du canapé en cuir blanc. C'est un immense portrait de grand-mère Ester, dans un cadre marron foncé tout simple. Grand-mère est assise, le dos bien droit, dans une robe de soirée verte, une épaule dénudée. Elle pose devant une bibliothèque en chêne en regardant droit devant elle, l'air sérieux.

Les chiens continuent d'aboyer, impatients de faire la fête à Silvia qui monte par l'escalier. Maman se tourne vers moi :

« Je ne sais pas pourquoi mais depuis plusieurs jours, j'ai la sensation que nous allons avoir plus d'une surprise, ce soir. » Elle se met à flairer l'air comme un limier et remue les doigts en l'air, tout excitée : « C'est comme une vibration… euh… holistique, tu vois ? Tu ne la sens pas, toi ?

— … Ho… Holistique ? » J'ai réussi à ne pas éclater de rire, mais je n'ai pas su tenir ma langue : « Arrête, maman, tu as dit exactement la même chose l'année dernière, et si je me souviens bien, on a eu un dîner qui a été tout sauf holistique. »

Elle fait la moue et pousse un petit soupir dépité, et moi je prends note mentalement que je dois redoubler d'efforts pour faire en sorte qu'Ingrid et maman arrêtent de se voir autant. Puis elle se tourne de nouveau vers le portrait de sa mère et se signe une, deux, trois fois :

« Ah, ma chère maman, heureusement que tu es partie à temps et que tu n'as pas eu à voir ce que nous sommes devenus… Mais je sais que tu nous comprends, pas vrai ? » reprend-elle, un ton plus bas, juste au moment où la porte d'entrée s'ouvre et où Max saute sur Silvia et la plaque contre le mur, de ses soixante-cinq kilos de dogue allemand affectueux et baveux, lui arrachant un cri de frayeur.

3

2009 a été une année de changements importants pour la famille. Un jour de novembre étrangement doux, quelque chose s'est produit et ensuite il n'y a pas eu de retour en arrière possible : un petit boulon de l'échafaudage qui nous maintenait au-dessus du réel s'est dévissé, est tombé dans le vide et a dévalé la rue. Nous l'avons entendu rouler sur le bitume sans y attacher d'importance.

C'était une erreur.

Nous l'avons compris quand nous nous sommes rendu compte que le boulon en question était une pièce maîtresse qui soutenait la structure tout entière et que cette structure n'avait pas été contrôlée depuis la nuit des temps. En quelques semaines, l'échafaudage de nos vies a dégringolé, en particulier celui de maman et le mien, et nous avons dû recommencer de zéro, chacun avec le fardeau de son propre naufrage, sauvant quelques meubles – car tous n'étaient pas arrivés intacts à terre –, auxquels nous essayons depuis de retrouver une place.

Dans le cas de maman, tout a commencé – comme toujours – avec papa, même si cette fois, à la surprise générale, les choses ont tourné de façon différente. Un jour, papa et elle ont eu une de leurs disputes. Apparemment, ils avaient reçu une mise en demeure d'une société financière de recouvrement de dettes, qui les menaçait de leur saisir je ne sais quoi en remboursement d'un des mille crédits que papa avait contractés au cours de sa vie d'escroc patenté et dont maman, évidemment, était la seule et unique garante. Les choses ne seraient pas allées plus loin (aucun des deux ne possédait plus rien à son nom) si maman n'avait pas découvert que le prêt en question s'élevait à dix mille euros qu'il avait empruntés à une banque soi-disant pour un système d'air conditionné qui n'avait jamais été installé, ce sur quoi papa a refusé de se justifier. Dans un accès de désespoir et de ras-le-bol peu commun chez elle, maman a jeté trois vêtements dans une petite valise rouge et a dit à papa qu'elle partait quelques jours chez son fils – c'est-à-dire moi – parce qu'elle avait besoin de réfléchir.

« Je suis fatiguée, très fatiguée. J'ai besoin de quelques jours », lui a-t-elle déclaré.

C'est ainsi qu'elle s'est installée à la maison.

Tout aurait pu en rester là, mais à peine deux jours plus tôt, j'étais moi-même entré par la grande porte dans mon propre désert personnel et, contrairement à d'autres fois où mes déboires avec les hommes m'avaient plongé dans des abîmes de détresse et où j'avais cherché consolation auprès de ma famille ou d'un ami, cette fois, j'avais décidé de me taire et d'avaler la pilule sans ennuyer personne. Quarante-huit heures avant que maman débarque avec sa valise, Andrés, mon compagnon depuis quatre ans, était rentré à la maison avec Max, une boule de poils noirs de deux mois et demi qu'il avait, selon ses dires, sauvé du chenil d'un client sur le point de mettre la clé sous la porte.

« Et comme je sais que tu as toujours voulu avoir un chien, j'ai pensé que c'était le moment ou jamais », m'a-t-il dit.

Ce qu'il n'a pas dit, par contre, c'est que la boule de poils cachait quelque chose. Ce même soir, pendant le dîner, est arrivée la deuxième partie du cadeau.

« Je crois qu'on devrait faire une pause, Fer », a-t-il suggéré, en mastiquant le mesclun sans assaisonnement qu'il avalait toujours avant le dîner.

Une pause pour quoi ? je me souviens de m'être dit. *Pour mâcher plus lentement, pour partir en vacances, pour nous marier, maintenant qu'on en a le droit... ?* Je l'ai regardé. Il souriait. Il avait un morceau de laitue collé à une dent ; on aurait dit une vieille gitane de foire, avec une canine noire et un anneau en or à l'oreille. Alors j'ai compris. J'ai compris que la phrase, dite ainsi, après le cadeau du chien et avec ce sourire contrit, n'admettait qu'une seule traduction : « Il faut que nous fassions une pause pour que je puisse te quitter sans me sentir coupable, parce que je suis amoureux d'un autre et que tu ne fais plus partie de mes plans. Stop. Une pause pour organiser la séparation. Stop. Pour que tu ne t'aperçoives pas que je suis un petit enfoiré, parce que je le sais depuis un bout de temps, mais que comme je suis un salaud, je préfère t'offrir un chien et te laisser de la compagnie au moment où je me tire. Stop. »

« Oui, tu as raison, faisons une pause », ai-je dit. Puis je me suis levé de table et presque sans hausser le ton j'ai ajouté : « Pendant que tu finis ta salade, je vais aller faire un tour avec Max. Si tu veux bien, j'aimerais ne pas te trouver ici à notre retour. »

Ce fut la fin d'Andrés et le début de Max. Et c'était le Fer qui deux jours plus tard avait trouvé en bas de son immeuble sa mère qui, bien évidemment, ne se souvenait plus de l'étage où habitait son fils et qui, pour ne déranger personne, s'était assise sur sa valise rouge à même le trottoir et regardait passer les gens, la main en visière sur les yeux, telle une secouriste de la Barceloneta que les vagues auraient rejetée en haut de la ville.

J'ai préféré ne pas poser de questions. Nous sommes montés en silence. Quand j'ai ouvert la porte, Max nous a foncé dessus pour nous dire bonjour, sautant et aboyant. Maman, qui adore les animaux plus que tout, a lâché sa valise et a serré le chien contre elle comme si sa vie en dépendait. Le coup de foudre a été immédiat.

Derrière Max, un océan de pages de livres arrachées et gluantes de bave recouvrait tout : l'entrée, la cuisine, le salon et ce qu'on distinguait du couloir. J'ai eu envie de mourir. Mais à la place, me sont venus ces mots :

« Andrés est parti. »

Elle a continué à serrer Max, qui lui donnait de grands coups de langue sur le visage, jusqu'à ce qu'elle semble soudain comprendre ce qu'elle venait d'entendre. Toujours accroupie, elle a alors levé la tête, sans cesser de caresser Max :

« Oh… » Elle a poussé un soupir ému et ajouté avec une grimace : « Mais pourquoi tu ne m'avais pas dit que tu avais un chien ? »

Nous sommes restés là quelques secondes, à nous dévisager, moi, incapable de dire ou faire quoi que ce soit que je n'aurais pas à regretter par la suite, et elle, complètement sonnée face aux stimulations qui à ce moment-là secouaient cette partie du cerveau où devraient se trouver les synapses et qui chez elle ne fonctionne pas toujours bien. Finalement, elle a fermé les yeux, serré Max plus fort contre elle et lui a chuchoté maternellement :

« Pourquoi, dans cette famille, on ne se dit jamais les choses vraiment importantes ? »

Je l'aurais volontiers étranglée sur place, mais en la voyant comme ça, avec sa valise rouge et le chien qui s'abandonnait à ses papouilles sur le sol jonché de feuillets baveux, j'ai soudain imaginé la scène vue d'en haut et j'ai eu envie de rire. Il faut dire que ça fait partie des choses qu'on fait plutôt bien dans la famille : rire de la situation quand les tonalités dramatiques frisent la catastrophe et que l'abîme du danger nous appelle, de tout l'attrait de sa noirceur. Dans la famille – et je ne parle pas ici de la branche austère de papa –, le sens de l'humour arrive toujours au bon moment, comme un pas de côté qui nous sauve du précipice et nous octroie un délai, un temps de répit en fin de compte bénéfique.

Généralement.

J'ai ri, oui, d'abord un peu. Puis, en me voyant, maman s'y est mise aussi et plus rien n'aurait pu nous arrêter. Il faut dire que le rire de maman est de ces rires contagieux qui naissent au creux de l'estomac et se propagent très vite aux moindres recoins du corps, déployant leurs tentacules sur tout ce qui les entoure et vous entraînant avec eux. Et, il fallait s'y attendre, je me suis retrouvé assis par terre, le dos contre le mur, à verser toutes les larmes que je n'avais pas versées au cours des dernières quarante-huit heures que j'avais passées chez moi à nettoyer le pipi et le caca d'un chiot mal sevré en même temps que je me heurtais aux quatre années de vie commune qui venaient de s'envoler en fumée par la fenêtre. Tandis que je pleurais, sous le regard de Max qui s'était assis à côté de moi, maman, muette, a commencé à ramasser les pages éparpillées sur le sol, si silencieuse et respectueuse que j'ai presque eu honte qu'elle me voie me répandre comme ça.

Quand finalement j'ai réussi à me calmer, elle s'est approchée, les restes dégoulinants de la trilogie Larsson en charpie dans les mains, s'est assise près de moi et m'a pris dans ses bras.

« Mon chéri, ça ne vaut vraiment pas la peine que tu te mettes dans cet état, a-t-elle fait, en me serrant fort contre sa poitrine. De toute façon, ce truc tiré par les cheveux écrit par ce Suédois ne m'a jamais convaincue. Cette gamine zinzin, là… cette bipolaire à piercings qui aime qu'on la maltraite, que veux-tu que je te dise… »

Bon sang, ai-je pensé, dans les bras de cette femme qui, décidément, ne mûrirait jamais, *on n'est pas sortis de l'auberge.*

Près de nous, Max a poussé un glapissement et a fait pipi sur la moquette.

Voici ce qu'il s'est passé au cours des quatre semaines suivantes, par ordre chronologique :

1. J'ai reçu une lettre recommandée de mon propriétaire m'annonçant qu'il avait décidé de ne pas

renouveler mon contrat de location qui expirait exactement trente-sept jours plus tard.

2. Trois semaines après que maman a eu débarqué chez moi avec sa valise, le facteur est revenu nous voir. Cette fois, la lettre recommandée était pour elle. C'était une copie de la convention de divorce à l'amiable rédigée par l'avocat de papa (et complice de ses magouilles). Maman a failli avoir une attaque. Les yeux secs, elle m'a demandé que je la lui lise. Nous nous sommes assis sur le canapé et elle a écouté en silence chacune des dix infâmes clauses constellées de fautes d'orthographe de la convention en question (en gros, papa la mettait à la porte, sans pension alimentaire – en bon escroc en série qu'il était, il n'avait plus rien à son nom depuis des années –, ne lui laissant que quelques meubles hérités de sa mère et trois plantes vertes), en secouant la tête de temps en temps et en caressant Max qui, lové contre elle, mordillait son pull. Quand j'ai eu fini de lire, maman a pris le papier et l'a parcouru, effondrée.

Et soudain, son expression a changé.

« Je crois que j'ai besoin de quelque chose de fort », a-t-elle fait.

J'ai eu peur. Elle était encore plus livide que d'habitude et sa main qui tenait la lettre tremblait légèrement. *Zut, qu'est-ce que je peux bien lui donner ?* me suis-je dit, inquiet, pendant que je passais mentalement en revue l'arsenal de drogues légales qui se trouvait dans mon armoire à pharmacie. Elle m'a regardé et a repris d'une voix blanche :

« Tu n'aurais pas un Spedifen ? »

J'allais lui demander si elle ne parlait pas plutôt d'un Tranxène, mais quand j'ai ouvert la bouche, elle m'a tendu le papier, qu'elle tenait avec dégoût entre le pouce et l'index comme si elle venait de ramasser une souris morte par terre :

« La date, regarde la date. » Et avant de me laisser le temps de le faire, elle a ajouté d'une voix que je ne lui avais encore jamais entendue : « Elle remonte à sept mois. »

Je suis allé dans la salle de bains, j'ai fouillé dans l'armoire à pharmacie au-dessus du lavabo et je suis revenu au salon. Maman brandissait toujours la lettre comme si c'était une urne et qu'elle collectait des fonds pour les Petits Frères des pauvres. Je lui ai caressé la tête, lui ai fait avaler un demi-Temesta et j'ai pris l'autre moitié. Puis, plus calmes, nous nous sommes armés de courage et de patience et avons essayé d'appeler Emma, sans succès. Nous sommes tombés sur son répondeur. Alors nous avons tenté de joindre Silvia.

Comme c'était à prévoir, avec Silvia bille en tête, le pire est arrivé.

Et le pire s'avéra être… pire encore.

3. Un mois après l'entrée de Max dans ma vie, j'ai enfin pu l'emmener chez le vétérinaire pour le faire vacciner. J'ai appris alors que l'un des impondérables, quand on est papa d'un bébé, qu'il soit enfant, chiot, chaton ou monstre bicéphale à antennes, c'est qu'il faut savoir être courageux devant l'impuissance, lucide face au désespoir et rester debout quand le sol se dérobe sous vos pieds. Pour résumer : il faut prendre le taureau par les cornes et apprendre que « vacciner » ne vient pas de « vache » mais bien de « vaccin » et que les vaccins – tous sans exception – comportent une aiguille qu'on enfonce dans la peau. Quand la véto

s'est retournée en brandissant sa seringue, j'ai eu un rictus et j'ai cherché à tâtons derrière moi une chaise que je n'ai pas trouvée, tandis que je m'entendais balbutier un « attendez-attendez-un-peu-vous-vous-ne m'aviez-pas-dit-que », après quoi je me suis effondré par terre. Bilan : une arcade sourcilière ouverte et une côte fêlée, même si pour la côte je ne le découvrirais que quelques heures plus tard.

Alors que nous sortions de son cabinet, Raquel – car c'est ainsi que s'appelait et s'appelle toujours, j'espère, la vétérinaire – m'a tendu le carnet de vaccination de Max avec un « Et rappelez-vous, vous pouvez commencer à le sortir mais ne le laissez pas courir. Avant un an, les dogues allemands ont les os encore très fragiles, et il faut à tout prix éviter qu'il se blesse. Donc, laissez-le juste marcher un peu. »

Je suis resté scotché sur place, Max dans les bras, pendant que dans ma tête cette pluie de bombes éclatait en rafales comme autant de mauvaises nouvelles.

« Les dogues allemands ? » ai-je balbutié. Puis j'ai regardé Max et je l'ai imaginé avec quatre-vingts kilos, des poutres modernistes à la place des membres, bavant des litres dans le minuscule studio que je venais de louer la veille dans le quartier de la Barceloneta, couché en petite cuillère avec moi dans le canapé-lit en cent trente-cinq de large, sa grosse papatte sur mon estomac… « Mais comment ça un… »

Raquel ne m'a pas laissé finir :

« Ce sont des amours, vous verrez. Il va vous changer la vie. »

Je me suis retrouvé dans la rue avec ma petite boule de poils noirs dans les bras. Maman m'attendait en terrasse devant un café au lait et son second croissant.

« C'est un dogue allemand, ai-je annoncé en m'affalant à côté d'elle sur une chaise branlante ornée d'un splendide chewing-gum laissé là par un des voyous du quartier. Ce gros con d'Andrés m'a offert un dogue allemand, sûrement pour qu'il me bouffe une fois adulte et pour qu'il me ruine avec les deux cents kilos de viande et de riz qu'il va ingurgiter chaque mois. Je savais bien que c'était un cadeau empoisonné. »

Maman a ri, m'a pris Max des bras et l'a couvert de baisers :

« Ne dis pas de bêtises… Comment ça pourrait être un dogue allemand, noiraud comme il est ? »

Je l'ai regardée, stupéfait, pendant qu'elle coupait la corne de son croissant. Max la lui a arrachée à la volée et maman a ri de plaisir.

« Maman, les dogues allemands sont des chiens à mi-chemin entre le 4 × 4 et la mère d'Alien. Ils atteignent la taille de chevaux de course et fabriquent des montagnes de caca, genre gâteaux de mariage kosovars. Ils prennent une place incroyable et… »

Et-merde-pourquoi-ça-m'arrive-à-moi ! me lamentais-je en mon for intérieur, je m'en souviens, tout en me remémorant Andrés et son visage de consultant aux dents longues, avec fiche de paie à cinq mille euros par mois et montre Prada : je m'imaginais en train de le gifler avec les cent un mauvais romans policiers qu'il m'avait laissés en héritage et que Max s'était chargé de mettre en pièces pendant ses heures de solitude.

Maman a eu un claquement de langue agacé :

« Oh, tu exagères… » Max lui a léché le visage, en l'aspergeant de miettes de croissant. Maman a gloussé en s'essuyant la joue. « Comme c'est gentil de la part d'Andrés de t'avoir offert ce bout de chou ! Andrés avait peut-être ses défauts, je ne dis pas le contraire, mais pour être généreux, il l'était. Et prévenant. Et quand un homme est prévenant, il l'est jusqu'au bout. »

J'ai commandé un café au serveur au look de junky qui sentait tout sauf le savon et je me suis assis, les mains sous les fesses, pour résister à la tentation d'étrangler ma chère mère.

« Mmm, ai-je grogné. Oui, c'est ça…

— Ah là là, tu es en colère, Fer… a-t-elle repris en haussant les épaules et en embrassant Max sur le museau. C'est normal, bien sûr. Ingrid dit que quand l'énergie se transforme, notre puissance intérieure s'éteint comme un cierge pour laisser sortir notre… euh… notre quoi, encore ? » Elle a cligné des yeux en fixant une fille avec des dreadlocks qui remplissait des bidons marron à la fontaine de la place pendant que l'armée de roquets qui l'accompagnait se partageait une baguette de pain qu'elle venait de sortir d'une poubelle. « Ah, oui : que quand on souffre, c'est parce qu'on a le troisième œil… euh… bouché, ou quelque chose comme ça. »

Je l'ai regardée en essayant de garder mon calme :

« Mon troisième œil, il doit être à peu près dans le même état que la bonde de la baignoire de papa. Sauf que dans mon cas il est plein de poils d'un chien qui, avant que j'aie le temps de dire "ouf", aura atteint la taille d'un tyrannosaure. »

Maman m'a regardé en secouant la tête et Max, assis sur ses genoux, m'a donné la patte.

J'ai essayé de sourire.

En vain.

4

Trois ans sont passés depuis. Peu après ma première visite chez le vétérinaire, le destin de ma mère et le mien propre ont repris leur cours, et la normalité, ou ce qui s'en approchait le plus, s'est de nouveau installée dans nos vies. Du moins en apparence. J'ai emménagé avec Max dans ma nouvelle demeure, un mini-studio-attique-sans-ascenseur-avec-bac-à-douche-idéal-personne-seule de la Barceloneta et maman, conseillée par l'omniprésente Ingrid, a divorcé « amicalement » de papa et s'est installée provisoirement chez oncle Eduardo. Pendant qu'elle décidait ce qu'elle allait faire de sa vie avec les maigres économies qui lui restaient de l'héritage de ses parents et sur lesquelles papa n'avait pas réussi à faire main basse, maman a adopté une petite chienne aux oreilles de Gremlin et au bout de queue riquiqui qu'elle a appelée Shirley.

« Oui, Shirley, m'a-t-elle annoncé au téléphone. Tu vas l'adorer, tu verras. »

Je n'ai pas pu me retenir :

« Shirley ! On peut savoir d'où tu sors un nom pareil ?

— Eh bien…

— Maman, c'est une chienne que tu as adoptée, pas une petite orpheline de République dominicaine !

— Je sais. Shirley, comme Shirley MacLaine… »

C'est pas vrai ! ai-je pensé. Il ne nous manquait plus que maman se mette à se balader à son âge en criant « Shirley » à tous les coins de rue comme une vendeuse de soutifs sur le marché. *Il faut que j'en parle à Silvia.*

Mais avant que j'aie pu ajouter quoi que ce soit, elle a dit en guise d'explication :

« C'est parce que j'ai lu son livre. »

J'étais perdu :

« Le livre de qui ?

— À ton avis ? Celui de Shirley MacLaine, tiens !

— Et alors ?

— Eh bien, figure-toi qu'elle n'est pas née comme toi et moi.

— Ah, non ?

— Non, pas du tout !

— Maman, je crois que je vais raccrocher…

— Je me disais, aussi, qu'elle avait un je-ne-sais-quoi… », a-t-elle poursuivi, sans se démonter. Puis elle s'est tue, attendant une réaction de ma part. Comme elle ne venait pas, elle a repris : « Shirley est arrivée sur Terre en ovni, m'a-t-elle révélé, sur le ton de la confidence. Elle raconte tout dans son livre. Et elle peut leur parler de chez elle. Et sans antenne. »

J'ai raccroché, incapable d'en entendre plus.

Quelques semaines plus tard, avec l'aide de Silvia, elle avait trouvé ce petit deux pièces en HLM. Il y en avait seize sur le même modèle, dans une résidence de trois étages appelée Los Guindos et réservée aux seniors, avec des parties communes adaptées, des cloisons en Placo et une façade blanche carrelée ; selon les propres mots de Silvia « un cargo sous faux pavillon bourré de vieux sans le sou, échoué au milieu d'un océan de mèches décolorées, de colliers de perles, d'épagneuls et de femmes de ménage boliviennes maltraitées par leurs fachos de patronnes ». Juste sous le balcon de maman, une place avec deux parterres d'herbe miteuse et des bancs aux allures de chevalets de torture sont quotidiennement envahis par des ados boutonneux qui, dans leur uniforme de collège, imprègnent l'air de leurs phéromones et joints divers, un arôme qui ravit maman et la tient tranquille. L'appartement est petit : un séjour avec coin-cuisine et balcon, une salle de bains et une chambre à coucher avec deux lits. Le reste du voisinage participe de cette cour des miracles et, connaissant les énergumènes, on peut s'attendre à ce que l'un ou l'autre débarque chez vous à n'importe quel moment du jour ou de la nuit, car dans cet immeuble les retraités se baladent d'un appart à l'autre avec une joie et une aisance qui mériteraient qu'un universitaire s'y penche.

« Ils me rendent zinzin, se plaignait une fois de plus maman cet après-midi, quand, avant de commencer à mettre la table, elle m'a mis au courant des dernières frasques de l'immeuble. Aujourd'hui, pendant mon feuilleton, cette enquiquineuse d'Eugenia a sonné. »

Eugenia est la voisine de palier de maman. Elle vit seule dans son deux pièces décoré comme un meublé loué à la journée sur la côte de Tenerife, rempli d'ampoules blanches à basse consommation, de plantes vertes en plastique et de toutes sortes de transistors, mixeurs, montres et autres appareils les plus divers qui tombent continuellement en panne et qu'elle apporte à ma mère quand elle sait qu'Emma ou moi sommes en visite pour nous demander de les lui réparer. En plus, elle est accro au téléshopping et organise des réunions Tupperware – au black pour ne pas perdre ses allocations. Quand maman parle d'elle, elle jette des coups d'œil furtifs du côté de la porte, comme si Eugenia pouvait se matérialiser dans l'instant. Il faut dire que sa voisine attaque à n'importe quelle heure, de jour comme de nuit, parce que, en plus de tous les charmes qui l'honorent, elle est insomniaque.

« Quand j'ai ouvert, a continué maman, Eugenia était plantée là, une boîte d'allumettes et un briquet à la main, et m'a fait : "Dis, Amalia, pour allumer le four, qu'est-ce qui est le mieux, les allumettes ou le briquet ?" Moi, j'ai répondu le briquet bien sûr, à cause du bois, des forêts à préserver et tout ça, parce que Ingrid dit que pour chaque allumette qu'on brûle, c'est une racine qui pleure et alors la Pacha-je-sais-plus-quoi…

— La Pachamama, maman ! Où est le problème ?

— Le problème ? Fer, dans cet immeuble tout est électrique ! Tu sais bien qu'ils ne nous font pas confiance… Imagine ce que ça pourrait donner avec tous ces vieux… » Elle fait un signe du menton en direction de la porte. « … armés de briquets, d'allumettes et de bonbonnes de gaz. Bim ! Bam ! Boum ! »

Elle s'est mise à pouffer, la main devant la bouche comme une gamine qui vient d'en raconter une bien bonne et je l'ai accompagnée, parce que avec maman et son rire contagieux, difficile de ne pas se laisser entraîner. Puis nous avons commencé à mettre la table et poursuivi le reste des préparatifs.

Bien tranquillement.

Jusqu'ici.

Dans l'entrée, Silvia est dos au mur. Renversés autour d'elle, des sacs avec des paquets-cadeaux enveloppés dans du papier FNAC – qu'elle prononce « éfénac », à l'espagnole, « parce qu'on est encore en Espagne, que je sache » – et, accroché à son poignet, son sac à main griffé qui contient, entre autres, ses Kleenex, ses lingettes pour lunettes, sa brosse à dents, son fil dentaire, sa crème pour les mains, une paire de gants ménagers, une autre paire, en latex, pour un autre type d'urgence, de la gaze, des protège-slips, de l'ibuprofène, un chiffon à épousseter, et une boîte de sachets monodoses de KH7 qu'elle se fait rapporter d'Andorre et qui l'accompagne toujours quand elle rend visite à maman. Les deux pattes plaquées sur ses épaules, Max lui lèche consciencieusement le visage en l'inondant de bave, sans se troubler des petits cris qu'elle pousse, pendant que Shirley sautille et lui mordille le gant.

D'où nous sommes, ni maman ni moi ne distinguons son visage. Nous n'avons vue que sur la courte queue de Max qui fait des petits moulinets, avec en fond sonore les protestations sporadiques de Silvia qui, régulièrement étouffées par les coups de langue de Max, donnent quelque chose comme : « mfff », « monstrueuse, cette bête », « berk », « descends tout de suite », « avec tous ces virus », « qu'il a tous ses vaccins »… jusqu'à ce que maman murmure entre ses dents, sans me regarder :

« On dirait que la soirée commence mal, Fer… Dieu nous vienne en aide. »

Je la découvre agrippée des deux mains à sa canette de Coca comme un naufragé à son mât, les yeux mi-clos braqués sur la porte, manifestement éblouie par la lumière vive de l'entrée. Quand, quelques instants plus tard, à l'aide de sa balle à grelot, j'arrive à convaincre Max de venir au pied près de moi, il ne reste plus dans l'entrée qu'une Silvia collée au mur, la tête tournée vers nous, nous fusillant du regard avec un tel air que même moi je dois détourner les yeux.

Alors elle lâche, mâchoire serrée :

« Ton sol est innommable, maman. » Elle baisse les yeux, avec cette bouche pincée de dégoût que nous connaissons tous si bien, y compris cette pauvre Jenny, la petite Péruvienne qui vient faire le ménage chez maman. « On peut savoir depuis combien de temps il n'a pas vu l'ombre d'une serpillière ? »

Maman hausse les épaules, lève les yeux au ciel et se tourne vers le portrait de grand-mère Ester, l'air de dire « Qu'est-ce que j'ai fait au bon Dieu pour qu'il m'envoie une fille pareille ? » et c'est quand Silvia se penche pour ramasser ses sacs et tenter de remettre de l'ordre dans ses vêtements que je pense soudain à demander à maman, dans un souffle :

« Tu l'as bien prévenue qu'Olga venait finalement ce soir, hein ? »

Maman cligne des yeux et effleure distraitement son cou de l'index et du pouce. Je la vois déglutir.

« Maman ?

— Plus ou moins…

— Comment ça “plus ou moins” ? j'ai réussi à aboyer sans presque élever la voix. Tu lui as dit, oui ou non ?

— Pour ainsi dire. »

Dites-moi que je rêve.

« Je lui ai dit que… enfin que nous serions tous là », finit-elle par avouer dans un filet de voix avec son regard candide de gamine, la main si crispée sur sa canette qu'elle la déforme.

Je n'ai pas le temps d'ajouter quoi que ce soit. Silvia a achevé de rassembler ses affaires éparpillées par terre et referme la porte d'entrée en soupirant. Son front est couvert de bave.

5

« Sept ? »

C'est Silvia. Assise sur le canapé, elle a fini de se nettoyer le visage avec une lingette et d'inspecter ses vêtements pour traquer des traces de bave de Max, lequel est maintenant sagement assis à côté d'elle et la regarde toute langue dehors. Elle ne le voit pas. Depuis quelques secondes, elle promenait lentement son regard sur la table dressée, ratissant le terrain comme l'un de ces projecteurs qui, la nuit, balaient les camps de prisonniers dans tous les films de guerre ; soudain ses yeux se sont mis à papilloter, sourcils froncés.

« Sept couverts ? » répète-t-elle, en se tournant vers maman.

Celle-ci me lance un coup d'œil puis, lentement, pose le coude droit dans sa main gauche, et hoche la tête, l'air surpris :

« Ah, oui, tiens ! »

Sur l'écran de mon radar personnel, une nouvelle lumière rouge se met à clignoter en plus de celle qui tremblote depuis quelques jours déjà. Danger. Danger en vue. Soudain, il m'apparaît que si je plaçais à l'horizontal l'écran panoramique de mon radar, il coïnciderait très probablement en taille et en forme avec la table à manger de maman. Les deux lumières rouges qui clignotent correspondent aux serviettes en papier posées sur les assiettes de Silvia et d'Olga.

Une ou deux secondes passent. Silvia déglutit et toussote. Puis elle allume une cigarette :

« Je croyais t'avoir entendue dire que nous serions cinq. »

Maman porte la main à ses cheveux, le regard dans le vague. Puis, cherchant une échappatoire, elle baisse les yeux et s'exclame, avec un gloussement :

« Oh, mais quelle sotte, j'ai oublié de quitter mes chaussons ! » C'est vrai. Elle porte toujours ses horribles pantoufles écossaises que Silvia déteste plus que tout au monde et que maman adore parce que Shirley éprouve une véritable passion pour l'une d'elles. Ainsi, dans son pantalon à pinces couleur crème et son pull à col montant noir, avec son collier d'agates hérité de grand-mère Ester, ses cheveux blancs frisés et ses pantoufles, maman est maman dans toute sa splendeur, et je ne peux retenir un sourire que Silvia salue d'une grimace crispée. « Je vais mettre mes chaussures, avant que…

— Maman… » la coupe Silvia.

Maman la regarde.

« Ah, Silvia, soupire-t-elle en agitant la main dans l'air comme pour chasser une mouche. Cinq, six, ou sept… Qu'est-ce que ça change ? Quand il y en a pour…

— Maman !

— Quoi ?

— Tu m'avais dit que Sœur Absolument ne viendrait pas. »

« Sœur Absolument ». Voilà comment Silvia a rebaptisé Olga ; et aussi « Sœur Laissez-Moi-Vous-Dire », parce que ce sont les expressions dont Olga parsème toujours ses interventions, annoncées généralement par un petit toussotement sec qui, au fil du temps, est venu à bout de notre patience, transformant en agacement ce qui au début était plutôt de l'amusement.

« C'est parce que je ne savais pas qu'elle venait, a prétexté maman, devenue experte dans l'art de trouver des excuses après tant d'années auprès de notre père à excuser ses manigances, ses arnaques et ses mensonges à tire-larigot. Mais ta sœur m'a appelée ce matin pour me prévenir qu'en fait elles seraient là toutes les deux. Qu'est-ce que tu voulais que je lui dise ? Qu'elle ne l'amène pas ? Qu'on ne voulait pas d'elle ce soir ? » Elle secoue la tête. « Non, ma fille, je ne sais pas faire ça.

— Génial ! rouspète Silvia, avec une grimace excédée.

— En fait, la nouvelle m'a fait plaisir, a dit maman d'une petite voix.

— Eh bien, il ne t'en faut pas beaucoup ! » lâche Silvia entre ses dents.

Puis elle baisse les yeux en tirant sur sa cigarette, comme si elle regrettait non pas son commentaire mais le ton qu'elle a employé. C'était laid à entendre, comme une toux glaireuse.

« Peut-être », fait maman, en tirant une chaise et en s'asseyant à table.

Elle a dit ça d'une voix de vieille femme qui ne sait pas se défendre des attaques de ceux qu'elle aime parce qu'elle a toujours préféré souffrir que faire du mal. Maman est ainsi, et nous le savons tous. Et ça, cette force pleine de faiblesse, c'est quelque chose que Silvia ne supporte pas parce qu'elle ne sait pas s'en défendre. Maman me cherche du regard, en quête de mon soutien. Elle évite de croiser celui de Silvia.

« C'est juste que… bon, j'ai l'impression que votre sœur et Olga traversent un moment difficile et que… enfin, si elles viennent toutes les deux, je me disais que c'est peut-être que ça va mieux entre elles, non ? »

Silvia et moi échangeons un regard.

« Maman, Emma et Olga traversent constamment un moment difficile. »

C'est moi qui ai fait la remarque, d'une voix neutre. Moi aussi, j'ai du mal avec Olga. Avec Olga, et avec cette tendance éternellement conciliatrice de maman, même si je sais qu'elle me dérange aussi parce que je la reconnais en moi et que je la rejette. Du canapé, Silvia soupire en opinant du chef.

« Moi, je crois qu'Olga ne voulait pas venir parce qu'elles pensent à se séparer », dit maman, passant outre mon commentaire. Elle se tord les mains nerveusement et sa voix est pleine d'une angoisse contenue. Maman souffre pour nous mais généralement elle le fait en silence et, *a priori*, en se figurant des choses parfois absolument fantaisistes parce qu'elle n'ose pas nous poser de questions de crainte de découvrir une réalité pire encore que celle qu'elle imagine. « Non, non, Emma ne m'a rien dit, vous savez comment elle est. Mais ce matin, quand elle m'a appelée pour m'annoncer qu'Olga viendrait, je suis presque sûre qu'elle pleurait. Elle était toute relâchée. Comme soulagée. »

Silvia souffle sa fumée par le nez et Max se lève avec son élégante lenteur de dogue allemand, s'approche de moi et me gratte le genou de son énorme papatte, sa façon à lui de me signaler qu'il a faim.

« Parfait, je sens qu'on va bien commencer l'année, a grommelé Silvia. Il ne manque plus qu'oncle Eduardo fasse encore des siennes et débarque déguisé en père Noël avec un verre dans le nez, comme l'an dernier. » Elle tire de nouveau longuement sur sa cigarette, avec un ricanement nerveux. « Il n'y a pas à dire, nos réveillons sont d'un pathétique achevé. Pas étonnant qu'il y en ait toujours un qui trouve le moyen de se défiler. »

Maman cligne des yeux, visiblement blessée, mais ne dit rien. Elle sait, comme nous le savons tous, qu'avec Silvia il faut être prudent, que c'est une cocotte-minute sous pression, toujours près d'exploser. Contrairement à elle, maman a une sainte horreur des conflits, ce qui fait qu'elle passe la moitié de son temps à essayer d'éviter que les choses tournent au vinaigre, laissant mille chances à qui n'a rien demandé – et mérite encore moins –, confiante en un dénouement toujours plus heureux que celui qui s'annonce, même si la réalité n'est pas souvent de son côté et ne s'amuse presque jamais à lui donner raison.

En les regardant toutes les deux, l'une assise à table avec sa canette de Coca, l'autre sur le canapé, lingette à la main, inspectant le sol et les meubles en quête de la moindre poussière ou saleté qui ne devrait pas y être, je vois à quel point elles sont différentes et aussi à quel point elles se ressemblent, même si aucune des deux ne reconnaît ce que l'autre montre d'elle-même parce qu'elles se regardent sous des angles trop obtus, qui empêchent tout reflet. Je vois les cheveux roux de Silvia, le regard liquide de ses yeux fatigués et la vérité qu'elle cache depuis quelques jours, et je me demande ce qui peut bien lui traverser la tête pendant qu'elle agit à son habitude, retranchée derrière la même Silvia qu'elle a toujours été pour nous, celle qui a compris trop tôt qu'être l'aînée dans une famille comme la nôtre n'était pas juste être l'aînée de trois enfants mais bien de cinq : sœur, père, et mère à la fois. Celle qui ne s'effondre pas, celle qui doit tenir le coup. Et en la voyant ainsi, aussi monolithique, aussi à part, alors que je sais ce qu'elle tait et qui doit pourtant la faire souffrir, me revient en mémoire, comme cela m'arrive parfois en des occasions telles que ce soir, le premier souvenir clair et complet que je garde d'elle, de nous deux. C'est un souvenir que j'ai conservé au fil du temps, le réinterprétant et le redécouvrant dans ses mille lectures et nuances. Un souvenir qui en dit long.

Encore aujourd'hui.

Sur elle, mais aussi sur moi.

6

L'image est nette dans ma mémoire. Nous étions sur une aire de jeux près de chez nous ; je voulais monter sur le toboggan mais il y avait déjà un enfant qui l'occupait depuis un moment et qui refusait de me céder la place, il ne me laissait même pas approcher de l'échelle. Silvia était aux balançoires, seule, à quelques pas. L'aire de jeux était un espace réduit et sans charme, aménagé sur le toit d'une sorte de marché couvert, avec un sol dallé de béton blanc. Silvia avait dix ans, moi, quatre. Voyant ce qu'il se passait, elle est descendue de sa balançoire, s'est approchée lentement du toboggan, y a grimpé sans un mot et une fois en haut a poussé le petit diable retranché sur la plate-forme et qui de là me crachait dessus. La malchance a voulu que le môme, au lieu de glisser, tombe dans le vide et se casse le bras en atterrissant par terre. Quand la mère s'est précipitée vers son fils, Silvia est venue à son secours – si obligeante et bien disposée que la mère a eu un moment de confusion – tout en déclarant :

« Grand-mère Ester, qui est la mère de ma mère, parce que l'autre qui s'appelle Mercedes on ne la voit jamais, mais tant mieux parce qu'elle sent bizarre et qu'elle fait toujours des escargots à manger, elle dit toujours qu'il faut faire très attention avec les aires de jeux parce qu'elles sont très sales, que c'est de vrais nids à microbes et que quand on tombe et qu'on se fait mal on peut avoir une infection et même mourir. »

La femme l'a regardée, bouche bée, et Silvia, sans crier gare, a parachevé son message d'un :

« Peut-être qu'à l'hôpital on lui lavera les genoux et qu'on le changera... » Elle contemplait le gosse qui braillait dans le giron de sa mère et dont le bras pendait lamentablement dans le vide avec des yeux presque terrifiants de froideur que je retrouverais quelques années plus tard dans *Ces garçons qui venaient du Brésil*. « Parce qu'il sent un peu mauvais... À mon avis, il a fait pipi dans sa culotte. Même si ma grand-mère dit que dans les hôpitaux aussi il y a beaucoup de gens qui meurent, à cause des virus et tout ça. »

Quand la mère est partie, Silvia s'est tournée vers moi :

« Tu peux y aller, maintenant. Mais je te préviens : si tu tombes et que tu te salis, tu t'en prends une. »

Puis elle a tiré son mouchoir de sa poche, l'a humidifié du bout de la langue et, après avoir vérifié que personne ne la regardait, elle s'est agenouillée et s'est mise à frotter les gouttes de sang qui constellaient le sol.

Tranchante. Silvia était et est toujours tranchante. Petite, déjà, elle avait cette tendance, et à mesure qu'elle a grandi, elle est devenue plus anguleuse, avec une ossature aux arêtes de plus en plus prononcées : pommettes proéminentes, corps maigre, os saillants – clavicule, coudes, hanches, chevilles. Des yeux presque transparents. Et des cheveux roux. Très roux. Comme les miens.

Comme ceux de grand-mère.

Silvia a fait médecine. Peu après la fin de ses études, elle a commencé à travailler dans un hôpital de la Croix-Rouge, mais voir souffrir les gens de si près, sans filtre, ça ne l'emballait pas vraiment, c'est en tout cas ce qu'elle nous a dit – même si, longtemps plus tard, nous avons appris par une amie infirmière de maman que, dès le départ, Silvia avait été la terreur des blocs opératoires, parce que de son point de vue rien n'était jamais assez propre et qu'elle rendait folle le personnel de ménage. Quoi qu'il en soit, elle travaille maintenant depuis des années dans une multinationale de produits pharmaceutiques, où elle vend des prothèses orthopédiques et d'autres horreurs du même style à des hôpitaux du monde entier. Elle passe son temps à voyager, elle dirige une équipe de plus de cent personnes et jongle avec une poignée de cartes Gold de différentes compagnies aériennes qui lui offrent des vols et des nuits en hôtel cinq étoiles dont bénéficie régulièrement maman, généralement accompagnée d'Ingrid. Quand elle ne travaille pas, Silvia explore. C'est une de ces femmes qui n'arrêtent jamais : cours de ceci et de cela, congrès, colloques, articles, conférences, masters… Elle porte des lunettes à monture en écaille et parfois un collier de perles, elle trouve le temps de faire son pain et, même si elle défend mordicus les droits sociaux, l'État-providence et tout ce qui relève des idées de gauche en général, c'est elle qui, il y a quelques années, s'est mis en tête de vérifier si oui ou non la famille de maman avait du sang bleu et s'il était possible de reprendre son titre de noblesse, titre qui existait bel et bien en effet et dont avait hérité un lointain cousin qui vivait à Buenos Aires et avec lequel nous n'avons jamais eu le moindre contact. Depuis lors, elle s'est fait graver un petit blason aux armes supposées de la famille, qu'elle pique au revers de sa veste avec le ruban rouge de la lutte contre le sida.

« Il faut faire les choses bien, déclare-t-elle fréquemment, en ponctuant sa phrase d'une petite inclinaison de tête accompagnée d'un de ses sourires figés. De la méthode. Il faut mettre de la méthode dans le désordre. »

Cette méthode, c'est Silvia qui l'incarne, de même qu'Emma et maman sont « le désordre ». Voilà pourquoi la phrase « Il faut appeler Silvia » est, depuis que papa n'est plus là, l'une des plus récurrentes dans le microcosme familial. Souvent, maman et Emma feraient mieux de ne pas chercher à introduire de la méthode dans leurs désordres et de laisser la vie agir par elle-même, d'autant que leurs appels sont, la plupart du temps, de simples fusées de détresse qui arrivent trop tard et qui mettent en branle le dispositif nommé « Silvia » qu'elles n'ont pas la moindre intention d'alimenter.

Le jour où nous avons appelé Silvia de chez moi pour lui raconter que maman venait de recevoir la lettre recommandée de papa avec ce contrat de divorce qui semblait avoir été rédigé par un vendeur de shampooing miracle antichute de cheveux, je l'ai entendue s'étrangler à l'autre bout du fil et, après un silence tendu, aboyer juste deux phrases.

La première :

« Je suis à Atlanta. »

La deuxième :

« Passe-moi maman. »

J'ai tendu le téléphone à maman qui m'a regardé, paniquée.

« Oh, non, non ! Pas elle, je t'en prie ! » me suppliait-elle par mimiques, en agitant les mains devant elle comme si je la forçais à affronter Belzébuth lui-même. Puis elle s'est raclé la gorge, a pris deux profondes inspirations, s'est plaqué un sourire sur le visage comme si Silvia avait pu la voir sur l'écran de son portable et a approché précautionneusement le combiné de son oreille.

« Oui, ma chérie, l'ai-je entendue dire de cette voix de mère soumise et attentive qui aurait dû me mettre la puce à l'oreille. Oui… Oui, bien sûr… Oui. D'accord… Comme tu voudras… Mais oui, ne t'inquiète pas… Dès demain… Si, si, j'ai compris… Non, inutile que tu répètes. Oui… Oui. Très bien. »

Après une vingtaine de minutes de « Oui, bien sûr, d'accord, tu as raison » ânonnés avec cet air de vache égarée qu'elle prend quand ce que quelqu'un lui dit lui entre par une oreille pour sortir par l'autre, elle a enfin raccroché. Puis elle m'a passé le téléphone.

« Qu'est-ce qu'elle t'a dit ? » ai-je demandé.

Elle m'a regardé d'un air somnolent et m'a sorti : « J'ai oublié. » Et comme j'insistais : « Je ne sais pas quoi au sujet d'une amie avocate qu'elle va appeler pour me défendre. Et que je ne dois rien signer. Que je ne dois pas bouger avant qu'elle me le dise, a-t-elle lâché en couvrant de bisous Max, qui en profitait pour lui mordiller les mains. Et toutes ces sottises à propos de méthode par-ci et de méthode par-là qui me rendent zinzin. » Elle m'a regardé en secouant la tête, avec un petit soupir. « Ta sœur est d'un pénible, mon garçon…

— Écoute-la, maman. Pour ce genre de chose, il n'y a personne de plus efficace qu'elle.

— Mais oui, Fer… oui, bien sûr. Ne t'inquiète pas. »

Je me suis levé pour faire un café. Pendant que j'attendais qu'il passe dans la cuisine, je l'ai entendue sortir discrètement. Dix minutes plus tard, quand je suis retourné au salon avec le café, elle réapparaissait, refermant la porte d'entrée avec une mine innocente et un sourire « Tout va très bien, madame la marquise » qui m'a immédiatement fait suspecter le pire.

« Tu étais passée où ?

— Une course à faire.

— Ah, oui ?

— Oui. Du lait.

— Ah bon !… Il devait être excellent, ce lait. La crème de la crème, même, vu que tu l'as fini et que tu es même allée jusqu'à bouffer le carton dans les vingt mètres que tu as faits du supermarché jusqu'ici… » Elle n'a pas pipé mot. « Surtout toi qui es allergique au lait. » Cette fois, elle a baissé le nez. « Qu'est-ce que tu as fichu, maman ? »

Elle m'a regardé, a ouvert des yeux ronds comme des billes et a porté la main à sa poitrine :

« Moi ? Rien. »

J'ai pris une profonde inspiration pour rester maître de moi :

« Rien, tu es sûre ? Je t'en prie, maman… »

Elle a poussé un soupir gêné.

« Enfin, presque rien », a-t-elle lâché en lançant un regard à la dérobée du côté de la table du salon.

J'ai suivi son regard et j'ai compris : si la lettre recommandée était toujours là, l'écœurant contrat de divorce avait disparu.

« Ne me dis pas que tu as… » Je n'ai pas fini la phrase parce que c'était inutile. Maman me regardait, l'air penaud :

« Qui sait, si ton père voit que j'y mets de la bonne volonté, peut-être qu'il y réfléchira à deux fois et qu'il reviendra sur sa décision. Tu… tu sais comment il est. Au fond, c'est un enfant. Il n'est pas méchant, il… il est comme ça. »

J'ai été à deux doigts de lui hurler que oui, je savais parfaitement comment il était, presque aussi bien que les inspecteurs de la Sécu et du fisc qui cherchaient encore à lui mettre le grappin dessus. Comme Telefónica, Ono et Vodafone, comme Mazda, BMW et BBVA, sans parler de tous les amis qui s'étaient portés garants pour lui à un moment ou à un autre de ses magouilles et intrigues frauduleuses, et qu'il avait évidemment perdus en route. J'ai eu envie de l'attraper par les épaules pour la secouer, de lui hurler que nous le savions tous, sauf elle, parce que nous avions tous été victimes à un degré ou à un autre de cet homme à la personnalité maladive qui ne s'intéressait à rien d'autre qu'à lui-même, mais soudain je l'ai vue plantée sur le seuil du salon, si fragile et vulnérable que je me suis approché pour la prendre dans mes bras, et pendant que j'essayais de trouver une formule conjuratoire capable de calmer la furie qu'allait devenir Silvia, à coup sûr, quand elle apprendrait que maman avait envoyé à papa son contrat de divorce signé, se condamnant ainsi à une liberté qui allait lui coûter très cher, je lui ai chuchoté à l'oreille :

« Je sais, maman, je sais… »

Elle m'a regardé alors avec un soulagement enfantin et a conclu en m'embrassant sur la joue :

« Il faut bien laisser une chance aux gens, non ? »

7

Contrairement à ce que nous avions tous pronostiqué quand Olga est entrée dans nos vies, elle n'en est jamais sortie. Pour sa présentation officielle à la famille, maman avait décidé que le mieux était d'aller dîner au restaurant, car, conseillée par Ingrid, elle s'était mis en tête qu'organiser cette rencontre chez elle, je cite, « risquerait de ne pas aider cette pauvre enfant à affronter ta sœur et oncle Eduardo dans une ambiance qui lui serait peu profane », comme elle me l'a annoncé au téléphone. J'ai voulu croire que ce qualificatif de « profane » n'était que l'un de ses lapsus de plus en plus fréquents et non la prédiction éclairée de ce qui allait nous tomber dessus. De fait, le choix du restaurant n'aurait pas pu être moins approprié. Silvia avait décrété que l'idéal pour l'occasion était le grill El Asador de las dos Castillas, « un endroit fantastique ; on y mange divinement bien. En plus, c'est assez tranquille, on peut demander une table à l'écart. Je me charge d'appeler pour réserver. Mon équipe adore y aller », sans laisser vraiment d'alternative à qui que ce soit. « Et puis, si on finit tôt, on pourra toujours aller prendre le café ailleurs, en terrasse », a-t-elle concédé.

L'endroit n'avait pas grand-chose de fantastique, mais il était tranquille, en effet, surtout parce qu'il n'y avait pas un chat. La salle sentait le désinfectant pour toilettes et elle était si grande et si froide que nos voix résonnaient sous les fausses voûtes castillanes comme à un enterrement médiéval. Les nappes à carreaux bordées de blonde en tergal, le serveur à la moumoute miteuse et les ampoules à basse consommation constituaient tout au plus un cadre digne d'un routier, avec en fond musical la version édulcorée de *Europe's Living a Celebration*, chantée par Rosa d'Operación Triunfo, que maman, fan inconditionnelle de l'émission – et de tous ces concours télévisés où des petites banlieusardes malmenées par la vie finissent transformées en stars de la chansonnette après des semaines de bataille et de pleurs –, a saluée d'un sourire charmé.

« Comme c'est… euh… chou, ici », a-t-elle menti, tandis que le serveur nous apportait ce qu'il a présenté comme des « toasts castillans au caviar d'aubergine » et qu'oncle Eduardo a accueillis avec un clignement d'yeux horrifié. Mais alors qu'il ouvrait la bouche pour protester, nous avons vu arriver Emma et Olga sous le faux arc en plein cintre qui menait à notre coin de salle et les entrées sont passées *ipso facto* au second plan.

Olga avait débarqué dans nos vies.

Mince, petite. Cheveux mi-longs ramassés en chignon aux mèches partiellement décolorées. Nez en trompette. Collier de perles, talons, sac Vuitton et montre Gucci. Un sourire de vendeuse d'assurances. Et cette voix…

Présentations. Bises échangées. Nervosité d'Emma. Maman qui fait son possible pour que tout se passe bien, si volubile soudain qu'elle s'est mise à agiter les mains comme les pales d'un ventilateur de plafond : dès qu'elle s'est assise, la bouteille de vin a volé, inondant de rioja la nappe comme une blessure difficile à cicatriser. Échange de regards entre oncle Eduardo et Silvia. Et le sourire bovin d'Emma, si mordue d'Olga, de la voix, des gestes, des réflexions insipides d'Olga, que tout le reste du monde, et nous avec, a immédiatement disparu dans un immense fondu au noir.

Somme toute, le dîner fut encore le moins grave, hormis ce petit détail : nous étions dans un grill et Emma avait oublié de nous prévenir qu'Olga était végétarienne. Le menu, une énumération détaillée et illustrée de toutes les parties sanguinolentes de la vache, du mouton et du cochon de lait ordinairement à la carte, n'offrait pas beaucoup d'alternative. Emma, hagarde, s'est excusée :

« Comme vous aviez parlé d'un grill, j'ai cru qu'il y aurait des légumes grillés et tout ça… »

C'est là que les perles d'Olga ont commencé à tomber, l'une après l'autre ; des perles que Silvia s'est empressée de ramasser à mesure qu'elles rebondissaient sur la nappe, pour les enfiler en un chapelet d'inepties – collection qu'elle alimente posément mais régulièrement depuis, et qu'elle conserve avec soin au cas où viendrait le moment de recourir à l'artillerie lourde.

Olga s'était annoncée dès le début comme une femme « avec des valeurs », ou, ce qui revient au même, une de ces personnes dont le vocabulaire ne comprend pas le « oui » ou le « bien sûr », et encore moins le « peut-être ». Olga dit « absolument », et elle le dit comme un pékinois qui répond aux stimulations qu'il reçoit de son dresseur par un seul et même aboiement, ainsi qu'elle doit répondre aux demandes des clients qu'elle reçoit à son guichet entre huit heures et quatorze heures avec son sourire figé de femme parfaite.

Pendant le dîner, à la question « Un peu de vin, Olga ? », sa réponse a été un sec « Absolument ». Quand maman a tenté de lancer la conversation avec un « Emma m'a dit que tu es de Saragosse. Ah, quelle ville si… euh… aragonaise ! », elle nous a flatté l'oreille d'un nouveau « Absolument ». Et quand oncle Eduardo, qui depuis son arrivée l'étudiait sans détourner son regard rapace de ces seins énormes impossibles à dissimuler, a proposé : « Il fait vraiment chaud, ici, tu ne trouves pas ? Tu devrais peut-être ôter ton gilet… », elle l'a regardé, les lèvres un peu pincées, et, fermant le dernier bouton dans un geste presque monacal, a répliqué : « Absolument pour la question. Non pour la suggestion. »

Comme nous l'avons appris peu après les entrées, Olga travaillait – et travaille toujours – dans une caisse d'épargne. Lorsque Silvia lui a demandé ce qu'elle faisait dans la vie avec un intérêt moins motivé par une curiosité réelle que par son désir de continuer à récolter les splendides perles qu'Olga semait avec une ingénuité assez ahurissante, celle-ci a répondu, avec le plus grand sérieux :

« Je travaille dans le secteur de la banque. »

Silvia a haussé un sourcil :

« La… banque ? »

Alors Olga a commis une erreur impardonnable. Elle a voulu être spirituelle.

« Oui, la banque, a-t-elle repris, la tête un peu inclinée, presque avec coquetterie. Ce truc qui facilite la vie aux citoyens, qui veille sur leur épargne et leur offre l'accès à un bien-être qui sinon leur serait impossible », a-t-elle récité comme un perroquet de foire.

Personne n'a ri, à part elle. Seul oncle Eduardo a hoché la tête avec complaisance en regardant tressauter les épaules d'Olga et avec elles ce qui comprimait son cardigan d'une épaule à l'autre.

Silvia a planté ses coudes sur la table et a décoché à son interlocutrice un sourire où nous avons tous lu l'évidence : Olga venait de se faire une ennemie.

« Sans blague, comme c'est passionnant ! s'est-elle exclamée. Et créatif ! »

Olga s'est rengorgée, absolument hermétique au ton incisif de Silvia :

« [Petit toussotement] Oui, laisse-moi te dire que la banque est un domaine bien plus créatif que ce qu'on pourrait croire », a-t-elle poursuivi en gratifiant Silvia d'un sourire professionnel puis en parcourant le reste de l'assemblée du regard. Emma la dévorait des yeux avec une dévotion absolue. « Le rapport à la clientèle est une leçon quotidienne d'humanité et de générosité. Laisse-moi te dire que gérer l'avenir immédiat de nos semblables rend plus [toussotement]… plus humain. »

Maman l'a regardée comme si en sortant de l'une de ces séances de reiki pour cinglés d'Ingrid, elle était tombée sur maître Yoda en personne à l'arrêt de bus. Ravie. Elle était ravie. Ces mots « humanité »,

« générosité » dans la bouche d'Olga étaient une musique céleste à ses oreilles.

« Tu as absolument raison, a-t-elle déclaré en engouffrant une moitié de croquette. Je me demande bien ce qu'on ferait sans les banques. » En face d'elle, Silvia a pris un air si écœuré que maman a paru douter, fourchette en l'air, mais cela n'a duré qu'une seconde. « José, le petit jeune homme qui s'occupe de moi à ma banque, est un véritable amour. Figure-toi qu'il est en fauteuil roulant, le pauvre, à cause d'un petit souci qu'il a aux jambes, et malgré ça, il me racontait l'autre jour qu'il est bénévole au chenil deux après-midi par semaine pour promener les chiens, et aujourd'hui Ingrid m'a dit que… »

Je lui ai coupé le sifflet d'un « Maman, tu me passes les croquettes ? »

Bref, le dîner n'avait pas vraiment commencé sur un bon pied. Le premier plat fut une parenthèse de tension à la carte, avec une Emma enamourée et maladroite et une maman prévenante jusqu'à la nausée, devenue soudain l'une de ces mères de téléfilms américains du dimanche après-midi qui consacrent leurs journées à préparer des cupcakes et autres saletés recouvertes de sucre vert ou rose et à s'occuper de leur petite famille pendant que la petite famille, justement, mène en secret des vies beaucoup moins sucrées et roses qu'elles se le figurent.

Puis, alors que nous attendions le plat suivant, plongés soudain dans un de ces silences hostiles que personne ne semble savoir briser, maman est revenue à la charge dans sa croisade conciliatrice. Elle en était à son troisième verre de vin et quelque chose a dérapé. Se tournant vers Olga, elle lui a sorti de but en blanc :

« Ah, eh bien, c'est formidable, non ? »

Olga l'a regardée, interloquée. Elle a froncé les sourcils et s'est tournée vers Emma, qui lui a souri.

« Euh… quoi ? »

Maman a eu un petit rire quelque peu éméché et Silvia m'a balancé un coup de pied sous la table.

« Eh bien, tu sais, a poursuivi maman, que tu sois lesbienne et tout ça, c'est formidable, non ? »

Olga est restée interdite. Les autres aussi.

« Je veux dire, sinon, tu n'aurais pas pu être la petite amie d'Emma, pas vrai ? Hi hi hi… » Olga a toussoté, le visage de marbre. Alors qu'elle allait prendre la parole, maman a renchéri : « Tu as bien raison, ma fille. Moi, si c'était à refaire, je te le dis franchement, je ferais comme vous. Je me chercherais une bonne amie pour aller au cinéma, aller déjeuner ensemble et tout partager. Oui, certainement. Mais chacune ses culottes, hein ? Parce que tu vois, le seul avantage d'un mari, c'est qu'au moins il ne t'emprunte pas tes culottes ou tes soutiens-gorge. Enfin, sauf si tu as la malchance qu'il soit un peu bizarre, bien sûr, parce qu'il y en a des comme ça aussi », a-t-elle achevé en se tournant vers moi.

À ce moment, le portable d'oncle Eduardo a sonné et il s'est levé pour répondre ; Silvia l'a suivi pour aller aux toilettes. Dès qu'ils ont disparu, maman a posé la main sur le bras d'Olga et lui a dit, comme une confession de mère à belle-fille :

« Ah, ma chérie, je suis tellement heureuse que notre Emma ait enfin rencontré une jeune fille comme toi, si mignonne et comme il faut, avec ces cheveux longs, ce collier de perles, cette belle petite poitrine bien à sa place et ce sac… » Elle s'est écartée un peu pour mieux la contempler et a hoché la tête deux fois avec satisfaction. « Je sais bien que je ne devrais pas dire ça, mais étant donné ce qu'on voit de nos jours, tu es un ange tombé du ciel, ma fille ! » Après s'être interrompue le temps d'avaler une gorgée de vin, elle s'est brusquement retournée vers Olga, se penchant sous son nez pour mieux la voir : « Mais au fait, j'y pense… mmm… tu n'as pas vraiment l'air d'une lesbienne, toi ! »

La main d'Olga s'est crispée nerveusement sur la serviette en tissu, mais elle avait toujours son sourire accroché au visage.

« J'ai été mariée à un homme jusqu'à il y a deux ans, a-t-elle commencé, de sa voix de femme modèle. Alors, lesbienne, vraiment lesbienne, je ne sais pas encore si…

— C'est pareil pour moi, l'a coupée maman en lui tapotant le bras d'un air complice. Sois tranquille, avec nous, tu n'as pas à t'inquiéter. Tu es en famille. Et notre famille est très ouverte. Donc, si tu aimes les petites culottes, tu aimes les petites culottes, un point, c'est tout. »

C'est là qu'Olga s'est levée comme si elle avait été montée sur ressort et a lâché d'une voix crispée : « Je vais au petit coin. »

Maman s'est resservi un peu de vin. Ce n'est qu'après avoir reposé la bouteille sur la table, en reprenant son verre, qu'elle s'est rendu compte que ses deux enfants restés à table la dévisageaient, muets. Semblant remarquer soudain la tension qui flottait au-dessus de la table, elle a eu une de ces sorties auxquelles elle a appris à avoir recours depuis qu'elle s'est libérée du regard vigilant de mon père. Elle a approché le verre de ses lèvres, et, avant d'avaler une gorgée, a déclaré à la cantonade :

« Vous savez quoi ? Vous le croirez ou non, mais hier je m'ennuyais tellement que j'ai pris un Efferalgan vitaminé. »

Le reste du dîner n'a pas été beaucoup mieux. Après une interminable soirée jalonnée de gaffes, deux bouteilles cassées par maman et un certain nombre de grenades dégoupillées lancées par Silvia de sa tranchée sur l'inexpugnable bunker bancaire de Sœur Laissez-Moi-Vous-Dire, Olga et Emma sont enfin parties et nous nous sommes retrouvés silencieux quelques minutes, jusqu'à l'arrivée des cafés et du digestif d'oncle Eduardo.

Silvia a bu deux gorgées de son « déca-crème-avec-lait-de-soja-tiède-sans-sucre-ou-à-la-rigueur-du-sucre-de-canne-merci ».

« Mmm, a-t-elle commencé après avoir toussoté, la bouche en cul-de-poule, eh bien, laissez-moi vous dire, mes chéris, que celle-là, il va falloir se la farcir… Et ce n'est pas gagné. »

Maman a poussé un soupir en levant les yeux au ciel avant de dire sur un ton indulgent :

« Ah, là, là, comme tu es dure… Moi, je l'ai trouvée très… très… comment dire… humaniste ? »

Silvia l'a regardée, bouche bée.

« Humaniste ? Arrête de dire n'importe quoi, maman, je t'en prie… »

Maman a eu une grimace agacée :

« Enfin, vous savez, comment dit-on quand quelqu'un parle bien, a de l'éducation, bref, qu'il a du savoir-vivre ? »

L'air exaspéré, Silvia a allumé une cigarette, dont elle a pris une longue bouffée qu'elle a expulsée avant d'asséner :

« Tu parles ! Une sacrée conne, oui. »

Oncle Eduardo a éclaté de rire et a ajouté son grain de sel d'un sobre :

« Peut-être que si elle n'était pas si couverte... »

Silvia a rebondi illico :

« Tout à fait d'accord avec toi, tonton... Si elle n'était pas si couverte, si elle parlait un peu moins, si elle n'avait pas cette voix de prof de boîte catho, ou si elle ne riait pas comme si elle avait un stylo à pointe fine planté... là où je pense... »

Oncle Eduardo s'était tourné vers elle, un sourcil levé. « Bref, a conclu Silvia, si elle n'était pas elle, peut-être qu'il y aurait un espoir, mais cette fille est un peu trop elle, et l'expérience individuelle comme l'histoire universelle nous ont amplement démontré qu'avec les femmes un peu trop elles, c'est sans issue. Pas l'ombre d'une chance.

— Eh bien, moi, je crois que nous devrions lui en donner une, de chance, a repris maman qui jouait avec des miettes de pain qu'elle avait rassemblées du revers de la main. Antón Reynaldo, le chaman d'Ingrid, dit qu'à chaque fois que nous refusons de laisser une chance à un être qui frappe à notre porte, c'est comme... euh... un peu comme pour une cigogne qui se serait écrasée contre le clocher d'une église et qui aurait lâché le baluchon avec le bébé : du coup, la mère, celle qui attend tout heureuse à la maison, avec les petits vêtements, le berceau tout neuf, les petits chaussons et les couches achetées chez

Mercadona, se retrouverait le bec dans l'eau, bien sûr, et alors... »

Nous étions tous là, à la regarder pendant qu'elle, occupée à pétrir sa mie en une figurine censée être une sorte de bonhomme de neige miniature, poursuivait sur sa lancée, jusqu'à ce qu'elle prenne conscience de notre silence et lève la tête :

« Ce que je veux dire, c'est que tout le monde a droit à sa chance. »

Silvia s'est dressée comme un cobra.

« Non, a-t-elle sifflé. Pas tout le monde, non. » Puis, le regard assassin, elle a ajouté : « Tu devrais le savoir mieux que personne. »

De nouveau un ange est passé. Même si le divorce de maman et papa datait déjà de plus d'un an, Silvia ne l'avait pas digéré : c'est elle qui en avait le plus pâti et elle y avait laissé des plumes. La blessure était toujours à vif. Car, une semaine après sa conversation téléphonique avec maman depuis Atlanta, elle avait donné rendez-vous à papa dans un café pour lui balancer ses quatre vérités, lui dire que ce qu'il faisait à maman était absolument honteux et qu'il n'allait pas s'en tirer comme ça, il pouvait lui faire confiance. Papa, étrangement humble et complaisant, l'avait laissée parler. Puis, quand Silvia avait eu fini de lui déballer son discours, agrémenté de quelques perles qu'elle gardait en attente dans le tiroir de ses souvenirs depuis des temps immémoriaux, il l'avait contemplée avec le sourire goguenard d'un homme expert en fourberies au lit, au jeu et en affaires, avait porté la main à la poche de sa veste et en avait tiré une enveloppe à l'en-tête de son avocat qu'il avait fait glisser sur la table. Silvia avait pris l'enveloppe, l'avait ouverte et était devenue livide en reconnaissant la convention de divorce signée.

Dans l'un de ses accès de méchanceté que nous lui connaissions bien, papa avait attendu qu'elle relève la tête, avait avalé la dernière goutte de son café au J & B et lui avait asséné :

« Je vois que tu n'as toujours rien appris, ma fille. » Il avait hoché la tête lentement avec un claquement de langue. Puis il lui avait dédié l'un de ses sempiternels sourires de dandy de série B. « Tu continues à parier sur le mauvais cheval. Dommage pour toi. »

Silvia lui avait balancé une gifle, agrémentée d'un « Va te faire foutre » lâché les dents serrées, puis elle était partie.

Deux jours après je l'accompagnais au bureau d'état civil pour une permutation des noms de famille[1].

Quand la fonctionnaire a voulu savoir si elle avait un motif particulier pour faire cette demande et si elle voulait le notifier dans la case correspondante, Silvia l'a regardée droit dans les yeux :

« Si vous connaissiez mon père, vous ne me poseriez pas la question. »

La femme a donné un coup de tampon sur le formulaire, l'air las :

« Je vois. »

En sortant, nous sommes allés grignoter quelque chose. Devant un sandwich et un café au lait, Silvia a reçu un SMS de papa. Il disait, mot pour mot :

1. En Espagne, l'identité légale est constituée de deux noms de famille accolés, le premier nom du père et le premier de la mère. En vertu de l'égalité des sexes, il est désormais possible de demander à les intervertir. *(N. d. T.)*

Il y a une femme dans ma vie. Elle s'appelle Svetlana. C'est la dernière nouvelle que je vous donne à toi, ton frère et ta sœur. Adieu.

J'ai accompagné Silvia à son travail. Nous avons marché lentement, en faisant un détour qui se voulait une promenade mais qui petit à petit a pris l'allure d'une parenthèse plombée, comme un gros nuage brouillasseux autour de nous. Silvia n'a plus ouvert la bouche.

Ses larmes n'ont pas cessé de couler jusqu'à ce que nous arrivions devant son entreprise. Juste avant d'en franchir le seuil, elle a parlé, sans se retourner :

« Il ne nous a pas laissés tomber. » Après une seconde en apnée, elle a répété : « Non, papa ne nous a pas laissés tomber. » Puis elle s'est retournée et a lâché entre ses dents : « C'est nous qui le faisons. »

Je n'ai pas su quoi répondre. Elle a planté son regard dans le mien, poings serrés, et m'a souri. Un sourire triste, forcé. De sœur aînée.

« Quand on nous posera la question, c'est ce qu'on répondra, Fer. Qu'on a laissé tomber. Parce que trop, c'est trop et que ce n'était plus possible. »

Elle a continué à me fixer jusqu'à ce que je hoche la tête lentement :

« OK. »

Alors son regard, son sourire se sont détendus. Puis elle m'a tourné le dos et a traversé le vestibule en direction des ascenseurs.

8

La nuit n'est pas particulièrement froide. Une brise de températures mêlées circule sur la place déserte, à laquelle on peut presque accéder depuis le balcon de maman. Dans la lumière des lampadaires, les bancs en bois ressemblent à des malles ouvertes, vides. Au loin, un homme promène son chien. Dans sa chambre, maman est au téléphone avec Ingrid qui, en bonne Nordique, l'appelle tous les jours à la même heure, quelle que soit la date. Nous l'avons laissée allongée sur son lit, radio allumée et chaussons en l'air. Appuyée à la rambarde près de moi, Silvia fume lentement. La brise rabat sur moi sa fumée qui m'enveloppe. Ça ne me dérange pas.

« Ça va ? » fais-je, après quelques minutes de silence ponctué par les coups de klaxon de voitures qui passent dans la rue adjacente.

Ils fêtent déjà la nouvelle année. Ils commencent tôt.

Silvia ne me regarde pas. Elle ne répond pas tout de suite. Je commence à me demander si elle va le faire quand elle lève la tête :

« Tu n'as rien dit à maman, hein ? » Je fais signe que non. « Il vaut mieux qu'elle ne sache rien pour l'instant. »

Nous restons silencieux quelques secondes de plus, les yeux fixés sur le ciel, elle à fumer, moi à attendre. Comme il est dur de parler ainsi, quand, hors du sujet qui réellement importe, tout n'est plus que bruit. Du vide à remplir.

Mais nous ne savons pas faire. Nous n'avons jamais su. Ni elle ni moi.

Les yeux toujours sur l'horizon, je me décide soudain :

« Tu l'as dit à Peter ? »

Elle hausse les épaules et jette sa cigarette par-dessus la rambarde. On dirait qu'elle attendait la question :

« J'avais besoin de réfléchir. »

Je suis sur le point de lui dire que c'est une bonne chose, mais je préfère me taire, parce que je connais Silvia et je sais qu'avec elle mieux vaut éviter les conclusions hâtives. Chez n'importe qui d'autre, la phrase qu'elle vient de prononcer serait synonyme de décision qu'il resterait à concrétiser, comme « Il m'est venu une idée » ou « J'ai pour projet de » ou même « Je suis en train de mener une réflexion qui va peut-être entraîner certains changements », mais chez Silvia les phrases ne disent généralement que ce qu'elles veulent dire, ni plus, ni moins. Il faut y aller avec prudence.

« Et alors ? »

Cette fois, oui, elle me regarde.

« Et alors… rien, murmure-t-elle, le visage dans l'obscurité. J'ai réfléchi, quoi.

— Ah. »

La silhouette qui promène son chien se rapproche, longeant un espace réservé aux enfants construit sur l'un de ces revêtements rouges et mous spécialement conçus pour recevoir des genoux sans larmes des propriétaires.

Dessus se dresse une sorte de monstre métallique qui regroupe balançoire, toboggan et filet d'escalade, tout en un. Le chien est petit et blanc. Il boite. L'homme marche lentement, calant son pas sur celui de l'animal. De temps en temps, il se retourne et lui parle à voix basse.

« J'ai besoin d'un changement », reprend enfin Silvia. Puis, tirant une autre cigarette du paquet qu'elle tient à la main, elle ajoute : « Je veux… j'ai besoin d'une nouvelle vie. Un nouveau… » Elle s'arrête, les yeux sur l'homme et son chien boiteux. « … Un nouveau paysage, de nouvelles relations, autre chose. »

Elle allume sa cigarette et fait tomber la cendre par-dessus bord. Nous la voyons rougeoyer quelques secondes sur le sol.

« Tu devrais peut-être attendre. Ça ne fait que deux jours. Prends ton temps. »

Elle expulse sa fumée par les narines :

« J'ai quarante et un ans, Fer. Le temps, c'est bien la dernière chose que j'ai.

— C'est rien, quarante et un ans.

— C'est exactement ce que je ressens depuis quelques jours : que mes quarante et un ans sont remplis de rien.

— Ne dis pas ça. »

À l'autre bout de la place, deux silhouettes, main dans la main, avancent maintenant vers nous. Elles sont encore loin, mais elles marchent vite, du même pas, traversant les faisceaux de lumière diffuse que les lampadaires projettent sur le sol comme des flaques d'eau blanche.

« Moi, je pense que quand tu en parleras avec Peter, tu verras la situation de façon plus… plus… enfin, d'une autre manière. Crois-moi, dis-je, sans quitter des yeux les deux silhouettes. Tu ne peux pas garder ça pour toi, Silvia. Et Peter est ton compagnon. »

Elle aussi suit les deux silhouettes pendant quelques secondes. Puis elle me regarde :

« Peter n'est plus là. »

Je hoche la tête :

« Oui, je sais. Mais il rentrera dans quelques jours. Et quand tu lui en parleras, tu verras que tu commenceras à voir les choses sous un autre jour. »

Les deux silhouettes se rapprochent. Elles traversent l'aire de jeux et contournent les quelques bancs où les retraités se retrouvent pendant la journée pour discuter au soleil. Maintenant on les distingue mieux. Ce sont deux femmes.

Emma et Olga.

« Non », fait Silvia en secouant la tête et en plantant ses yeux dans les miens. Ils brillent et reflètent l'essaim de lampadaires qui peuplent la place. « Tu ne comprends pas.

— Bien sûr que je comprends. » Je perçois mon ton, un peu agacé. Et las. Las d'être toujours le confident, le mur des confessions que trouvent les femmes de la famille pour s'épancher quand elles ont besoin d'une oreille attentive qui sache les écouter ; et las qu'elles me traitent, quand ça leur convient, comme le petit dernier, *trop jeune pour comprendre et c'est mieux ainsi.* « Ça n'a rien de compliqué. »

À cet instant, tandis que les deux silhouettes franchissent les quelques mètres qui doivent les mener jusqu'à nous, je remarque que la main de Silvia, celle qui tient sa cigarette, tremble, et aussi qu'elle plisse un peu les yeux, comme s'ils étaient irrités, avant de battre des paupières et de dire, un ton plus bas :

« En fait, il y a autre chose. »

À sa façon de parler, à la façon dont la lumière blanche des lampadaires se prend dans ses boucles rousses, au silence soupiré qui s'est glissé entre ses sept mots, je comprends qu'il y a vraiment autre chose, quelque chose de plus grand, de plus sombre, de plus difficile à confier. « Pourquoi avons-nous tant de mal à nous exprimer dans cette famille ? » ai-je envie de lui demander. « Pourquoi avons-nous tant de mal à avouer nos échecs ? Par honte ? Par peur ? Quelle est la raison ? » Je voudrais lui dire ceci et plus encore : que je suis là, que moi aussi je garde pour moi pas mal de vérités, que même entre frère et sœur on redoute certaines révélations parce qu'elles renvoient à trop de choses, trop de territoire commun, communément mal réparé.

« Peter ne va pas rentrer », lâche-t-elle en fermant les yeux. Puis, comme si elle craignait que je n'aie pas bien entendu, elle répète : « Il ne rentrera pas, Fer. Plus jamais. »

Sous le balcon, presque à nos pieds, les deux silhouettes s'arrêtent et lèvent la tête. Olga sourit et nous fait coucou de sa main libre en même temps qu'elle crie :

« Youhou ! On est là ! »

Silvia me regarde, renfrognée, et avec un claquement de langue agacé jette son mégot qui décrit un petit arc de cercle rouge au-dessus d'Emma et Olga. Puis elle ouvre la baie vitrée pour rentrer dans le séjour où aboient déjà Max et Shirley et me souffle, en écartant le rideau d'une main :

« Occupe la pie-jacasse le temps que j'aille ouvrir, s'il te plaît. Peut-être que tu arriveras à la faire arrêter de piailler. » Derrière elle, on entend les éclats de rire de maman et une voix moins claire, une sorte de ronron que je finis par identifier comme venant de la radio. « Ou mieux : balance-lui une casserole d'eau. Bouillante, si possible. »

Quand je me penche de nouveau par-dessus la rambarde, le visage d'Olga, blanchi par la lune et les lampadaires, est un spectacle étrange car inattendu. Il y a du bonheur sur ses traits, en tout cas, c'est l'impression qu'elle donne vue d'ici, engoncée dans son manteau en peau de lapin, les yeux luisants comme ceux d'un animal nocturne. Me revient en tête le pressentiment de maman et je pense que, comme tant d'autres fois, ses suspicions sont non seulement infondées mais aussi à côté de la plaque.

Soudain, je réalise ce que j'ai sous les yeux ; quelque chose que je n'avais encore jamais vu et que jamais je n'aurais cru voir un jour – ni moi ni personne, soyons clairs : Emma et Olga se tiennent par la main.

« Mince, alors ! » sont les seuls mots qui me viennent à l'instant où je comprends que cette Olga et cette Emma qui dîneront avec nous ce soir arrivent avec l'intention de fêter quelque chose que nous n'imaginons peut-être pas, enveloppées dans une sorte de halo imprévu, à des années-lumière du gros nuage noir qui pèse depuis deux jours sur la respiration déjà lourde en soi de Silvia. Et, comme une petite étincelle à peine perceptible dans l'obscurité où je me trouve, j'envisage soudain qu'il est possible, ce soir, que convergent à notre table des moments, des énergies, des propos si différents, tant réprimés, que peut-être – peut-être seulement –, ce que maman espère depuis si longtemps – une soirée détendue aux conversations fluides et légères – prendra l'apparence d'un bout de grève sur laquelle pourront venir s'échouer les vestiges de différents naufrages, avec leurs malles pleines d'intimités, de vêtements détrempés et de bouteilles à la mer.

Ainsi que tous leurs rescapés.

« Tu nous ouvres, Fer ? » m'interpelle Emma, qui elle aussi a levé le visage vers moi et dont le regard croise le mien une seconde.

Et voilà. Exactement ce que je disais : ces yeux étrangement brillants, ce demi-sourire en coin que je connais par cœur, mi-timide mi-« j'ai-un-secret-qui-me-rend-follement-heureuse-et-Dieu-sait-combien-de-temps-encore-je-vais-pouvoir-tenir-avant-de-vous-le déballer ». Ça, et aussi sa main dans celle d'Olga et la bouteille de mousseux que je découvre dans l'autre.

La soirée s'annonce mouvementée, ai-je le temps de penser avant que maman ne recommence à s'esclaffer du fond de sa chambre et que j'annonce à Emma :

« Silvia s'en charge. »

Juste à ce moment, l'interphone retentit, puis la voix de Silvia :

« C'est bon ? »

Olga et Emma disparaissent alors sous le balcon pour entrer dans l'immeuble.

J'entends encore, avant le claquement métallique de la porte en verre qui se referme, la voix stridente et exagérément enthousiaste d'Olga :

« Absolument. »

Puis c'est le silence.

9

Emma.

Voici un peu moins d'un an, Olga et elle ont décidé qu'elles en avaient assez de la ville.

« Nous partons vivre à la campagne », a annoncé Emma le jour de l'anniversaire de Silvia avec cette stupéfiante tranquillité avec laquelle elle lâche systématiquement les bombes qui ont jalonné sa vie mais aussi les nôtres.

En ça, elle est comme papa : ils sont si mauvais quand il s'agit de communiquer, ils assument si mal les vérités qu'ils ont le chic pour parler au pire moment, ce qui crée de petits îlots de désarroi et de tension qui tombent comme des cailloux dans l'eau d'une lagune. Par ricochets, ils provoquent des ondes autour d'eux. Certaines n'atteignent pas la rive. D'autres lacèrent.

« Nous ? » a fait Silvia qui sortait de la cuisine avec le gâteau au chocolat qu'elle avait elle-même préparé et qui, à en juger par son aspect, n'annonçait pas une digestion des plus facile.

Maman s'est statufiée et a étiré le cou comme une autruche, une moitié de canapé au saumon à la main.

« C'est vrai ? a-t-elle glapi d'une voix de gamine réjouie. On part à la campagne ? »

Peter a levé les yeux de l'écran de son iPad et nous a regardés avec l'expression absente qui est la sienne les rares fois où il daigne être des nôtres. Un regard vide. « Il a des yeux de merlan frit, ce garçon », répète oncle Eduardo en l'absence de Silvia quand l'un de nous l'évoque. Puis Peter a froncé les sourcils et de sa voix qui traîne sur les consonnes il a dit :

« Vfous partez déjchà ? »

Bon sang, ai-je pensé, assis près d'oncle Eduardo, *comment est-ce possible que nous arrivions encore à nous entendre alors que chacun est un monde à lui tout seul, différent de l'autre et qui fonctionne en parallèle ?* Je n'ai pas eu le temps de m'étendre sur la question. Maman a laissé tomber son canapé sur le tapis et Silvia est devenue blanche comme un linge devant les miettes et la tache de crème sur les motifs persans. Elle a manqué lâcher son gâteau, mais s'est reprise à temps :

« Ne t'inquiète pas, maman, s'est-elle empressée, tendue comme un arc. Je m'en occupe. »

Maman, sans lui jeter un regard, s'est penchée pour ramasser elle-même le canapé, si malencontreusement qu'elle a donné un coup de coude à la bouteille de Coca près de son assiette : un jet noir a jailli dans un bouillonnement et est allé inonder le plateau des canapés. Silvia a vacillé sur ses talons, les yeux comme deux boulets de canon. En face de moi, Peter a plongé le nez dans son iPad et moi j'ai fermé les yeux.

« Maman, stop ! a aboyé Silvia. Si tu fais un geste de plus, je t'attache à ton siège avec une ceinture.

— Hi hi hi, a pouffé oncle Eduardo tout bas. Avec une ceint… hi hi hi. »

Emma, qui n'avait plus ouvert la bouche et que tout le monde avait oubliée, a précisé alors :

« Olga et moi... » Nous nous sommes retournés pour la regarder et elle a ébauché un timide demi-sourire. « On a décidé d'ouvrir une maison d'hôtes. »

Maman a poussé un petit cri de joie et s'est mise à applaudir comme si elle avait cinq ans.

« Mais c'est fantastique ! Ah, ma chérie, quelle joie tu me fais. Une maison à la campagne, quelle bonne idée ! J'imagine que vous aurez des animaux, non ? Mais oui, quelle question ! Je pourrais vous aider pour les animaux, a-t-elle continué d'une traite, sans reprendre haleine. On pourrait acheter deux vaches, des canards, les canards, c'est si... euh... charmant, non ? avec leurs plumes et leurs petits à la queue leu leu derrière eux... ah, et il faudrait un bassin aussi, mais un vrai, hein ! Pas ces trucs en plastique minuscules, parce que ce qu'il y a, avec les animaux, c'est que s'ils ne sont pas dans un environnement *naturopathique*, ils dépriment, tout simplement. Parce que ce sont des êtres comme nous, vous savez », a-t-elle achevé, en nous regardant l'un après l'autre et en hochant la tête d'un air convaincu. Puis elle a eu l'air de réaliser quelque chose et a porté la main à son cœur : « Oh ! Mais est-ce que vous avez déjà trouvé quelqu'un pour vous occuper de la terre ? C'est primordial, ça, ma chérie, je t'assure. Figure-toi qu'Ingrid me racontait l'autre jour que... »

Silvia, qui tenait toujours son gâteau au chocolat, a levé les yeux au ciel en poussant un gémissement exaspéré :

« Maman ! C'est une maison d'hôtes, pas la Petite Maison dans la prairie. »

Oncle Eduardo a lâché un gloussement, coupé sec par Silvia qui l'a fusillé du regard. À côté de moi, maman a soupiré et a croisé les bras :

« Ne t'énerve pas. Je disais juste ça pour aider.

— Et nous t'en sommes tous reconnaissants, maman, tu ne sais pas à quel point, a fait Silvia en grimaçant un sourire. Je t'assure. »

Quand Emma a pu de nouveau en placer une, elle nous a raconté qu'Olga et elle avaient trouvé « une super occase » dans « un coin encore préservé au pied des Pyrénées » et que « après avoir bien pesé le pour et le contre » elles avaient décidé de faire le pari de changer de vie et d'aller vivre là-bas toutes les deux. Nous ne tarderions pas à découvrir qu'elles avaient mis exactement trois jours et trois nuits à « peser le pour et le contre » et que « la super occase dans un coin préservé » était une vieille bâtisse à moitié en ruine située non loin d'un village abandonné où la spéculation immobilière n'avait pas daigné arriver et auquel on accédait par une route en terre que personne n'avait jugé bon de réparer depuis quarante ans.

« On louera des chambres et moi je m'occuperai de l'entretien de la maison », a-t-elle achevé.

Maman a battu des cils :

« Mais… et ton lycée ? Tu vas demander ta mutation, ou… ? »

Emma a souri, ravie, prête à lâcher sa deuxième bombe de la soirée :

« Non. J'ai demandé une disponibilité. Seulement pour un an, pour l'instant, mais si tout se passe bien, dès que je pourrai, je laisse tomber l'enseignement. »

Personne n'a dit quoi que ce soit pendant quelques secondes. Oncle Eduardo a haussé un sourcil dubitatif et a toussé. Maman s'est servi un verre de Coca, en en renversant un peu au passage, et Silvia s'est approchée lentement de la table pour déposer le gâteau le plus loin possible de maman.

« Et… Olga ? a-t-elle demandé, sans quitter son gâteau des yeux.

— Elle, elle a eu sa mutation », a précisé Emma.

Silvia a hoché la tête, lèvres pincées :

« C'est ça qui est bien, avec le monde de la banque. Il est d'une telle générosité… »

Emma a souri :

« Nous sommes absolument ravies. »

Et en effet. À la surprise générale, et même si aucun de nous n'avait rien dit, ni ce jour-là, ni les semaines qui avaient suivi, parce que nous espérions que cette idée, aussi insensée que tant d'autres auxquelles nous avait habitués Emma, tournerait en eau de boudin, le temps a fini par leur donner raison : Emma, ravie de se voir, après tant d'années, délivrée des monstrueux ados de banlieue auxquels elle tentait de faire rentrer dans la tête que Delhi n'était pas qu'une nouvelle appli pour iPhone ; ravie aussi dans son nouveau rôle de maçonne, fermière, jardinière, soigneuse de chats, réceptionniste, animatrice socioculturelle, laveuse de draps, monitrice de rafting et femme à tout faire ; et Olga, ravie d'être devenue soudain la reine de la petite succursale de sa banque installée dans un patelin voisin qui sentait le fumier et le purin, avec son manteau en peau d'animal mort, ses bottines Geox, son collier de perles et ses cheveux crêpés, distribuant ses « Laissez-moi vous dire » et ses « Absolument » à gauche et à droite parmi les locaux et les retraités du coin, derrière la vitre de l'unique guichet.

Voilà comment a démarré l'aventure de Tarita – car oui, c'est ainsi qu'Olga avait décidé de baptiser la maison. « Comme Tara, mais en petit, avec le diminutif », nous a-t-elle révélé avec un sourire de maîtresse d'école le jour où nous l'avons inaugurée, tandis qu'elle faisait glisser un rideau de velours et découvrait le nom de la maison peint sur un petit écriteau en carreaux de céramique verte ; et voilà comment Olga et Emma sont devenues les propriétaires de la seule maison d'hôtes – la seule maison habitée, d'ailleurs – du coin.

« Pas une maison d'hôtes, non, s'est empressée de me corriger Olga, son sourire de guichetière aux lèvres, quand le jour de l'inauguration, elle m'a entendu conseiller à Emma d'inscrire leur maison sur l'un de ces sites de maisons d'hôtes, une maison de charme. » Puis, peut-être parce qu'elle craignait que je n'aie pas bien saisi, elle a répété, un peu plus fort, en détachant les syllabes : « Une-mai-son-de-charme. »

Silvia l'a regardée comme si elle venait de voir grimper un cafard le long d'un rideau et Emma, dans l'une de ses impulsions pour arrondir les angles et apaiser les tensions, a eu, une fois de plus, un commentaire malencontreux :

« Une maison d'hôtes, pleine de charme, quoi », a-t-elle lancé avec un sourire jusqu'aux oreilles que maman a salué d'un hochement de tête et que Silvia a reçu avec une moue hautaine et un air excédé.

Depuis lors, depuis que Tarita a vu le jour et qu'ont commencé à arriver les premiers clients, les choses ont beaucoup changé dans la vie d'Emma et d'Olga, surtout dans celle d'Emma. Il est rare qu'elle descende à Barcelone et quand elle vient, comme elle le dit elle-même, c'est pour « faire des démarches », démarches qui consistent, entre autres, à voir un match de foot, aller chez le dentiste ou chez le coiffeur – ce qui, en l'occurrence, revient chez elle à un massacre en règle, parce qu'étant ce qu'elle est, elle va se faire couper les cheveux au premier Carrefour venu.

« Ils vous font la coupe pour sept euros, séchage inclus », s'est-elle rengorgée une fois, alors que, comme souvent lors d'un de ses passages en ville, elle nous avait donné rendez-vous à Silvia et moi pour déjeuner dans un végétarien du Raval. « Bon, c'est vrai qu'en fait on ne vous lave pas les cheveux, avait-elle précisé, ravie. On vous les mouille, juste. »

Silvia avait failli s'étrangler avec son chausson au tofu et Emma avait hoché la tête, fière d'être si économe.

« Et c'est quelqu'un en particulier qui te grignote les cheveux pour arriver à ce résultat ou bien ils te plongent la tête dans un aquarium rempli de piranhas ? s'était enquise Silvia avec une ironie mordante qui m'avait fait pouffer de rire et qu'Emma avait fait mine de ne pas percevoir.

— Non, avait-elle répondu, sourcils froncés, ils font ça aux ciseaux. »

Parfois, Emma profite de ses virées en ville pour s'acheter des vêtements et au passage elle rapporte un cadeau à Olga, essentiellement des culottes, des chaussettes thermiques ou des soutiens-gorge taille unique qu'elle dégote à prix bradé chez un camelot roumain. Celui-ci, quand il la voit arriver, remercie sa bonne étoile et fidélise sa cliente à coups de cadeaux comme un porte-clés qui fait torche, un écusson du Real Madrid, une radio-briquet qui joue l'hymne roumain ou un faux paquet de cigarettes contenant un jeu de cartes à l'effigie de jeunes métisses nues comme des vers et intégralement épilées.

Bref, cette femme aux cheveux massacrés, qui pousse les hauts cris quand on lui réclame plus de six euros pour un plat du jour, conduit une Land Rover vieille de quinze ans aux suspensions si dures qu'elle a dû fixer un coussin d'avion au-dessus du siège conducteur pour ne pas se briser la nuque à chaque fois qu'elle parcourt les six kilomètres de route qui relie Tarita à la civilisation ; une femme chaussée de mocassins plats qui achète ses pull-overs chez Emmaüs et a le visage couvert de rides précoces parce qu'il n'y a pas moyen de lui faire comprendre qu'à son âge les crèmes ne sont pas un luxe mais un bien nécessaire… ; telle est notre Emma, ou du moins l'Emma de la face A, comme dirait maman.

Il y a aussi l'autre, l'Emma de la face B, celle que peu d'entre nous connaissent.

Celle de la face B est une femme qui veut aimer à tout prix et qui choisit mal parce qu'elle le fait dans l'acharnement, toujours le « Bien sûr », le « Comme tu voudras » et le « Pas de souci » aux lèvres, prête à tout ou presque pour que quelqu'un la regarde – et la voie – depuis qu'un jour, il y a quelques années, la vie l'a fauchée ; qu'elle s'est retrouvée à attendre un coup de fil qui n'est jamais venu et qui l'a clouée au trottoir d'une rue comme un feu bloqué sur l'orange. La face B d'Emma est ce qu'elle ne raconte pas parce que si elle le faisait, elle s'entendrait parler au présent et ce serait alors comme si la vie lui rappelait qu'elle est toujours là, sur ce trottoir, à vivre dans un passé continuel qui risque bien d'être immuable.

« Nous sommes tous ce que nous sommes par ce que nous avons été autrefois », disait grand-mère Ester quand elle nous entendait dire du mal de quelqu'un. Et à sa question « Mais sais-tu comment il/elle était avant ? Sais-tu quelle a été sa vie ? Le sais-tu ? », nous n'avions pas d'autre réponse à opposer que le silence. La phrase de grand-mère est aisément applicable à Emma et c'est pourquoi il n'est pas difficile de tout lui pardonner. Emma agit contre le ressort de ses carences, dans une fuite et une souffrance également flagrantes, et face à ça, tout est dérisoire. Tout nous semble dérisoire.

La blessure d'Emma se nomme Sara. Et je dis « se nomme » parce que je sais – nous savons tous – que Sara n'est pas encore tout à fait absente, malgré le temps qui s'est écoulé depuis qu'elle n'est plus là. Sara est toujours là, et on ne parle pas d'elle, car le faire impliquerait d'évoquer trop de choses qui lui sont liées alors que la souffrance a abîmé la mémoire d'Emma, l'a complètement écornée. Si quelqu'un demandait à Emma ce qui est arrivé ce jour-là, ce qu'elle a ressenti, ce qui a mal tourné… elle se recroquevillerait sur elle-même comme elle le fait quand la réalité apparaît dans le miroir et l'oblige à se regarder dedans. Si quelqu'un posait la question, elle répondrait ce qu'elle répond toujours :

« Sara n'a pas appelé. »

Sara n'a pas appelé. Pendant longtemps, jusqu'à l'arrivée d'Olga, Emma le racontait comme ça. Parfois, quand nous nous y attendions le moins, elle sortait ça comme si elle venait de se rendre compte que c'était arrivé, et que ça lui était arrivé à elle, toujours éberluée, encore incrédule. « Sara n'a pas appelé », disait-elle, et nous qui étions là, nous nous taisions et attendions. Le reste, il fallait se l'imaginer. Depuis, à chaque fois qu'un portable sonne, il y a chez elle un clignement d'yeux mécanique accompagné d'un tic nerveux de la tête, comme si une porte se refermait brusquement dans sa tête et la faisait sursauter. Et son regard dans le vide qui cherche quelque chose.

La face B d'Emma est rayée, comme une ardoise sur laquelle un ongle se serait acharné tous les jours pendant des années. J'ai vécu avec elle cette époque d'ongle sur le tableau noir. J'ai vécu la griffure et ce crissement strident, insupportable, qui hérisse le poil et qui marque beaucoup d'enfances. C'est avec moi et moi seul qu'Emma a voulu le partager. C'est moi qu'elle a choisi. Elle est venue me chercher et j'ai été là. Presque un an à surnager dans ces eaux troubles, elle cherchant à s'y noyer et moi lui maintenant la tête hors de l'eau.

Et ça a marché. Du moins, nous l'avons cru.

Jusqu'à ce qu'un jour le nom d'Olga apparaisse sur le tableau noir et qu'Emma se mette à le recopier encore et encore comme une écolière punie qui, obéissante, fait ses lignes vite et bien. « Olga, Olga, Olga… » Elle alignait encore et encore ce nom du bout de l'ongle sur l'ardoise mal effacée, et à force de l'écrire, le nom de Sara, l'absence de Sara s'est emplie d'Olga, de sa présence et de tout le bruit qui l'accompagne.

Du bruit. C'est ce qu'elles sont, ensemble et séparément. Olga en est pleine, comme une maison abandonnée dont les craquements étranges et divers effraient. Son rire, sa voix sont du bruit pur et simple. Elle parle comme elle sonne, pas comme elle pense. Et elle ressent en stéréo, bien décidée à rendre public le peu qu'elle est, parce que ce qu'elle est sonne bien, pour elle. Emma, au contraire, a besoin du bruit pour ne pas être. Celui d'Olga en fait taire beaucoup d'autres qu'elle préfère ne pas entendre et toutes deux sont à l'aise dans ce parfait binôme contre lequel nous avons cessé de batailler depuis longtemps. Par lassitude. Lassitude d'attendre qu'Emma se décide à voir ce que nous voyons, de penser qu'elle a envie de le voir. Depuis, nous jouons à faire semblant que l'une et l'autre font partie de ce que nous sommes tous. De ce qui reste. De ceux qui restent.

De là où je suis, de ce côté de la vitre, je les vois entrer ; Emma blottie contre Max qui, les pattes sur ses épaules, la couvre de coups de langue pendant qu'Olga attend prudemment en retrait que les chiens se calment, plantée sur le palier avec un sourire plaqué sur le visage, les yeux un peu plus ronds que d'habitude, une main sur la poitrine. À ses pieds, Shirley, qui ne la quitte pas des yeux, aboie en montrant les dents, son petit bout de queue dressé, pendant que Silvia contemple la scène près de la table, la mâchoire dure. Maman apparaît juste à temps dans le couloir avec ses pantoufles, les agates de grand-mère et son col roulé en mohair, répandant cette joie qu'elle nourrit depuis qu'elle sait que nous serons tous réunis ce soir et qui la submerge quand elle constate qu'Olga et Emma sont bien arrivées et qu'elles sont là toutes les deux ; une vague d'émotion apte à déclencher chez elle le meilleur et le moins bon, la gamine incontrôlable qu'elle peut facilement devenir.

Euphorique. Maman est euphorique et stressée et cette combinaison – nous sommes bien placés pour le savoir – ne donne généralement pas de bons résultats, étant donné qu'elle s'accompagne souvent de maladresse et d'étourderies. Il va falloir ouvrir l'œil.

Il y a trop de lumière dans cette pièce, me dis-je soudain, alors que j'assiste à la scène depuis le balcon comme si j'étais devant un écran de cinéma et que tout se passait là, dedans, me laissant à l'extérieur. Je me rappelle la petite phrase de maman, il y a un instant, quand nous mettions la table – « Et toi, il serait bien temps qu'il t'arrive quelque chose, non, mon chéri ? » –, et qui de ce côté-ci du bocal me résonne entre les deux yeux comme l'une des bombes d'Emma, dans le mille. Je m'entends penser : *Voilà ce que je suis*, en suivant du doigt mon profil sur la vitre. *Voilà ce que je suis à trente-cinq ans. Ces cheveux roux bouclés. Cette mâchoire. Cette peau blanche. Ce regard vert. Ces mains aux longs doigts. Ce nez droit... Voilà ce qu'ils voient de l'autre côté de la vitre. Ce qui est visible.*

En un dixième de seconde, je vois maman aller à la porte d'entrée pour accueillir Emma et Olga, et je vois aussi Silvia se tourner lentement vers la fenêtre et me chercher du regard. Et c'est alors que je comprends que cette danse si cadencée, cette multiplicité de gestes qui s'enchaînent naturellement, tout ce langage facile, reconnaissable, bien huilé… tout ceci est ce qui fait de nous une famille, une histoire commune, une communauté.

Tout ceci : cette table, cette sœur aînée, cette mère, cette sœur cadette et sa compagne, le portrait de grand-mère au-dessus du canapé, les assiettes avec leurs serviettes de Noël rouges comme des bouées sur une mer de cristal, les verres et les coupes… tout ceci est le fil d'argent qui me rattache à une réalité qui court, parallèle à celle que j'ai décidé il y a quelques années de mettre de côté pour qu'elle me fiche la paix, pour qu'elle ne me fasse plus souffrir avec ses absences, ses coups de massue et ses hiéroglyphes bourrés de pièges.

Tout ceci est ce qui me retient ici, ma prise de terre depuis que les choses ont mal tourné dans ma vie et que la musique s'est mise à sonner faux, hors du ton, hors de tout. Depuis que, pour faire face, j'ai pris un chemin que j'ai cru être un raccourci et qui s'est vite révélé une voie sans issue.

J'ai perdu. Je n'ai pas su perdre. Et je me suis perdu.

Mais ça, c'est une autre histoire.

Ou peut-être pas.

Trois ans déjà. Trop de temps est passé en si peu de temps.

Encore une phrase de grand-mère Ester. Celle des dernières années. Avec sa mémoire de plus en plus fragile, ses carnets pleins de listes et de souvenirs.

De l'autre côté de la vitre, Silvia me regarde et moi je dessine sa silhouette du bout du doigt. Angles, sommets, contraction. Ses boucles rousses se confondent avec les miennes sur la vitre et nos profils se superposent, se complètent. En la voyant ainsi – son visage dans le mien –, je comprends maman et son envie de nous avoir tous avec elle, et je sais que, quoi qu'il arrive ce soir, tout est d'avance pardonné, parce que c'est ce que nous avons appris à faire depuis que nous avons enfin pu commencer à arrêter de pardonner à papa.

Je sais que Silvia ne pourra pas retenir ses piques ce soir, qu'Emma nous balancera une bombe ou deux et qu'oncle Eduardo torpillera la table avec l'une de ses frasques. Et qu'il faudra recomposer, recoudre et ramasser le verre, la porcelaine et la chair en charpie.

Mais ceci, dans cette famille que nous sommes maintenant, est ce qui nous unit.

Être. Être présent. Reconquérir des espaces. Nous convaincre que les fils qui nous unissent ne sont pas fragiles, comme ceux que tendait papa. Que ce n'est pas ou tout ou rien, ou avec moi ou contre moi. Et que nous sommes beaucoup plus que cela, plus complexes. Que nous sommes plus vivants depuis que le nuage noir de papa ne menace plus au-dessus de nos têtes.

À l'intérieur, Silvia me regarde. Elle attend.

Ses yeux, verts comme les miens, parlent. Ils disent que cette soirée est particulière, car quelque chose vibre dans l'air, celui de la pièce et celui qui balaie les bancs de la place, une brise mêlée de courants chaud et froid en cette fin d'année.

C'est vrai. Cette nuit l'air vibre et dans le ciel des lambeaux de nuage glissent en silence devant une lune à la fois rousse et grisâtre comme une vieille pièce de monnaie.

Grand-mère Ester disait que des nuits comme ça, tissées de vents chaud et froid, annoncent des aubes violettes. Jamais personne n'a cherché à en savoir plus. Nous n'avons jamais pensé à lui demander s'il y avait un message dans ces aubes violettes ou si ce n'était qu'une couleur, parce que pour grand-mère, surtout vers la fin, les explications étaient superflues. Elle se contentait d'énoncer. Le reste, il fallait l'imaginer. Elle, elle était fatiguée de s'expliquer.

« Nuits de lune grise et de brises contraires, aubes violettes », disait-elle.

Et grand-mère avait presque toujours raison.

À présent, quelque part au fin fond de cette place, sonnent dix coups.

C'est bientôt la nouvelle année.

L'heure de rentrer.

On m'attend.

Livre 2

LE PHARE

« Pew, raconte-moi une histoire.
— Quel genre d'histoire, petite ?
— Une histoire qui finit bien.
— Cela n'existe pas.
— Quoi, les fins heureuses ?
— Les fins. »

Garder la flamme, Jeanette Winterson
(trad. Séverine Weiss)

10

La conversation caracole au-dessus de la table entre les sodas, l'eau et le vin blanc, pendant que quelque part dans la ville oncle Eduardo, qui a appelé il y a une demi-heure pour annoncer qu'il était à l'aéroport et qu'il attendait sa valise, roule en taxi vers nous.

D'un côté de la table, Olga et Emma. De l'autre, Silvia et moi. À droite d'Emma, entre elle et le bout de table, un couvert de plus, avec ses assiettes, ses verres, sa serviette et aussi sa chaise. Maman préside, heureuse, Max couché entre elle et moi, son énorme tête posée sur mes pieds. Jusqu'ici tout a été facile. Olga et Emma sourient comme deux gamines, se regardent à la dérobée, s'effleurent parfois les mains, méconnaissables. Emma a les yeux qui brillent et Olga déborde d'allégresse dans son pull vert moulant, les cheveux ramassés en un chignon haut, avec sur la poitrine une double rangée de perles qu'elle fait rouler sous ses doigts comme un rosaire, en un geste qui doit lui inspirer des choses qui nous sont inconnues. Près d'elle, Emma est égale à elle-même : une tignasse châtaine mal coupée, une peau trop sèche, des ongles rongés, une chemise blanche qui a connu des jours meilleurs et autour du cou une espèce de foulard que Silvia lui a offert à un anniversaire et auquel elle a toujours recours pour les occasions spéciales.

Depuis que nous sommes à table, Olga et maman n'ont pas arrêté de parler, pendant que Silvia grignote distraitement des biscottes au cheddar à côté de moi, étrangement lointaine, presque lymphatique. Car là où Olga et maman sont des reines, c'est bien dans l'art de transformer la moindre broutille en gros titre, qu'elles déroulent sur l'attente comme une bâche, égrenant les sujets et sautant d'une anecdote à l'autre. Toutes deux sont très à l'aise avec le brouhaha et le quotidien : les infos, la crise, les potins des émissions de télé à la mode, la presse people, le dernier film qu'elles ont vu… De part et d'autre de la bâche, les trois autres restent silencieux, chacun plongé dans ses propres réflexions, extérieurs au fond sonore de notre soirée commune. Emma, béate, regarde Olga et maman avec un sourire distrait qui n'a manifestement rien à voir avec ce qu'elle a sous les yeux. Je connais bien ce sourire. C'est celui de l'Emma absente, celle de la face B. En face de moi, ses yeux dans le vague sont bloqués sur quelque chose qui n'est pas ici et qui, à en juger par leur éclat, doit être un motif de joie. Elle a l'air de suivre avec intérêt la conversation, un peu penchée en avant, les deux coudes appuyés sur la table, mais elle n'est pas avec nous.

À côté de moi, Silvia ne sourit même pas. Son visage anguleux, de profil, est un enchevêtrement de lignes dures, avec des poches sous les yeux presque musculaires.

« Oh, tu sais ? La semaine dernière je suis allée avec Ingrid voir *Les Misérables*, lance maman en posant la main sur l'avant-bras d'Olga, sur le ton de quelqu'un qui annonce quelque chose d'absolument passionnant. La comédie musicale, hein, pas le film ! »

Olga fait une grimace qui se veut certainement un sourire intéressé mais qui reste comme clouée sur son visage.

« Absolument, fait-elle.

— Ah, c'était si… si réel », continue maman en agitant sa main en l'air comme pour s'éventer. C'est son deuxième verre de blanc et elle commence à être un peu pompette. « Il y avait plein de misérables très miséreux qui souffraient beaucoup tout du long. Tu vas même jusqu'à verser ta petite larme, à certains moments. Imagine, un peu comme des infos mais à Paris et sans la page des sports. Puis à la fin, tu vas dîner et c'est fini ! »

Comment ne pas rire ? Maman se tourne vers moi et me regarde, l'air surpris.

« Mais c'est vrai ! » se justifie-t-elle d'une voix de petite fille prise en faute.

J'acquiesce de la tête :

« Je te crois, maman.

— Mais Ingrid, elle, elle n'a pas aimé, précise-t-elle, en faisant la moue.

— Ah, non ? fait Silvia, un sourcil en l'air. Et on peut savoir pourquoi ?

— Elle a trouvé qu'il y avait trop de messages négatifs et que l'aura des personnages était un peu allopathique ou allogène, ou… enfin, je ne sais plus, répond maman en se remettant à battre l'air de la main de plus belle, au point de presque renverser la bouteille de vin.

— Ingrid est complètement frappée, maman, dis-je en rattrapant de justesse la bouteille, tandis que Silvia dépose sa biscotte sur la nappe en balayant d'un revers de main les deux miettes qu'elle a laissées. Et si tu continues d'écouter ses délires, tu vas finir comme elle. Ou pire.

— Pauvre petite, reprend maman en hochant la tête. Tu sais qu'hier elle a fait sa dernière séance avec son chaman et qu'il lui a demandé de lui prêter deux cents euros pour acheter des maracas neuves parce que le virement qu'on lui a envoyé de Quito n'est toujours pas arrivé ? »

Là, je n'arrive pas à me contenir :

« Mais enfin, tu ne nous avais pas dit qu'il était mexicain, ce chaman ?

— Bah, mexicain, bolivien... qu'est-ce que ça change ? rétorque maman avec une grimace agacée. Le fait est qu'il lui a demandé une petite rallonge.

— Et elle a accepté ?

— Bien sûr.

— C'est confirmé : elle est dingue et en plus elle est stupide, lâche Silvia près de moi d'une voix mauvaise.

— Ne dis pas ça, ma chérie. »

Silvia serre les dents.

« Qu'est-ce que tu veux qu'on dise, maman ? »

C'est moi qui reprends, dans l'espoir d'adoucir un peu le ton.

« Elle les enchaîne, aussi !

— Un de ces quatre, ton Ingrid, on va la retrouver au fond de la cave d'une de ces téléboutiques où elle t'emmène prendre des cafés et ça sera à nous de venir vous reconnaître à la morgue », prévient Silvia.

Maman cligne des yeux, visiblement blessée, et murmure :

« Tu dis de ces horreurs… »

Silvia laisse échapper un feulement exaspéré :

« Et encore, je me retiens ! »

Suit un petit silence gêné qui n'a pas le temps de s'installer car il est interrompu par le tintement d'un portable. Un message. Emma cligne des yeux et se tourne vers moi d'un mouvement mécanique. Maman, les yeux baissés, proteste faiblement :

« Oui, mais… c'est mon amie. »

Silvia referme sa main crispée sur la nappe.

« Et moi je suis ta fille, maman, reprend-elle, apparemment plus calme. Et celle qui tire toujours les marrons du feu pour toi.

— Oui, je sais.

— Eh bien, on ne dirait pas. »

Maman sait parfaitement à quoi s'attendre. Voilà une scène que nous avons souvent vécue depuis que papa a disparu et qu'elle a commencé sa vie de femme indépendante et dangereuse. Dangereuse dans ses envies d'aventure, certes, mais plus encore dans son désir d'avoir accès à des libertés qu'elle n'a jamais eues avec papa et qui depuis la visite quotidiennement, sans mesure.

Elle cherche des yeux ce qui pourra détourner l'attention de Silvia et dissiper les tensions, et son regard bute sur la carafe d'eau posée devant elle.

« Un peu d'eau, ma chérie ? » propose-t-elle avec un sourire avenant.

Silvia semble un instant à mille lieues d'elle et de ce qui se passe autour de cette table, comme si une ombre s'était glissée soudain entre cette réalité et celle qu'elle a rapportée de l'extérieur. Mais la parenthèse dure peu. Maman, qui, comme Olga, supporte mal les silences, se dépêche de trouver quelque chose à dire.

« Ah, fait-elle, en regardant par la fenêtre et en poussant un petit soupir indéfini censé exprimer de la nostalgie et qui fait dresser l'oreille de Shirley, je me demande où cette pauvre Micaela peut bien passer les fêtes. »

Cette fois, c'est moi qui me hérisse, mais j'arrive à me retenir à temps :

« Loin d'ici, j'espère. »

Silvia fait la grimace :

« À Alcatraz, avec un peu de chance. »

Micaela est une jeune Roumaine que maman a rencontrée à un feu un jour, alors qu'elle attendait qu'il passe au rouge, en promenant Shirley. Micaela fouillait dans un conteneur de vêtements avec un bâton. Dix minutes plus tard, elles prenaient un café chez maman et quelques jours après, Micaela commençait à faire le ménage chez elle deux fois par semaine.

Quand je lui ai demandé la raison de tant d'heures de ménage pour un deux pièces de quarante-huit mètres carrés, maman m'a regardé, l'air désolé :

« Shirley perd beaucoup ses poils. »

Je n'ai pas insisté.

Micaela Niculescu avait trois dents en or et six frangins postés aux coins des rues et aux feux rouges de la ville avec des seaux, des couteaux et des éponges, pour nettoyer des pare-brise qu'ils couvraient de crachats si la victime en question ne se décidait pas à leur donner la pièce. Le patriarche des Niculescu était, selon les propres mots de Micaela, « rrramassourrr », ce que l'on pourrait traduire par « voleur de cuivre dans les champs du Seigneur », et la mère tournait la soupe dans un squat où – cela, ne nous l'apprendrions que plus tard – deux pièces étaient destinées à « rrranger lé chosi, madamé », c'est-à-dire à être un bureau des objets pas perdus mais bel et bien volatilisés.

Alors que je n'avais appris l'existence de Micaela que par un WhatsApp de Silvia – « Il y a une Roumaine avec trois dents en or et un BlackBerry à coque en cristal de Swarovski qui fait le ménage chez maman. J'hésite à appeler les flics ou un psychiatre en urgence pour qu'il aille lui faire des électrochocs direct » –, malgré nos suspicions et notre méfiance initiale, la relation que maman entretenait avec Micaela nous a donné, plus que des craintes, beaucoup de grain à moudre, et bien peu de preuves que les intentions de la nouvelle amie-filleule-protégée de maman n'étaient pas celles qu'elle disait.

C'est vrai : Micaela a toujours été adorable avec tous. Dès le début.

Et jusqu'à la fin.

La fin de Micaela est arrivée quand nous nous y attendions le moins, exactement le jour de l'anniversaire de maman. Je me souviens que c'était un lundi et que nous étions partis pour la plage dans la matinée. Nous avions prévu d'y passer la journée avec les chiens, de visiter deux, trois villages sur la côte, de déjeuner en bord de mer et d'y rester jusqu'au dîner. Malheureusement la virée a tourné court. Une demi-heure après le premier péage, sur l'autoroute, le portable de maman a sonné. C'était Eugenia, sa voisine d'en face.

« Amalia, ma chérie, tu déménages ? lui a demandé Eugenia à l'autre bout du fil.

— Déménager ? Moi ? a fait maman, en se tournant vers moi, l'air interrogateur. Non. Pourquoi ?

— Ah bon… a dit Eugenia. C'est bizarre. Comme il y a un camion devant l'immeuble et qu'ils sont en train de sortir tes meubles par la fenêtre, je me suis dit que tu avais dû décider de quitter la résidence. Mais ça m'étonnait, aussi, vu qu'ici les gens ne partent que quand ils meurent… »

Maman est devenue livide.

Une heure plus tard, quand nous sommes enfin arrivés, Silvia avait la situation sous contrôle. Les cent un Niculescu finissaient de rendre le matériel volé – « Parrrdon, madamé, parrrdon, trrrompé déménajément. Oun errrér », pleurnichait Micaela dans l'une des voitures de patrouille pendant que sur le capot s'amoncelait un nombre non négligeable d'armes blanches, un pistolet, et un monceau de cartes de crédit qui heureusement n'étaient pas les nôtres – quand maman, brisée par la douleur, s'est approchée de la voiture où se trouvait son ex-amie pour lui parler à travers la vitre :

« Ah, Micaela, je suis tellement désolée, ma fille. Mais sois tranquille, je sais bien que tu n'y es pour rien. Ce sont les mauvaises fréquentations. Combien de fois je t'ai dit de te méfier des gens et de ne faire confiance à personne ! Que veux-tu, ce pays est ce qu'il est et nous sommes ce que nous sommes. Ton problème, c'est que tu es comme moi : si confiante et si gentille que tu en oublies de réfléchir. »

Micaela a souri en découvrant ses dents en or incrustées de brillants, puis elle a lâché une ribambelle de mots roumains assez malsonnants qu'elle a couronnée d'un crachat qui a glissé le long de la vitre de la voiture comme un vœu non exaucé.

Ce jour-là, Micaela et le clan Niculescu sont définitivement sortis de la vie de maman. Quelques heures plus tard, Silvia a fait installer chez elle une alarme reliée au poste de police. Quand elle a eu fini d'expliquer à maman comment fonctionnait le mécanisme, celle-ci l'a raccompagnée jusqu'à l'ascenseur, a pris congé d'elle, et après avoir refermé la porte de l'appartement, a fourré la télécommande de l'alarme au fond d'un pot de fleurs vide et l'a oubliée aussi sec.

À présent, maman bat des paupières, troublée car elle n'ignore pas que le sujet Micaela, encore brûlant, n'est pas franchement le bienvenu et qu'il vaut mieux ne pas poursuivre sur cette voie. Elle attrape la carafe d'eau et se tourne vers Emma :

« Je te sers un peu d'eau, ma chérie ? »

Emma la regarde sans se départir de ce sourire à moitié absent imprimé sur ses lèvres depuis qu'elle s'est assise à table et fait non de la tête. Puis elle nous dévisage tous, les uns après les autres, et lance, comme si elle venait d'arriver :

« C'est bizarre que papa ne soit plus là, non ? »

Maman se fige, la carafe à la main, et Olga s'agrippe à ses perles et émet une de ses petites toux sèches. Emma me regarde. Elle sourit toujours.

« Quel… quel calme », murmure-t-elle, presque comme si elle regrettait d'avoir ouvert la bouche, en appuyant machinalement sur une touche de son iPhone posé près de son assiette pour l'allumer.

Je vois maman se tasser un peu, reposer la carafe et se servir un troisième verre de vin. Avant de le porter à ses lèvres, elle dit alors, d'une voix qui, tout en étant aussi la sienne, est celle d'une autre Amalia, différente, une Amalia qui, comme Emma, lâche des vérités ruminées pendant des mois quand personne n'y pense et qui nous prend toujours à contre-pied :

« Depuis que j'ai divorcé, il ne m'a pas manqué une seule fois. Et parfois, je me sens même coupable… » Silvia lève la tête. Emma cligne des yeux. Papa. Maman parle de papa. « Parce que, quand j'y pense, j'ai tellement de peine de vous avoir donné un tel père, que je ne sais pas comment vous demander pardon. » Puis, les yeux mi-clos pour se protéger de l'excès de lumière, elle ajoute : « Vraiment, je ne sais pas comment. »

Je déglutis. L'angoisse dans la voix de maman est un brouillard dense, contagieux, qui soudain recouvre la table. Comme un voile de culpabilité, gris et laid, qui persiste depuis trop longtemps, même si pendant ces cinq ans et jusqu'à aujourd'hui elle n'en avait jamais parlé qu'à moi.

Je n'aime pas la voir dans cet état. Aucun d'entre nous n'aime ça.

Elle boit une gorgée de vin, les yeux rivés sur la nappe. Quelques secondes passent.

« Mais ce qui me fait le plus de peine, c'est d'avoir raté tant d'années moi-même », reprend-elle avec un sourire si triste que ma main se tend pour se poser sur son bras. À mes pieds, Max lève la tête et pousse un profond soupir ; sur la place, des cris et des rires. Des enfants jouent. « Si seulement j'avais su que la vie pouvait être autrement… Que nous pouvions nous sentir comme ça ensemble, si… bien. » Elle recouvre doucement ma main de la sienne et, les yeux vers la fenêtre, hoche la tête. « Mais… je ne le savais pas. »

En bas, les enfants se remettent à crier ; ils jouent dans cet immense échafaudage de cordes et de câbles qui est souvent cause de disputes. Ils rient aussi, emplissant la nuit d'insouciance. Ici, autour de la table, c'est le silence.

La main de maman réchauffe la mienne et, alors que je me décide à parler, elle baisse de nouveau la tête pour dire :

« Mais par-dessus tout, ce qui me fait de la peine, c'est que maman ne soit plus là. Qu'elle n'ait pas pu voir comment je suis maintenant. »

11

La première fois que maman s'est confiée à moi sur son divorce – me faisant part de la même angoisse qu'elle vient de laisser tomber comme une masse sur la table il y a quelques secondes à peine –, c'est le jour où j'ai emménagé dans mon studio sous les toits avec vue sur la mer. Elle m'avait proposé de venir préparer le dîner avec moi.

« Comme ça, je découvrirai seule ton nouvel appartement », avait-elle avancé.

Après avoir grimpé tous les étages, elle s'est assise sur la dernière marche de l'escalier, le souffle court, et m'a regardé, l'air effrayé :

« Ce n'est pas un attique, ça… Juste un sixième sans ascenseur ! »

À la porte, j'ai hoché la tête :

« Je te l'avais dit.

— Mais dis-moi qui va monter jusqu'ici pour venir te voir ? s'est-elle inquiétée. Tu vas te retrouver tout seul ! »

J'ai souri :

« Ne t'inquiète pas. C'est temporaire. »

Toujours assise, la main en visière pour protéger ses yeux de la lumière, elle a parcouru les murs écaillés et la cage d'escalier. J'ai redécouvert avec elle ce qui nous entourait : un escalier aux marches vétustes en pierre blanche, des murs sans moulures avec de grandes taches sèches d'humidité, une rampe si délabrée que par endroits le fer affleurait sous le bois comme un immense fossile et, au-dessus de nous, pour couronner le tout, une mince toiture supposément translucide, faite de plaques disjointes de PVC, qui, quand le vent soufflait, vous donnait l'impression qu'un métro passait au-dessus de votre tête.

Nos yeux se sont rencontrés et maman a soupiré.

« C'est vraiment… charmant, a-t-elle menti gentiment. Tu pourrais mettre un petit palmier, là. Je suis sûre qu'il profiterait bien. » Puis, découvrant l'extincteur accroché au mur, elle a ajouté d'une voix toujours essoufflée : « Et pendant qu'on y est, tu pourrais peut-être demander qu'ils installent une bonbonne d'oxygène au lieu de ce machin. » Son visage s'est éclairé soudain : « Ou alors on pourrait demander à Ingrid qu'elle te fasse un reiki depuis chez elle. Maintenant elle en fait aussi à distance. »

J'ai éclaté de rire et elle aussi. Même si ce n'était que par pur mimétisme, ça m'a fait du bien.

« Allez, viens », lui ai-je dit en lui tendant la main pour l'aider à se relever.

Une fois à l'intérieur, elle a posé son sac à côté de l'évier et a déclaré :

« Au moins, la concierge est très gentille. »

Je l'ai regardée sans comprendre :

« La… concierge ? » Elle a acquiescé. « Mais maman… tu crois vraiment que dans un palace comme celui-ci, on a les moyens d'avoir une concierge ? »

Elle a pincé les lèvres et s'est lissé les cheveux :

« Oui, pourquoi pas ? »

Il m'a fallu quelques secondes pour comprendre :

« Quand tu dis "la concierge", tu parles de cette femme en bas, la bonne soixantaine, assise sur un pliant de camping dans une sorte de nuisette à fleurs, avec sa radio et les ongles des pieds vernis aux couleurs du drapeau des États-Unis ? »

Elle a hoché vigoureusement la tête :

« Exactement ! Elle est très aimable et tu lui as fait très bonne impression. On a discuté un peu et quand je lui ai dit que j'allais au dernier étage, elle m'a dit que tu étais un garçon adorable et que je n'avais pas à m'inquiéter, que tu serais très heureux ici. » Je l'ai contemplée un instant et alors que j'allais ouvrir la bouche, elle a esquissé ce sourire radieux de gamine, qui n'existe que sur la planète Maman : « Et tu sais ? J'en ai profité pour lui demander si elle ne connaissait pas quelqu'un de sérieux qui pourrait venir te faire un brin de ménage deux fois par semaine. Elle m'a dit qu'elle t'enverrait une de ses filles. »

Je n'ai pas pu réprimer un sursaut.

« Maman, cette femme n'est pas la concierge.

— Ah, non ?

— Non, elle vient de République dominicaine, tu vois. C'est une prostituée et elle a six filles qui travaillent pour elle dans la pension du premier. Elle s'appelle Reimeldis. »

Maman a avalé sa salive et son sourire a disparu, puis elle a murmuré :

« Reimeldis. Tiens... Un joli nom, tu ne trouves pas ? »

Lui faire visiter le studio n'a pas pris beaucoup de temps ; il n'y avait pas grand-chose à montrer. Quand elle a eu fini de tout passer en revue – les torchons, les casseroles, les serviettes, les draps –, elle s'est tournée vers moi, l'air circonspect :

« Eh bien, c'est formidable, non ?

— Maman... » Elle a eu un vague sourire. « Tu trouves ça horrible à ce point-là ? »

Elle a écarquillé des yeux innocents.

« Mais non ! Pas du tout ! a-t-elle fait en parcourant du regard le séjour-cuisine-salle à manger-studio. C'est juste que... mmm... où sont les chambres, tu m'as dit ?

— Je ne t'ai rien dit à propos des chambres.

— Ah.

— Parce qu'il n'y en a pas.

— Ah. »

Elle s'est assise sur le canapé, a attrapé une revue sur la table basse et s'est mise à s'éventer avec.

« Et... tu vas dormir où ? »

J'ai pris place près d'elle.

« Nous sommes assis sur mon lit. »

Elle a continué à s'éventer deux, trois secondes, pensive.

« Alors, quand je viendrai te voir, je ne pourrai pas rester dormir ? » Il y avait une telle tristesse, une telle déception dans sa voix que j'ai immédiatement regretté d'avoir loué ce studio. Mais elle s'est reprise tout de suite.

« Tant mieux. Comme ça, c'est Max et toi qui viendrez et resterez dormir chez moi… tout le temps que vous voudrez. Moi, j'en ai un, d'ascenseur. Et un canapé trois places, aussi. En plus, comme tu dis que Max ne doit pas faire trop d'exercice, à cause de ses os et tout… »

De nouveau, j'ai vu le studio à travers ses yeux : minuscule, trop lumineux et vide.

« Comme la lanterne d'un phare », me ferait remarquer Emma quelques heures plus tard, après le dîner. Nous étions tous les deux sur la terrasse – « Je dirais plutôt une ouverture sur le toit à usage privatif », rectifierait Olga après son sempiternel toussotement quand un an plus tard je lui ferais faire une rapide visite de mon pigeonnier – et Emma était accoudée à la balustrade, tournée vers le studio éclairé. *C'est vrai*, me suis-je dit en contemplant la large baie vitrée qui prenait presque tout le mur de devant, *comme la lanterne d'un phare*. Derrière Emma, au loin sur sa gauche, clignotait une enseigne lumineuse qui brillait comme un diadème à message. Le slogan original proclamait « CALME AVEC ALMAX » mais comme deux ampoules avaient grillé, la phrase était devenue « CALME AVEC MAX ».

Calme avec Max. À ce moment-là, le message m'a paru rassurant. De bon augure.

Sur le canapé, maman a baissé les yeux et a recommencé à s´éventer. Elle avait l'air préoccupé.

« Qu'est-ce qu'il y a ?

— Rien, s'est-elle défendue, en soufflant bruyamment par le nez, un tic bien à elle.

— Maman ! »

Elle n'a pas répondu tout de suite. Après un nouveau coup d'œil autour d'elle, elle a fait, comme décontenancée :

« C'est juste que… enfin… c'est tellement bizarre tout ça.

— Tout ça ?

— Oui. Qu'on se retrouve tous les deux célibataires, comme ça, d'un coup. »

Ah, c'était donc ça.

« Si… seuls », a-t-elle ajouté, avec un sourire contrit.

J'ai senti un petit coup au cœur, à cause de ses mots ou de la faiblesse de son sourire, je ne sais. Je me suis raidi, blessé.

« Non, seuls, non », ai-je répliqué sur un ton sans doute un peu plus dur que ce que j'aurais voulu. J'ai pris une grande inspiration pour me calmer : « C'est avant que nous étions seuls, maman. Toi avec papa. Et moi avec Andrés. »

Elle s'est levée et s'est approchée de la baie vitrée. Sa silhouette s'est détachée contre le ciel. À gauche pointait l'angle d'un immeuble, avec ses couloirs et ses balcons, telle une figure de proue. Elle a repris, sans se retourner :

« Tu sais, depuis que j'ai divorcé de ton père, il ne m'a jamais manqué. Pas une seconde… Et parfois, j'ai mauvaise conscience. » Elle a fait une pause. Au-dessus de sa tête, dans l'azur, le sillage blanc d'un avion marquait la vitre comme un crayon imaginaire. « Quand j'y pense, je regrette tellement de vous avoir donné un tel père que je ne sais pas comment vous demander pardon. » Elle s'est retournée, les yeux plissés à cause de la luminosité. « Non, vraiment, je ne sais pas comment. »

Je n'ai pas su quoi répondre. Elle est revenue lentement au canapé, s'est assise, comme plongée dans ses réflexions. Puis elle a posé la main sur ma cuisse :

« Toi qui écris si bien, mon chéri, tu ne pourrais pas réfléchir à une phrase qui puisse me servir pour demander pardon à tes sœurs ? Une phrase jolie ? J'ai tellement peur de le dire mal… Et qu'elles ne me pardonnent pas. »

J'ai de nouveau ressenti un petit coup sec dans la poitrine, mais cette fois, ce n'était pas de la colère. Soudain, j'ai vu ce que maman me disait. Je l'ai vu comme ça, en grand ; j'ai compris qu'elle s'en voulait et que, délivrée de l'ombre de papa, les reproches avaient commencé à affluer. Ceux qu'elle se faisait à elle-même. Je la comprenais si bien… Mais je ne le lui ai pas dit. J'avais envie de lui dire qu'il était inutile qu'elle nous demande pardon, qu'il n'y avait rien à pardonner.

« On ne peut pas continuer à s'excuser d'être vivants, maman. Ça, c'est fini », me suis-je entendu prononcer.

Muette, elle s'est mise à lisser son pantalon d'un geste lent et machinal, très doux. Puis elle s'est levée, m'a tendu la main et m'a dit, sur un ton radicalement différent :

« Tu me montres la terrasse ? »

Nous avons passé un bon moment dehors, assis comme deux gosses sur le rebord de la porte-fenêtre, un verre de thé glacé à la main, à imaginer les plantes que je pourrais faire pousser et à parler de sa nouvelle vie de célibataire, qu'elle me décrivait avec émotion comme si elle avait eu dix-huit ans et venait de quitter la maison de ses parents. Tout était neuf pour maman : les voisins, le temps, l'absence d'horaires, des décisions aussi banales que celle d'ouvrir une ligne téléphonique, d'installer ou non l'air conditionné, ou prendre l'habitude de faire les courses pour elle seule. Soudain, le quotidien était devenu une nouveauté et elle le vivait comme si elle commençait juste à s'embarquer dans la grande aventure de la vie. Je l'écoutais, pendu à ses lèvres, presque envieux. Maman était lumineuse, plus gaie ; je la voyais se redresser de jour en jour. À mesure qu'elle découvrait ce dont elle était capable et que les années d'infortune avec papa étaient en fait une erreur qu'il fallait non pas corriger mais laisser derrière elle, elle semblait grandir sur sa propre ombre et faire rapetisser la laideur.

Je me souviens de m'être dit : *Maman grandit et moi je me retire* en la voyant fredonner avec entrain *I Left My Heart in San Francisco* pendant qu'elle mettait la table distraitement et m'aidait à préparer la salade de fruits. Ç'avait été une idée fugace. Un simple éclair.

À ce moment-là, je ne me doutais pas que ces sept mots résumeraient très précisément les années de ma vie qui suivraient.

Jusqu'ici.

Jusqu'à ce dîner. Cette soirée de nouvel an.

Beaucoup de choses sont arrivées depuis. Beaucoup de choses nous sont arrivées. À tous. Et du temps a passé. Tellement de temps…

Quand je me suis réveillé, le lendemain de ce premier dîner pris dans mon studio, j'avais un SMS de maman. Il disait :

> C'est vrai, mon chéri : on ne peut pas continuer à s'excuser d'être vivant. Merci.

Je me souviens que j'ai posé mon portable par terre et que je me suis tourné vers la baie vitrée. Dans le ciel, deux avions croisaient leur sillage et rayaient l'azur en direction contraire, dessinant un drôle de *x*. J'ai souri et je me suis rappelé la phrase que j'avais vue clignoter au-dessus de la tête d'Emma sur la terrasse, la veille :

CALME AVEC MAX

J'ai glissé mon portable sous mon oreiller et j'ai essayé de me rendormir. Alors que je replongeais dans le sommeil, un second SMS est arrivé. J'ai failli ne pas le lire mais la curiosité a été plus forte. C'était encore maman :

Au fait, tu ne crois pas que Charileidis t'a dit qu'elle était p. juste parce qu'elle a honte d'être concierge ? Ingrid dit que ça arrive des fois.

12

« C'est quand même pas ta faute si tu es tombée sur un crétin comme papa ! » râle Silvia en posant son verre sur la table et en jetant un regard noir à maman.

En voyant ce regard, n'importe qui pourrait penser que ses paroles et ses sentiments empruntent des voies parallèles. Sur la voie de droite se trouve une femme plongée dans l'obscurité, prisonnière de ce qu'elle craint de laisser percevoir. À gauche, c'est la Silvia qu'elle essaie d'être depuis qu'il lui est arrivé ce qui lui est arrivé et qu'elle est devenue une sorte d'automate à la voix contenue et aux phrases qui commencent toutes pareil : « Il convient de… », « Le mieux, c'est… », « Il est hors de question d'accepter que… », « Ce que tu devrais faire, c'est… ». Des formules qu'elle manie avec maestria. Savamment apprises et mémorisées. Les deux Silvia ne coïncident jamais parce qu'elles sont dressées pour ne pas se rencontrer. D'un côté, la voix de Silvia. De l'autre, ses yeux, ce regard qui de près la trahit, sans qu'elle le sache.

« Et nous, on n'est pas coupables d'avoir eu ce père non plus, ajoute-t-elle, et maman bat des paupières, surprise, tandis qu'Emma, en face, me cherche des yeux, mal à l'aise.

— Mais oui, ma chérie, mais oui », fait maman de sa voix de « ça y est, c'est reparti, est-ce qu'on ne pourrait pas passer les fêtes tranquilles pour une fois » qui me donne le pressentiment que Silvia, telle que je la connais, va mal le prendre.

Ça ne rate pas.

« Arrête avec tes "mais oui", lâche-t-elle entre ses dents, la nuque raide. Les enfants ne choisissent pas leurs parents. Ils ne sont pas coupables de cette loterie. Et encore moins quand ils héritent d'un père comme papa », finit-elle en fouillant dans son sac à la recherche d'une cigarette.

Maman en profite pour me regarder à la sauvette en levant les yeux au ciel. Silvia, le nez dans son sac, farfouille lentement, méthodiquement :

« Franchement, il y a des gens qu'on devrait empêcher d'avoir des enfants, assène-t-elle en levant la tête. Je ne comprends toujours pas pourquoi on fait vivre un calvaire aux couples qui veulent adopter mais que les autres, on ne les contrôle pas un minimum. Ce ne serait pas du luxe. »

Maman se tourne vers Olga et, un sourire paisible de grand-mère aux lèvres, tente :

« Un peu de vin, ma petite Olga ? »

Celle-ci fait non de la tête et s'adresse à Silvia qui est toujours le nez dans son sac, de plus en plus fébrile.

« Eh bien, puisque tu en parles, commence-t-elle, l'air absorbé, laisse-moi te dire que l'autre jour chez le coiffeur j'ai vu un reportage sur le roi et la reine de Hollande. »

Un silence est tombé. Maman écarquille des yeux hallucinés comme une lapine scotchée par la lumière des phares en plein milieu de la route et Silvia lève lentement la tête avec un regard qui clame « Priez pour que ce qui va suivre ait un tant soit peu de sens sinon... » et me file un petit coup de genou sous la table. Moi, j'avale une gorgée de jus d'orange.

« Ah, oui ? reprend maman, ravie du tour que prend la conversation. Ah, cette petite Argentine légèrement enrobée ! Elle a encore un peu pris depuis qu'elle est reine, non ? »

Olga a un claquement de langue :

« Absolument... Donc, après avoir vu le reportage... d'ailleurs, soit dit en passant, lui, tout roi qu'il est, il me fait l'effet de ce fromage hollandais...

— Oui, oui, acquiesce maman, le cheddar. »

Silvia me regarde. Moi non, parce que je sais que je ne pourrais pas m'empêcher de pouffer et qu'il vaut mieux éviter.

« Absolument, fait Olga. Le cheddar.

— Non, rectifie Emma de la voix patiente de l'enseignante habituée à corriger, le cheddar, c'est anglais. C'est le gouda qui est hollandais. »

Olga lui jette un coup d'œil et pousse un soupir impatient.

« Bon, peu importe... Ce que je veux dire, c'est qu'il m'a l'air un peu benêt. Mais pour ce qui est de cette Argentine, Máxima, je crois, eh bien, malgré son père, qui apparemment était un peu [toussotement] difficile, voyez comme elle est toute gentille et mignonne. Ah, et leurs enfants, de vrais petits anges ! »

Nouveau silence. Olga nous regarde, manifestement enchantée de son intervention, et maman – qui, même si elle a du mal à s'habituer à ce surréalisme de guichetière, si éloigné du sien dans la forme sinon en intensité, souffre des silences tendus qu'Olga sème derrière elle – vole à son secours d'un « D'ailleurs, elle aurait pu être dentiste ! Argentine comme elle l'est… »

Silvia se tourne vers elle et moi je porte ma serviette à ma bouche pour étouffer un rire nerveux. Alors que je suis sur le point de dire quelque chose, maman saisit son verre de vin presque vide et s'adresse à Silvia dans un gloussement qui révèle qu'elle est déjà dangereusement éméchée :

« Hi hi hi… Ah, là, là, si elle, avec le père qu'elle a, elle a réussi à devenir reine de Hollande, toi, avec le tien, tu pourrais être impératrice de Norvège ! »

Silvia se raidit et plonge de nouveau dans son sac.

« Maman… », fais-je en posant la main sur son bras.

Elle me regarde et insiste :

« Ce que je veux dire, c'est que, qui sait, Peter n'est peut-être pas ingénieur informaticien chez iPads, ou iPuks ou je ne sais quoi, mais prince héritier de Norvège. Et va savoir, un de ces jours, tu l'embrasses et c'est comme dans *La Belle et la Bête* : le crapaud devient prince charmant et bon, moi, je ne connais pas la Norvège, mais je suis sûre qu'on y vit très bien, même si à chaque fois que sort un roman norvégien ça ne parle que d'assassins pas rigolos du tout. Mais comme disait grand-mère Ester, on peut trouver une explication à tout si ce n'est une rédemption : dans un pays où il fait si froid, plein de tous ces… Norvégiens, la colère est la colère et les voies du Seigneur sont claires comme de l'eau de roche. Ingrid dit que le froid produit une substance dans le sang qui rend fous les hommes et les poussent à commettre des actes dont peut-être les Norvégiens ne se sentent pas coupables puisqu'ils ne sont pas catholiques : ils ne peuvent pas se repentir. Ah, quelle chance, quelle chance ils ont de ne pas se sentir coupables et de ne pas avoir à aller à la messe ! reprend-elle avec véhémence pour s'arrêter brusquement, le verre en l'air, les yeux écarquillés comme si soudain une grande vérité lui était apparue : Oh ! Mais oui ! Bien sûr ! S'ils assassinent autant, c'est parce qu'ils ne sont pas catholiques ! Je me disais bien aussi… Et bien sûr, comme il fait si froid là-bas et qu'ils ont la flemme de sortir, au lieu d'aller assassiner dehors comme tout un chacun, ils le font dans des romans, bien au chaud chez eux. Mais comment je n'y ai pas pensé plus tôt ! Il faut que j'en parle à Ingrid, poursuit-elle, en posant son verre sur la table et en faisant mine de se lever, puis se ravisant : Bon, je lui dirai plus tard, quand elle viendra pour le champagne, comme ça, je ne la dérange pas. » Elle se tait, soupire et, en guise d'explication, conclut : « Ce soir, elle fait l'inventaire au dépôt d'Emmaüs. »

Silence.

Emma tartine un toast de brie pour Olga qui regarde maman, un peu désarçonnée. Moi je me dis : *Il faut stopper ça*, sans grande conviction parce que je sais d'expérience que quand notre mère est lancée – et là, manifestement, c'est le cas – on ne peut plus grand-chose. Maman glisse irrémédiablement vers la tragédie comme dans une de ces scènes de dessin animé où le héros se casse la figure et se met à dévaler une pente neigeuse, devenant une boule de neige qui grossit de plus en plus et qui file droit vers le précipice. À ma gauche, la voix de Silvia s'élève, tangible et brutale comme un caillou dans l'eau d'une mare :

« Maman, tu es complètement fêlée », annonce-t-elle. Maman croise mon regard, esquisse un sourire espiègle et glousse. « Et il est temps que tu passes à l'eau, ce soir. »

Alors que maman allait répondre, Olga la devance, après avoir saisi entre ses ongles french manucurés le toast préparé par Emma et l'avoir déposé précautionneusement sur le bord de son assiette comme si elle tenait une bague de chez Tiffany entre ses doigts.

« [Toussotement sec] Laisse-moi te dire, commence-t-elle, tournée vers Silvia, d'une voix de dame patronnesse, que la maternité, de même que la paternité, est un sujet on ne peut plus sérieux, et je ne trouve pas tolérable que tu traites avec cette… » Elle agite les mains et ses ongles de porcelaine dans l'air. « … légèreté, un sujet aussi sensible. Laisse-moi te dire que beaucoup de gens suent sang et eau pour parvenir à élever leurs enfants correctement, je le sais parce que je le vois tous les jours à la banque. Tu n'as pas idée de la quantité de pères et de mères qui se sacrifient quotidiennement pour leurs enfants, en véritables héros anonymes. »

Silvia, qui a enfin réussi à dégoter son paquet de cigarettes et son briquet dans les profondeurs abyssales de son sac, la regarde comme si elle trouvait un rat crevé pendu à l'étal d'un boucher et lance :

« Dites, c'est la caméra cachée, là, ou quoi ? »

Près de moi, maman pouffe. C'est un rire nerveux, affolé, qui sonne faux et fait tache dans le silence.

À ses yeux anormalement brillants, on ne peut que constater qu'en effet elle a clairement un peu abusé du vin. Olga, elle, serre la mâchoire, attrape délicatement le toast dans son assiette et le met dans sa bouche, en prenant soin de tirer la langue et de montrer les dents pour ne pas se salir les lèvres, avec cette mimique qu'ont les dames bien comme il faut et qui nous fait mourir de rire maman et moi, quand nous les voyons manger des pâtisseries par groupes de quatre, après leur séance de cinéma ; une tradition que l'oncle Eduardo, avec cette finesse de vue qui le caractérise, a baptisée un jour « quatre gâteaux et un enterrement ».

Olga prend son temps pour mâcher. Quand enfin elle se remet à parler, elle le fait de ce ton aigre de femme offensée qui a eu le temps de ruminer ses récriminations :

« Tu parlerais sans doute différemment si toi-même tu étais mère. C'est bien facile de théoriser comme ça sur les choses à la légère. Mais laisse-moi te dire que les enfants ne sont pas matière à plaisanterie. Il faut être mère pour avoir le droit de parler de la maternité, comme il faut être professeur pour pouvoir parler de l'enseignement », ajoute-t-elle en opinant du chef d'un air entendu et en cherchant Emma du regard.

Silvia s'immobilise, cigarette en suspens au-dessus de son assiette, yeux plissés. Puis, la tête légèrement inclinée, elle souffle lentement sa fumée par le nez.

« Et toi, qu'est-ce que tu en sais ? lâche-t-elle entre ses dents, d'une voix lasse. Qu'est-ce que tu peux bien savoir de l'enseignement, des enfants ou de quoi que ce soit d'autre, alors que tu passes tes journées derrière ton foutu guichet à mener en bateau ces pauvres vieux, à leur vendre vos saloperies à crédit pour que tes enfoirés de patrons continuent à s'en mettre plein les poches sur notre dos et à expulser de chez eux ces "pères de famille sacrifiés et véritables héros anonymes", comme tu dis ? »

Olga cligne des yeux, porte la main à son cœur et toussote. L'attaque frontale de Silvia l'a fait rougir et des gouttes de sueur perlent maintenant sur son front. Ses lèvres se sont figées en un petit *o* difforme et à côté d'elle, Emma a posé la main sur son bras qu'elle caresse doucement, presque comme une demande de permission. Près de moi, maman profite du fait que personne ne la regarde pour se verser un autre verre de vin.

À voir Olga aussi blessée et indignée, je comprends qu'elle ne sait pas qu'elle vient de plonger la main dans le mauvais chapeau, où elle trouvera non pas un lapin mais une vipère venimeuse. Oui, Olga ignore qu'elle vient de s'engager dans un bourbier. La terre où elle a posé le pied est un territoire comanche, une de ces nombreuses pages de l'album familial que, comme souvent, la famille ne partage qu'avec les siens. Olga ne soupçonne pas, car Emma ne l'a pas prévenue, qu'elle vient d'agiter une ruche pleine de plaies encore non cicatrisées. Tout à coup, Silvia écrase sa cigarette dans son assiette et se lève, en manquant de renverser sa chaise.

« Je vais aux toilettes », annonce-t-elle, mâchoire crispée. Olga la suit du regard, l'incompréhension, l'étonnement et l'affront gravés sur le visage. Emma, un sourire forcé aux lèvres, lui caresse toujours le bras.

Ce qu'Olga ignore et que peut-être personne ne lui apprendra jamais, c'est que, comme le disait grand-mère, nous sommes tous ce que nous sommes par ce que nous avons vécu. Et cela s'applique aussi à Silvia. La Silvia qu'elle est – celle qu'elle est aujourd'hui – n'a pas toujours été ainsi. Une Silvia différente a existé, quand elle n'avait pas encore traversé ce qui l'a fait changer et devenir celle qu'elle est ; une Silvia bien plus détendue et vitale, et surtout plus joyeuse. Celle-là, cette autre Silvia, était une femme qui affrontait la vie comme elle le fait aujourd'hui, mais sans serrer les dents comme si elle voulait arracher quelque chose d'invisible, sans veiller à ce que tout soit bien sous contrôle. C'était une Silvia maniaque, certes, souvent insupportable, au caractère difficile… mais aussi une femme qui savait rire d'elle-même et qui tirait parti de la vie comme personne. Je me souviens que, pendant ses années à la fac, elle attrapait son sac à dos dès qu'elle le pouvait et partait seule en randonnée. « Je pars en exploration », annonçait-elle. Et elle rentrait radieuse, reposée, insouciante. Elle adorait les animaux et la nature, alors. Elle s'intéressait à tout. Elle était si curieuse de la vie, des gens, elle était pleine d'une telle vitalité qu'on avait du mal à ne pas être pris par l'énergie qu'elle dégageait et qu'elle semblait capable de mettre dans tout. Quand il fallait organiser une fête d'anniversaire surprise, elle en était, bien sûr, et dirigeait les opérations. Si une amie déménageait, la première qui se proposait pour l'aider était Silvia. Tout le monde l'aimait et voulait être proche de cette femme généreuse.

J'imagine que Silvia serait toujours cette femme si elle n'avait pas vécu ce qu'elle a vécu à la fin de sa relation avec Sergio. J'imagine que cette Silvia existe toujours quelque part, même si elle n'apparaît plus, parce que j'ai le sentiment que nous conservons quelque part en nous tous les moi que nous croyons avoir perdus en route. En réalité, ce qui est arrivé à Silvia s'explique facilement parce que ça arrive fréquemment : Silvia et Sergio décidèrent que le moment était venu d'avoir un enfant. Silvia n'a eu aucun mal à se retrouver enceinte et tout s'est bien passé jusqu'à la dixième semaine, où elle a perdu l'embryon. Étant donné son caractère, elle n'a pas vécu cette fausse couche comme un drame. Elle savait que beaucoup de premières grossesses ne vont pas à terme et elle était préparée à cette éventualité. Très vite, elle a été de nouveau enceinte, et cette fois, la grossesse s'est poursuivie. Tout semblait aller bien quand, à six mois et demi, l'échographie de routine a révélé ce à quoi personne ne s'attendait : sans raison apparente, la petite – c'était une fille, qui avait déjà un prénom – avait cessé de respirer et flottait sans vie dans le ventre de Silvia.

Silvia a été opérée dès le lendemain et au cours de l'intervention on a dû lui retirer l'utérus, qui était plein de kystes suspects. Quand, des heures plus tard, le gynécologue est passé la voir dans sa chambre, elle a voulu savoir la vérité. Le médecin, qui la connaissait bien parce que c'était son gynéco depuis toujours mais aussi parce qu'il avait été l'un de ses enseignants pendant ses études, ne lui a rien caché.

Silvia l'a écouté en silence et, quand il a eu fini, s'est tournée vers le mur en déclarant :

« Maintenant, je suis vide. »

C'est là que tout a commencé : Silvia, qui s'était préparée à être mère avec le même enthousiasme et la même énergie qu'elle mettait dans tout, a commencé à développer une face B que nous ne lui connaissions pas, tout simplement parce qu'elle n'existait pas jusque-là. La Silvia qui a quitté l'hôpital n'était plus la même. Là où avant prédominait l'envie de dévorer le monde, il y avait maintenant un vide qu'elle s'est mise immédiatement à combler. La curiosité a laissé place au besoin de contrôle. La Silvia dirigiste est devenue intolérante ; l'amie fidèle, une sorte de louve défendant et surveillant les siens jusqu'à les étouffer. Silvia est sortie de cet hôpital profondément blessée et a combattu sa souffrance comme elle a pu : elle s'est employée à remplir son manque d'enfants avec d'autres choses et a construit ainsi une nouvelle Silvia. Est née alors la femme hyperactive, se consacrant corps et âme à son travail et à sa réussite professionnelle ; une femme pratique, méthodique dans le moindre détail, obsédée par le ménage et la propreté. Elle a changé d'entreprise, s'est mise à voyager, à grimper les échelons, à diriger et commander, elle a tourné le dos à tout ce qui lui rappelait ce vide d'enfant, si injuste, qu'elle ne parvenait pas à accepter. Et petit à petit, cette vague, qui a effacé la mère qu'elle n'avait pas pu être, a emporté aussi Sergio, bon nombre de ses amis d'enfance et pas mal de rêves et de projets. Silvia est devenue avec le temps un bourreau de travail obsédé par la conquête de ses objectifs et a trouvé son double masculin en Peter : un homme qui se contentait de faire acte de présence et qui, comme elle, vivait plus avec la tête qu'avec le cœur, même si, dans son cas à lui, il semblait n'avoir jamais vécu autrement et s'en trouver fort bien, incapable qu'il était de montrer la moindre émotion. Depuis, Silvia vit à l'encontre de ce qu'elle a été, pleine de rancœur pour cette vie qui l'a privée d'enfants et l'a obligée à devenir quelqu'un qu'aucun de nous n'arrive vraiment à reconnaître. Elle fonctionne ainsi depuis, focalisée sur la reconnaissance professionnelle, parce que c'est ce qu'elle maîtrise, et elle est devenue notre mère à tous, la mère dont nous avons besoin, croit-elle, souffrant mille maux quand elle constate que nous ne sommes pas et que nous n'agissons pas à notre avantage, un œil sur le troupeau, toujours vigilante afin que la vie ne vienne pas lui rejouer un mauvais tour et la frapper d'un nouveau coup dont, trop fragile, elle ne pourrait pas cette fois se relever.

Cette Silvia restée dans cette chambre d'hôpital, Olga ne la connaît pas. Et c'est aussi cette Silvia que nous nous rappelons tous et que nous aimons, parce que nous savons que si elle a existé, elle existe forcément toujours, et parce qu'au fond nous attendons depuis longtemps, très longtemps, que quelque chose se passe qui nous la rende.

« Jamais je n'aurais cru souhaiter un jour que la vie flanque une bonne claque à l'un de mes enfants, comme elle l'a fait pour moi avec votre père, ai-je entendu ma mère dire plus d'une fois quand nous évoquions Silvia et notre inquiétude à son sujet. J'espère juste que ça lui arrivera plus tôt qu'à moi. »

Oui, depuis des années nous conspirons tous en secret, priant pour que l'échafaudage qui maintient cette Silvia aux dents serrées s'effondre, et elle avec. Nous voulons que l'autre revienne. La nôtre. Nous sommes dans cette attente.

Mais la voilà qui se rassied à côté de moi, l'air plus détendu après s'être passé de l'eau sur le visage. Elle déplie sa serviette sur ses genoux avant de se tourner vers Olga avec un rictus poli pour lui dire :

« Excuse-moi, Olga, je n'aurais pas dû te parler comme ça. »

Olga, qui n'a pas ouvert la bouche en l'absence de Silvia, lui rend un sourire tout aussi forcé.

« Ne t'inquiète pas, répond-elle d'une voix condescendante de martyre. De toute façon, j'ai l'habitude. Quand on travaille dans une banque, on en voit. »

Un ange passe. Silvia et Olga se regardent toujours, et cette fois, c'est Emma, qui n'a pas cessé de caresser le bras d'Olga, qui rompt le silence :

« En fait… » Elle balaie la table du regard, presque au ralenti, nous tenant en haleine sur ses points de suspension devenus soudain un cortège de funambules qui vacillent sur le même fil, dans l'attente que ce fil se prolonge et nous montre la rive d'en face. « En fait… » redit-elle, cette fois avec un sourire si authentique qu'il me serre la gorge un instant parce que j'y retrouve une étincelle de l'Emma de la face A, celle qui n'était pas encore restée à attendre au coin d'une rue, le portable à la main et le regard brisé, en suspens au-dessus d'un vide auquel elle ne saurait pas se soustraire. L'espace d'un instant est revenue la femme aux grands yeux, avide des bonheurs de la vie qu'elle devinait autour d'elle, le grand soutien de maman, la rampe sûre à laquelle nous pouvions tous nous raccrocher.

« En fait quoi ? s'impatiente Silvia d'une voix de nouveau tendue, tout en allumant sa cigarette dont elle recrache la fumée d'un coup. Tu nous la sors, ta phrase ? »

Emma se tourne vers Olga, qui acquiesce lentement, échange avec elle un sourire complice et déclare :

« En fait, nous sommes enceintes. »

Silence.

Pendant quelques secondes, on n'entend plus dans la pièce que le murmure de la radio que maman a encore laissée allumée dans la salle de bains, auquel vient s'ajouter un énorme bâillement qui, à en juger par sa provenance, ne peut venir que de Max. Puis maman se remet à glousser :

« Hi hi, commence-t-elle, en jetant un bref coup d'œil à Silvia qui fait comme si elle n'avait rien vu. Encein… hi hi hi. » Elle continue de se bidonner encore quelques secondes, les yeux mi-clos, puis s'arrête brusquement, les sourcils froncés, la main en visière pour se protéger de la lumière. « Eh, mais maintenant que j'y pense, c'est exactement ce que l'autre jour Ingrid m'a dit que lui avait dit son chaman alors qu'il lui passait sur le ventre ces sabres qui font des étincelles. Qu'elle allait tomber enceinte. Sauf que moi, je dis : d'accord, mais de qui ? Et à son âge ? Parce qu'Ingrid est un amour, c'est vrai, mais ce n'est plus vraiment une gamine, enfin après tout, qui sait, peut-être que le reiki, ça marche aussi pour ça, et en plus, comme elle est suisse, va savoir. Enfin, bref… c'est fou, non ? fait-elle, toujours hilare, en portant son verre à ses lèvres.

— De trois mois », poursuit Emma, en attrapant la main d'Olga et en la pressant dans la sienne. Près de moi, Silvia fume en recrachant la fumée par les narines comme un dragon. « On ne voulait pas l'annoncer avant d'être sûres, on voulait attendre les douze semaines, mais ce matin nous avons vu le gynéco et il nous a assuré que tout allait parfaitement bien. »

Maman me regarde et bat des paupières ; elle a enfin compris qu'Emma est sérieuse et que tout ce qu'elle a entendu est absolument réel.

« Oh, fait-elle en portant sa main à sa poitrine comme si elle s'était étouffée et qu'elle cherchait à reprendre sa respiration. Mais… mais… alors… » En la voyant haleter ainsi, rouge comme une tomate, je me lève d'un bond pour lui venir en aide et au moment où je vais l'attraper par les épaules, elle me regarde avec stupeur et me sort : « Ça… Ça veut dire que Shirley, ma Shirley, va devenir… tata ? »

Et à ce moment-là, alors que je suis debout près de maman, incapable de retenir un éclat de rire qu'elle n'entend même pas parce qu'elle est totalement bloquée sur l'information qui n'est pas encore tout à fait arrivée à son cerveau, pendant que Silvia continue à fumer à ma gauche l'air ailleurs et qu'Olga et Emma sourient tout heureuses sur leur planète comme deux poupées de fête foraine, pendant que deux enfants crient dans la rue et qu'au loin le gong endormi d'une horloge sonne un quart, à ce moment précis parmi tous les moments possibles de la nuit, on sonne à la porte, ce qui fait partir les chiens comme des flèches, l'un aboyant, l'autre gémissante. Et au milieu des aboiements et des gémissements, de la stupeur, de la nouveauté et du trouble qui flottent autour de la table, après la bombe que viennent de lâcher sur nous Emma et Olga comme elles le font toujours quand les choses sont décidées et pliées et qu'il n'y a plus la possibilité de discuter ou de donner son avis, c'est juste à ce moment que, de l'autre côté de la porte, la voix de baryton d'oncle Eduardo entonne dans un portugais de pacotille qui chez lui n'augure rien de bon :

« *Boas noites*, mes ami-sh, oncle Eduardou est dé rrétourr à la méson-sh ! Lishboa *calling* ! »

13

Oncle Eduardo a toujours été le chouchou de maman. Et de grand-mère, aussi. Le seul homme et le cadet, selon les mots de grand-mère Ester : « L'arrivée d'oncle Eduardo, sa venue au monde, a été une surprise dans toutes les règles de l'art, racontait-elle. Il a fait son apparition quand personne ne l'attendait plus. Et à vrai dire, ajoutait-elle en regardant grand-père du coin de l'œil, si on me posait la question, même moi j'ai du mal à savoir comment c'est arrivé, parce que je crois pouvoir dire que je ne me suis rendu compte de rien. »

Bel homme, ou plutôt portant beau, d'une prestance classique, toujours impeccablement habillé et rasé de frais, le cheveu brun et épais comme grand-père, notre oncle arbore un sourire goguenard et des allures de dandy argentin qu'il assume et revendique depuis toujours et où qu'il aille. Même si maman et lui n'ont que huit ans de différence, oncle Eduardo a l'air de n'avoir même pas encore atteint la cinquantaine. Là où maman est surréaliste, lui frôle la goujaterie. Là où maman est naïve, lui est malin comme un singe.

Là où maman est souriante, lui est sympathique, d'une sympathie d'embobelineur.

« Un charmeur de serpents, voilà ce qu'est votre oncle, ne manquait jamais de proclamer grand-mère Ester quand pour une raison ou une autre nous évoquions oncle Eduardo. Et pourtant, des deux, c'est lui qui m'inquiète le moins », ajoutait-elle en regardant maman de ces yeux de mère qui en sait beaucoup mais qui préfère ne rien dire parce qu'elle n'ignore pas que la voix d'une mère est bien souvent celle qui compte le moins.

Grand-mère avait raison. Dès sa plus tendre enfance, oncle Eduardo a su qu'il avait l'art et la manière avec les gens, en particulier avec les femmes, et il a compris très tôt que le monde et la vie réservaient une tribune d'honneur à des personnalités telles que la sienne. Il est sorti de l'université, après des études courtes et médiocres en droit, en s'étant constitué un petit réseau d'amis qu'il conserve encore et sur lequel il peut toujours compter. Il trempe en permanence dans des projets et des affaires vaguement louches, même si jamais, contrairement à papa, il n'a mêlé aucun membre de la famille à ses micmacs. Bien au contraire. À chaque fois que nous avons eu besoin de lui, oncle Eduardo a été là, prêt à donner un coup de main et toujours avec son meilleur sourire.

Les femmes constituent un chapitre à part dans sa vie. *Ses* femmes. Il a eu tant de petites amies, de maîtresses, de chéries et de copines, il y en a eu d'âges, de nationalités, de races et de religions si variés, que dire d'oncle Eduardo qu'il est un coureur de jupons, c'est être encore en dessous de la vérité.

« Il y a un petit trésor en chaque femme… » est une de ses phrases fétiches, qu'il se fait un plaisir de repartir comme on remet une carte de visite. « Simplement, elles ont besoin d'un bon explorateur, conclut-il, en haussant un sourcil séducteur et en ébauchant un demi-sourire canaille dont il sait tirer tout le jus. Sinon pourquoi croyez-vous qu'Indiana Jones les rend toutes folles ? Ce n'est pas pour ce qu'il est lui, non. C'est pour ce déguisement d'homme viril à qui il reste encore des découvertes à faire. Les femmes, il faut savoir leur faire sentir qu'elles ont ce que vous recherchez, même si ce n'est pas vrai. »

Ce n'est pas la seule argumentation célèbre de notre oncle. Il en a d'autres, bien sûr, mais elles sont moins réussies.

Papa n'a jamais pu supporter oncle Eduardo. Pour lui, il a toujours été un sale môme gâté qui n'a jamais fait que ce qu'il voulait, quand et comme il le voulait, souvent – et c'était justement ce que mon père ne lui pardonnait pas – avec succès. Il faut dire que, même si tous deux ont des profils apparemment similaires, oncle Eduardo est, à sa manière, un homme de principes. Ces principes se résument essentiellement à faire ce qu'il a envie de faire, toujours en s'amusant, et si c'est en bonne et féminine compagnie, c'est encore mieux. Il a le rire contagieux de maman – celui qu'ils ont hérité de grand-mère Ester et qu'aucun de nous trois ne possède – et il prend plaisir à tout, qu'il s'agisse d'une partie de cartes en plein après-midi ou d'un week-end à faire la fiesta avec sa bande d'amis. Voilà essentiellement la différence qu'il y a entre papa et lui : oncle Eduardo profite de la vie en vainqueur dans l'âme, inconscient des dangers qu'il frôle, comme le funambule qui franchit un précipice, convaincu qu'un harnais de sécurité le rattache à son fil, même si en fait il n'y en a pas. Il n'est pas courageux, simplement il ne voit pas le danger. Papa est tout le contraire : il vit dans la terreur de perdre ce qu'il n'a pas encore obtenu, et la peur, le manque de confiance en lui sont tels que quand il finit par se décider à se lancer au-dessus du vide, le fil a disparu. Mais en même temps il est si orgueilleux qu'il ne fait pas demi-tour. D'où les échecs répétés. Et l'animosité.

Pour ce qui est d'oncle Eduardo, nous lui avons connu tant d'entreprises, il a pris part à tant d'affaires, de projets et autres « opérations » qu'il n'a jamais su nous expliquer, que nous avons cessé de poser des questions. Nous savons que si ses activités ne sont jamais vraiment prospères, elles lui permettent de mener un train de vie bien supérieur au nôtre et de côtoyer un milieu auquel jamais nous n'aurons accès. Il y a deux ans, il est parti vivre à Lisbonne parce que, nous a-t-il dit, on lui avait proposé d'être le représentant de caves australiennes qui avaient leur siège au Portugal, mais quand il baisse la garde et s'emballe, il lui arrive de parler de « lots de conserves de pâté de foie périmées que nous expédions à Hong Kong », et une ou deux fois il a mentionné par inadvertance un certain Anguineli ou Manguineli avec lequel il trempe dans je ne sais quel trafic louche au Brésil.

Bref, oncle Eduardo est un homme important dans notre petite structure familiale, en particulier depuis que papa a décidé de disparaître – tant que papa a joué son rôle de chef de famille, oncle Eduardo ne venait pas à nos réveillons de Noël –, même s'il ne fait son apparition que très rarement et atterrit toujours parmi nous comme un obus chargé de bruit et de couleurs. Tout comme maman, il apprécie peu les silences, mais contrairement à elle, il ne leur laisse même pas la possibilité de s'installer quand il est là. Si maman recherche le bruit – en cela, Emma et elle sont identiques –, oncle Eduardo, lui, en est la quintessence. Quand il éclate de rire, l'air tremble, et quand il parle, les dialogues ne tardent pas à se changer en monologues de plus en plus sonores, car il ne laisse que rarement à autrui l'occasion d'intervenir, et surtout, il n'écoute pas : oncle Eduardo est de ces hommes qui écoutent peu et mal parce qu'ils sont trop pleins d'eux-mêmes. C'est pourquoi les conversations avec lui, quand nous parvenons à en avoir, sont un fatras de divagations et d'extravagances – souvent hilarantes, il faut le reconnaître – face auxquelles le surréalisme sommaire de maman devient presque une bouffée de logique aristotélicienne.

Le voici, planté entre la table et le mur, le dos droit comme un général : costume impeccable, cravate Hermès, le cheveu gominé, noir, excepté sur les tempes parsemées de cheveux blancs juste ce qu'il faut – d'après maman, il se teint lui-même –, des chaussures noires à pampilles et au poignet une montre hors de prix à cadran blanc avec des pavillons marins à la place des chiffres. Autour de lui, nous aussi sommes debout, et les chiens se sont enfin calmés. Oncle Eduardo nous regarde, parcourt des yeux la table et se frotte les mains avec entrain, un geste que nous lui connaissons bien.

« Chère famille, je meurs de faim », s'exclame-t-il. Puis il éclate d'un rire de forban et caresse la joue de maman qui, tout émue, le dévore des yeux. « Mmm, poursuit-il en se tournant vers la cuisine, les yeux plissés comme s'il cherchait à deviner la nature des deux plats qui mijotent encore dans le four. Amalia, tu nous as mitonné un velouté de langouste ! Mon plat préféré ! Tu es un amour, sœurette. »

Maman, qui, toujours pompette, a du mal à rassembler ses idées, a elle aussi un mouvement en direction du four, avant de pousser un gloussement :

« Non, Eduardo chéri… En fait, ce n'est qu'un velouté Alvalle. Mais délicieux, tu verras. »

Oncle Eduardo fronce des sourcils interrogateurs puis, faisant appel à sa seconde nature de charmeur de serpents, il fait mine de ne pas avoir entendu et se tourne vers nous pour nous dévisager l'un après l'autre, un rayonnant sourire plaqué sur ses lèvres dans la lumière jaune de la pièce.

« Mais asseyez-vous, asseyez-vous, s'écrit-il, en s'accompagnant de grands gestes. C'est le nouvel an, sœurette ! continue-t-il sur le même ton à l'adresse de maman qui se protège les yeux de sa main en visière. Ah, quel plaisir d'être enfin arrivé ! » Il s'installe en bout de table, en face de maman. « Prendre l'avion à ces dates est d'un pénible ! Avec tout ce peuple qui s'en va à droite et à gauche comme s'il avait de l'argent à revendre. C'est à se demander : la crise ? quelle crise ? Il suffit de mettre les pieds dans un aéroport pour se rendre compte que les gens continuent à partir en vacances. Mais dans quelles conditions ! Parce que la classe business était vide, il faut bien le reconnaître. Et à vrai dire, c'était une chance, parce que j'y ai été traité avec tous les honneurs. Comme un prince ! Ces petites hôtesses de TAP sont si… mmm… il faut le voir… si mignonnes, si…

— Tonton… » le coupe Silvia, qui est assise à sa droite, l'air peu amène.

Il sourit :

« Oui ?

— Tu seras peut-être intéressé de savoir que, avant ton arrivée, Emma et Olga venaient de nous annoncer une nouvelle très… spéciale. »

Oncle Eduardo, le menton légèrement levé, retouche sa cravate.

« Ah, j'adore les nouvelles ! Et si elles sont spéciales, encore plus, fait-il en se tournant vers Olga et Emma qui sourient elles aussi, radieuses.

— C'est juste que… nous sommes enceintes », dit Emma de sa voix douce, en tendant la main sous la table, certainement pour attraper celle d'Olga.

Oncle Eduardo les contemple, laisse passer les quelques secondes de rigueur avant d'opiner lentement du chef.

« Eh bien, la petite hôtesse de TAP qui s'est occupée de moi, non, lâche-t-il, un peu perdu. Je veux dire qu'elle n'était pas enceinte, et pourtant, elle était bien pourvue côté courbes et rondeurs… enfin, de toute façon, avec les Portugaises, on ne sait jamais, parce que quand elles disent *a*, en fait, on découvre que c'est *c* et pour ce qui est de *b*…

— Tonton », le reprend Silvia, cette fois en frappant un coup sec sur la table du plat de la main. Il cligne des yeux mais n'a pas le temps d'ouvrir la bouche. « Tu aurais la gentillesse de te taire juste le temps que nous puissions comprendre ce que veulent dire au juste Olga et Emma avec ce “nous sommes enceintes” ?

— En… ceintes ? répète-t-il, en se tournant vers Olga et Emma le front plissé et les yeux comme des soucoupes, comme s’il réalisait subitement ce qu’il venait d’entendre. Vous ? »

Emma acquiesce et sourit. Olga lui jette un coup d’œil ravi avant de confirmer :

« Absolument.

— Ah », fait oncle Eduardo, mi-figue mi-raisin. Puis il pousse un hennissement qui fait bondir Shirley du sofa pour courir se réfugier dans le calme de la chambre de maman. « Eh bien, quel hasard, non ? reprend-il, alors qu’un silence tendu s’est abattu sur la table. Je veux dire, c’est fantastique que deux amies se retrouvent enceintes en même temps. La vie vous joue de ces tours, parfois ! Et les femmes aussi, d’ailleurs, poursuit-il, en hochant la tête lentement. Mystérieuses par nature. Toujours par deux pour tout. Aller aux toilettes. Être indisposées. Faire les soldes. Toujours ensemble. » Il continue, passant outre le petit coup que Silvia lui assène sur le bras pour le faire taire. « Ah, l’amitié, comme c’est beau ! Parce que sans les amis, que deviendrait-on, je vous le demande ? Si je vous racontais le rôle central qu’ils ont joué durant ces deux années de triste exil à *Lishbooa*… » Il le prononce à la portugaise, en allongeant démesurément le *sh* et le *o*. « Je ne sais pas ce que je serais devenu sans eux. Et sans elles, aussi », ajoute-t-il, avec un clin d’œil et un éclat de rire qui laissent Silvia de marbre. Puis, s’adressant de nouveau à Emma et Olga : « Mais vous savez ce qu’on dit, le hasard n’existe pas. Et je suis sûr que vos enfants seront les meilleurs amis du monde comme vous l'êtes, vous. »

Silvia me regarde, lève les yeux au ciel et prend une grande inspiration avant de dire :

« Tonton, je te signale qu'Olga et Emma sont lesbiennes, des fois que tu l'aurais oublié. »

Olga serre les dents et ses doigts se referment sur sa serviette. En face de moi, Emma a une expression que je ne parviens pas à décrypter.

« Oui, et alors ? sursaute oncle Eduardo, avec une moue d'homme vexé. J'imagine qu'en plus d'être lesbiennes elles sont amies aussi, non ? »

À l'autre bout de la table, maman acquiesce avec un sourire légèrement aviné.

« Oh, mais alors… s'écrie-t-elle soudain, la main sur le cœur, réalisant ce qu'elle vient d'entendre, vous allez avoir des jumeaux ? »

Bon sang, me dis-je, tandis que je caresse la tête de Max, vaguement tenté de le rejoindre sous la table, *au rythme où ça va, on ne tiendra jamais jusqu'à minuit.*

« Non, maman. »

Alors que je tente de glisser un peu de bon sens dans cet échange fraternel dont l'issue, comme toujours, est plus qu'incertaine, j'ai conscience d'avoir le même ton que celui que je prends parfois avec Max pour le convaincre pour la énième fois d'ouvrir la gueule et de lâcher la chaussette qu'il tient absolument à emporter en balade.

« Ah, non ? répète-t-elle, manifestement déçue. Alors… » On la sent concentrée, essayant de mettre de l'ordre dans son esprit brumeux. « Il n'y en a qu'une des deux enceintes ? »

Emma fait oui de la tête, souriant de ce sourire bien à elle. Plein de l'immense patience de qui est habitué à éduquer.

« Moi, dit Olga.

— Ah. »

Le « Ah » de maman ne cache pas sa déception. C'est un « Ah, dommage », qui révèle quelque chose de plus sérieux, de plus primaire. C'est, même si elle n'en a pas conscience, un « Ah, alors il ne sera pas de notre sang ».

« Mais alors... » Maman revient à la charge, décidée à comprendre. « ... tu n'y es pour rien ? demande-t-elle à Emma. Je veux dire... Ce n'est pas ton sperme, évidemment. »

J'éclate de rire, Emma aussi. Pas Silvia.

« Non maman. Évidemment, fait Emma.

— Ah, dit maman, qui en profite pour remplir son verre et avaler une gorgée de vin. Bien sûr ! Comment n'y ai-je pas pensé ! s'exclame-t-elle en battant l'air de sa main. C'est une de ces mères porteuses, n'est-ce pas ma chérie ? Ah, que je suis sotte ! reprend-elle en posant la main sur le bras d'Olga qui la regarde, éberluée. J'ai lu un article sur le sujet dans une revue que me prête Eugenia. Oh, comme je suis heureuse ! Je vais être grand-mère, Eduardo ! Grand-mère ! À mon âge ! s'écrie-t-elle, tout émue. Tu te rends compte ?

— Mais enfin maman ! C'est quoi ce délire sur les mères porteuses ? bondit Silvia, qui allume une cigarette en agitant la main pour que la fumée ne m'arrive pas dessus. Tu ne vois pas que s'il y a quelque chose qui manque, ici, ce n'est certainement pas les utérus ?

— Hé hé, intervient oncle Eduardo, d'une voix de faux Yoda. Comme quoi, c'est bien beau, tout ce féminisme, ces soutiens-gorge jetés aux orties, le droit de vote, ces discours sur les femmes indépendantes et autosuffisantes, mais à l'heure de la vérité, rien ne remplace l'homme et le reste n'est que pure mythologie. Que deviendriez-vous sans nous, hein ? » Il prend une grande inspiration et enchaîne, lyrique : « Que deviendriez-vous, créatures merveilleuses et adorables, terres fertiles dans l'attente d'une graine saine et forte, êtres incomplets fourmillant de rêves à satisfaire, modèles de ?...

— Fais-nous plaisir, tonton, épargne-nous tes conneries de vieux réac, aboie Silvia, les yeux au ciel, en faisant tomber d'un geste sec sa cendre dans la soucoupe que maman lui a posée à côté de son assiette. Franchement, parfois, on dirait vraiment que...

— Il faut fêter ça », s'exclame de nouveau maman, et sa main balaie au passage la bouteille de Coca et un des deux candélabres qui s'éteint en tombant sur la nappe. Après avoir redressé bouteille et candélabre, elle se précipite à la cuisine et en revient avec une bouteille de mousseux. « Quand je vais raconter ça à Ingrid ! reprend-elle avec un soupir de satisfaction. Son Bouddha va en tomber à la renverse ! » Elle me tend la bouteille pour que je la débouche et fait le tour de la table pour venir enlacer Emma et Olga, toujours assises, et les presser contre son ventre. Elle se penche pour embrasser chacune sur le haut du crâne. « Mes petites filles, si vous saviez la joie que vous me faites ! »

Un moment de détente. Soudain, tout ce remue-ménage a été éclipsé par l'image de maman serrant Olga et Emma contre elle et par son regard de femme heureuse. Elle est réellement émue, maintenant qu'oncle Eduardo est là, parmi nous, et qu'elle peut enfin remiser son personnage d'amphitryonne stressée et peu sûre d'elle. Oui, maman s'est détendue parce qu'elle sait que pour le fond sonore il y a maintenant le moi surdimensionné et incombustible d'oncle Eduardo et qu'elle peut maintenant être l'autre, celle qui ne se ronge pas les sangs pour que tout se passe bien et qui joue son rôle de mère à sa manière.

Comme elle a changé en si peu de temps, me dis-je, heureux pour elle et heureux pour nous, aussi. *Comme nous avons tous changé.* Dans la bulle de silence qui tout à coup nous enveloppe, Silvia se tourne vers moi et une seconde nos regards se croisent. Ses yeux d'un vert presque marin brillent, et il y a en eux comme une ombre de sourire, une ombre seulement. Celle qui me regarde est la Silvia fatiguée et blessée du balcon, qui maintenant se repose d'elle-même dans cette brève parenthèse de quiétude. C'est la Silvia sans son lourd sac à dos, celle qui surgit uniquement quand personne n'est là ou ne fait attention.

Le bleu de ce sourire danse dans ses yeux un instant, puis elle regarde de nouveau devant elle et voit ce que je vois : que maman est différente, vieillie, et que depuis que papa est parti, elle a retrouvé des versions d'elle-même dont nous ne soupçonnions même pas l'existence. De temps en temps apparaît cette Amalia distraite et naïve qui évolue dans la vie comme une gamine sur des montagnes russes, ravie de l'aventure que le destin lui offre juste maintenant, alors qu'elle ne s'y attendait plus et que tout le monde pensait qu'elle n'avait plus qu'à rester assise là, à attendre la vieillesse. Parfois nous trouvons chez elle une face

B plus sombre. Des réminiscences de femme adulte qui balance des vérités cuisantes sur ce qui l'entoure, comme Emma lâche ses bombes. Pour le moment, depuis le début de la soirée, maman a plutôt été dans sa face A, euphorique et heureuse d'être entourée de ses enfants, même si chacun d'entre nous est arrivé ici lourd de ses secrets et de son fardeau personnel. Maman n'a été que bruit ce soir, un bruit exacerbé qui ne tardera pas à diminuer, parce que quand oncle Eduardo et elle se retrouvent, quelque chose en elle lui signale que la relève dans la stridence et l'intensité est enfin assurée et qu'elle peut se détendre. Elle se calme, maintenant que papa ne préside plus nos dîners avec son bâton de commandement, ses brusques changements de ton et ses yeux verts qui nous balayaient comme la lumière maladive d'un phare.

Vivre sous ce regard a été long ; long pour maman, et long aussi pour les autres. Et même si trois ans se sont écoulés depuis qu'il ne partage plus le présent avec nous, le passé projette toujours son ombre sur ce que nous sommes encore en train d'apprendre à être.

Je me surprends à penser : *L'ombre de papa est toujours là. Nous sommes ce qu'il ne voit plus, mais nous sommes aussi ce qu'il a laissé de ténèbres en nous.*

Je suis sur le point de le dire tout haut. Je suis sur le point de me lever, moi aussi, pour serrer Emma dans mes bras et fêter avec elle sa maternité partagée, mais alors que je repousse ma chaise, maman porte ses mains à son visage, vacille un peu, comme si soudain quelque chose lui avait sauté dans les yeux et la brûlait, ou comme si la douleur avait surgi de l'intérieur, l'assaillant à coups de pierres.

Nous prenons peur. Emma est la première à réagir.

« Ça va ? » fait-elle, inquiète.

Maman vacille toujours, les mains plaquées sur le visage. Oncle Eduardo retire sa serviette et repousse lui aussi sa chaise.

« Amalia… »

Maman ne réagit toujours pas. Puis nous l'entendons murmurer entre ses doigts, la voix tremblante :

« Je suis si… si heureuse que… »

Elle s'arrête et se contracte, légèrement pliée en deux.

Je déglutis. Près de moi, Silvia écrase d'un geste brusque sa cigarette dans la soucoupe et se racle la gorge, gênée. Elle ne supporte pas les larmes. Et encore moins celles de maman. La faiblesse et la douleur exprimées ainsi, organiquement, la désarment. Et elle ne supporte pas de se sentir désarmée. Elle ne sait pas gérer l'émotion pure, alors elle la refuse. Surtout si elle arrive comme ça, sans prévenir.

Mais maman découvre alors son visage, soulevant un doigt après l'autre comme on décolle une bande adhésive. Elle prend une grande inspiration, les yeux toujours fermés, expulse l'air très lentement par la bouche et redit :

« Oui, je suis si heureuse et si émue que… » Elle entrouvre les yeux, met une main en visière à cause de la lumière et jette brusquement l'autre sur son bas-ventre, en se mordant la lèvre inférieure. « Oohh… je vais me faire pipi dessus ! »

Alors, faisant volte-face, elle se met à se dandiner en direction de la salle de bains, à petits pas, cuisses serrées.

Près de moi, Silvia attrape une cigarette dans son paquet, l'allume et en tire une longue bouffée, emplissant ses poumons à fond.

« Et elle a toujours ses pantoufles aux pieds… » La remarque m'a échappé, à voix haute.

Silvia me regarde, souffle sa fumée et murmure d'une voix exsangue :

« Je vais la tuer. »

14

L'incontinence de maman est arrivée en même temps que son divorce. Ou, pour être précis, quand elle a enfin été installée dans son nouvel appartement avec Shirley et que sa vie semblait commencer à se réorganiser. Il y a d'abord eu la vessie, ensuite le côlon irritable, puis sont venues les incontinences d'un autre ordre que, si elles nous ont d'abord surpris – puis inquiétés, en particulier Silvia –, nous n'avons pas tardé à comprendre.

« Votre mère se lâche, nous a expliqué d'une voix patiente le docteur Martín, qui était le médecin généraliste de maman et qui suit toujours ses plus anciens patients, dont elle, même s'il est désormais à la retraite. C'est normal. Après une vie sous contrôle, maintenant qu'elle commence à se sentir libre, elle le manifeste comme ça. Le corps est une étrange machine, parfaite mais étrange, a-t-il ajouté avec un sourire, en ôtant ses lunettes. Je ne serais pas surpris que dans les mois ou même les années qui viennent, de petits symptômes qui jusqu'ici n'étaient que cela, des petits maux sans importance, prennent de l'ampleur et s'exacerbent. Ne vous inquiétez pas. L'expérience me fait dire que les gens comme votre mère ont un corps qui revient à un moment donné pour réclamer ce qui lui appartient. »

Silvia et moi nous sommes regardés. Je ne la voyais pas très convaincue. Le docteur Martín non plus.

« Ce ne sera pas que physique, a-t-il précisé.

— Qu'est-ce que vous voulez dire ? ai-je demandé, devançant l'expression affolée que Silvia n'a pas su cacher.

— Elle le manifestera aussi dans son comportement. D'après ce que vous m'avez raconté et ce que je sais, votre mère a vécu longtemps dans la peur. Peur de se tromper, peur de mal faire, peur de prendre des décisions… » Silvia et moi avons hoché la tête. « Maintenant, elle doit sentir qu'elle n'a plus de comptes à rendre à personne, et la liberté, quand elle arrive ainsi, d'un coup, n'est pas toujours facile à assimiler. Elle se mettra peut-être à dépenser beaucoup plus que de raison, ou à faire des choix qui vous sembleront hors de toute logique, on ne peut pas savoir. Les femmes qui ont passé autant de temps dans l'ombre sont perdues quand elles se retrouvent soudain à la lumière du jour. Et c'est particulièrement difficile à l'âge de votre mère. Le seul conseil que je puisse vous donner, c'est d'être vigilants mais de ne pas la contrôler. Elle va sûrement, de façon totalement inconsciente, essayer de vous faire prendre la place qu'occupait jusqu'ici votre père. Ne tombez pas dans le piège. Lâchez-lui la bride mais ne la perdez pas de vue. Elle a besoin de temps pour assumer qu'il n'y a plus personne pour lui faire du mal juste parce qu'elle est qui elle est. »

Silvia a baissé les yeux, moi j'ai acquiescé.

« Et armez-vous de patience, a ajouté le médecin. Vous aurez parfois l'impression d'avoir affaire à une enfant, je vous préviens. Souvent, elle vous mettra à l'épreuve pour que vous assumiez un rôle qui n'est pas le vôtre. Partez du bon pied tant qu'il est encore temps. La vie se chargera du reste. Faites-moi confiance. »

C'est ce que nous avons fait.

Et ça a marché.

À peu près.

En fait, après les semaines où maman et moi nous sommes retrouvés ensemble chez moi, chacun vivant les prémices de sa propre indépendance, il s'est passé pile le contraire de ce que nous avions imaginé. Nous avons vécu des séparations parallèles, des processus parallèles et même des résolutions parallèles, c'est vrai. Mais ensuite, nous avons emprunté des chemins sinon opposés, divergents. La vie, déroutante, nous prenait de nouveau par surprise.

Nous avions cru que maman traverserait une longue et pénible période de deuil, que ses soixante ans seraient lourds à porter pour une femme seule qui avait toujours vécu dans l'ombre d'un homme qui l'aimait peu et mal. Nous avions envisagé et imaginé le pire et nous nous étions préparés au pire.

Nous nous étions bien trompés.

Maman a entamé sa nouvelle vie avec un entrain et une allégresse que jamais nous n'aurions soupçonnés chez elle, s'immergeant dans cette nouvelle aventure et apprenant avec ravissement à se tromper beaucoup sans jamais nous l'avouer. Le premier mois, juste après son emménagement à la résidence Los Guindos, elle avait ouvert trois lignes téléphoniques chez trois opérateurs différents, s'était laissé convaincre de prendre deux offres ADSL (bien qu'elle n'ait eu aucun ordinateur et pas la moindre intention d'en acheter un), avait fait installer un appareil d'air conditionné suffisamment puissant pour réfrigérer une morgue entière, et avait acheté un poêle à bois et cent trente pelotes de laine norvégienne dans l'intention de tricoter une couverture qu'elle n'a toujours pas terminée. Elle a été sur le point d'investir toutes ses économies dans ce qu'elle nous a présenté comme « des actions dans une banque écologique qui aide les femmes en Inde en leur donnant, vous savez, ces crédits sans intérêts pour que leurs maris leur fichent un peu la paix », en fait, l'arnaque d'une fausse ONG qui trafiquait avec les femmes desdits maris, ainsi qu'avec beaucoup d'autres qui n'en avaient pas et n'en auraient jamais. Elle s'est payé sur catalogue une voiture électrique qu'Emma a réussi à faire reprendre étant donné que maman ne voit pas si un feu est rouge ou vert tant qu'elle n'a pas le nez collé dessus et qu'elle n'a eu qu'une voiture dans sa vie, celle que lui a offerte grand-père pour ses vingt et un ans et qu'elle a encastrée dans la devanture d'un marchand de fruits et légumes deux heures et demie après être montée dedans. Elle a acheté une tonne de Tupperware de toutes les dimensions, formes et inutilités, sous prétexte que c'était une amie d'Ingrid qui les vendait et que « cette pauvre fille, son mari l'a laissée tomber avec ses trois enfants, et si je peux l'aider un peu qu'est-ce que ça me coûte » et mille autres folies. Mais le plus problématique, ce à quoi il a été le plus difficile de remédier et qui a failli venir à bout de nos nerfs, en particulier ceux de Silvia, c'est l'entrée en scène d'Ami. Ami, ou plutôt Ahmed, pour tous ceux qui n'étaient pas maman, était un garçon qui venait s'asseoir tous les après-midi sur le banc situé juste sous le balcon de maman. Très vite, ce qui avait commencé comme un simple commentaire de l'ordre de « Juste en bas, il y a un jeune homme adorable, si bien élevé, vraiment ça donne envie d'aller se promener dans ces conditions » s'était transformé en un plus douteux « Ahmed est si prévenant : cet après-midi il m'a aidée à ramener mon Caddie, ensuite il a pris le thé avec moi et nous avons eu une charmante conversation » pour devenir, quelques semaines plus tard, un inquiétant « C'est fou ce que les jeunes apprécient Ami. Il sait vraiment y faire, avec eux… À mon avis, il doit être psychologue ou éducateur, parce que tous les jours, à la sortie des classes, ils se précipitent tous vers lui, le banc est plein en permanence. Vous n'imaginez pas comme ils l'aiment. Ah, et il est si aimable avec les voisins. Un amour ! Aujourd'hui, le pauvre, il était si chargé qu'il m'a laissé quelques sacs à la maison. Maintenant, je sais ce qu'il fait dans la vie. À mon avis, il est sculpteur ou quelque chose de ce genre parce que j'ai jeté un coup d'œil dans un des sacs et vous savez ce qu'il y a dedans ? Des pains de terre. Enfin, une terre un peu bizarre, parce qu'elle est enveloppée dans du plastique et du papier d'argent et sent… berk… une odeur forte, étrange… Quand Ingrid est venue prendre le thé, elle m'a dit que c'est peut-être cette pâte que les Arabes utilisent pour faire leur pain, parce que vous savez qu'à certains endroits ils n'ont pas de blé, les pauvres ? C'est fou, non ? »

Il m'a fallu moins d'une heure pour débarquer chez maman. Je n'ai même pas eu besoin d'ouvrir les sacs que son chevalier servant lui avait laissés en dépôt :

l'odeur de hash qui emplissait le petit appartement était telle qu'on la sentait depuis l'ascenseur. Le lendemain, quand le policier qui est venu intercepter Ahmed et sa marchandise a essayé de convaincre maman d'être un peu moins confiante et de faire un peu plus attention à ce qu'elle faisait entrer chez elle, assise sur le canapé, elle a baissé les yeux, l'air contrit :

« C'est impossible qu'Ami soit ce que vous dites, monsieur l'agent. Shirley l'adore, et les animaux, en particulier les animaux de compagnie, ne se trompent jamais. »

L'agent de police l'a regardée en secouant lentement la tête, puis au moment de partir, il lui a jeté un nouveau coup d'œil furtif avant de me demander :

« Ce n'était pas elle, déjà, pour cette histoire de meubles et de Roumains ? » J'ai bien été obligé de confirmer, alors il a baissé la voix pour me mettre en garde : « J'ai peur que votre mère soit en train de mal tourner. »

Mais ce n'était que le début. Depuis, l'indépendance de maman nous a conduits sur de perpétuelles montagnes russes qui ont supposé déboires, réparations et urgences diverses, renflouages de compte en banque, remboursements d'appareils inutiles, annulations de billets d'avion vers des destinations impossibles et mille autres démarches. Mais ça a aussi été l'aventure. Et surtout beaucoup, beaucoup de vie.

Nous nous étions bien trompés, oui. Tous, et doublement. Sur maman et aussi sur moi.

Le jour où j'ai emménagé dans mon studio et qu'elle est partie dans son nouvel appartement sur les hauteurs de la ville, nos vies se sont inversées : tout le prévisible, ce qui semblait écrit par logique naturelle, a connu un étrange revirement et les rôles – le sien et le mien – se sont intervertis. La girouette a tourné brusquement et a soufflé sur l'un le vent glacé du Nord tandis que le doux vent du Sud a caressé l'ombre de l'autre.

C'est ainsi : maman a emporté avec elle la brise tiède qui s'est mise à baigner sa nouvelle maison, sa vie avec Shirley, ses voisins retraités, les gamins en bas de l'immeuble et les gens du quartier, lesquels n'ont pas tardé à s'acclimater à l'air frais que dispense cette grande petite fille ingénue là où elle passe depuis que papa n'est plus là. En quelques semaines, elle avait trouvé sa place et se propageait depuis son épicentre tel un tremblement de terre de faible magnitude aux ondes sismiques amples et caressantes. Elle avait son espace, ses horaires, son club de sport, et son Chinois du coin – auquel elle a commencé à acheter des serviettes à motifs de chien, qui la fournit maintenant en pyjamas en pilou et qui, dès qu'il la voit passer la porte, prend un air énigmatique pour lui dire, sans quitter des yeux le moniteur installé au-dessus de l'entrée : « Au fond à dloite, tloisième langée, madame. » Et elle avait aussi ses vérités, qui n'étaient plus secrètes puisque papa n'était plus là pour s'en prendre à elle et la rabaisser, faisant d'elle le réceptacle de toutes ses frustrations. Oui, maman avait enfin ses vérités, ses demi-mensonges et aussi sa liberté.

Et surtout elle nous avait, nous. Nous trois. Pour elle seule.

« Il ne me manque que maman », disait-elle parfois, quand nous évoquions sa nouvelle vie et combien elle s'y sentait bien. Alors une ombre passait au fond de ses yeux. « Si elle était toujours là, tout serait parfait. »

Grand-mère Ester. Le souvenir de grand-mère. Elle manquait à maman par à-coups, surtout au début. Des décharges de nostalgie qui arrivaient comme de brefs et lucides courts-circuits. Avec la souffrance. Quand maman se rappelait grand-mère, quelque chose la faisait souffrir et elle restait en suspens dans le vide de ce manque. À l'entendre alors, n'importe qui ne la connaissant pas aurait pu penser que grand-mère était la seule chose qu'elle consentait à garder de ce qui avait été sa vie d'avant. Son unique trésor. Cette parcelle intacte de chaleur qu'elle était la seule à connaître et qui donnait un sens et un poids à bien des choses qui peut-être n'en avaient pas eu, ou n'avaient pas pu en avoir.

Oui, la brise tiède s'en est allée avec maman. Elle en avait besoin autant que moi.

À l'est, dans la partie basse de la ville près de la mer, moi, j'ai hérité du vent. Celui du nord.

Curieusement.

Je venais d'avoir trente ans. Maman, soixante. Nous avions cru qu'elle emporterait le deuil et moi la fête. Qu'elle prendrait pour elle la sérénité et moi la vie qui continue. Moi, l'avenir et elle, les miettes et le repos.

Nous avons cru à ce qu'on croit parce que quelqu'un, dans un coin de notre histoire, nous dessine des cartes au trésor avec de fausses pistes. Puis, quand ces cartes nous mènent au coffre promis, les verrous sautent et c'est la surprise. Au fil du temps, on apprend que les cartes sont celles de celui qui les dessine et non de celui qui part à la chasse, et que la vie sourit davantage à celui qui dessine le mieux qu'à celui qui met le plus d'ardeur à sa quête.

Moi, sur ma carte au trésor, j'ai confondu les coordonnées et je me suis perdu. Pressé de cicatriser les blessures où je ne me sentais pas encore le courage de fouiller, j'ai cru qu'il suffisait de refermer la porte d'une maison pour clore tout ce qu'on y a vécu, qu'on pouvait repartir de zéro juste en se lançant dans une fuite en avant, en changeant de scène et de séquence, comme avait l'air de le faire maman. J'ai cru que les années avec Andrés resteraient dans le dossier des affaires classées, avec les documents, les photos, les souvenirs, les erreurs, les échecs, les réussites et leur mot de passe. J'ai cru que la douleur d'une relation brisée se désarme en l'éloignant du théâtre où elle fut représentée un soir après l'autre, que ce qu'on vit à l'intérieur reste à l'intérieur et que, dehors, la vie est autre chose ; que le changement d'éclairage apporterait de nouveaux paysages, de nouveaux amours, de nouveaux fils sur lesquels marcher au-dessus de nouveaux vides.

Le lendemain de ce premier dîner au studio, je me suis levé et je me suis préparé un café que je suis allé prendre avec Max sur la terrasse. Dans la chaleur du matin, l'air était poisseux ; une brise salée venue de la mer flottait.

« On va être bien ici, ai-je affirmé à Max, plus pour me l'entendre dire tout haut que pour le convaincre lui, qui à ce moment-là poursuivait un pigeon, heureux comme le chiot qu'il était. Ici, personne ne viendra nous embêter. »

Et c'est là, en entendant l'écho de mes mots, en sentant le poids et l'arrière-goût de ce « Ici, personne ne viendra nous embêter », que j'ai compris que la vie avait lancé, en effet, des dés pipés et que, contrairement à ce que j'avais voulu croire, ma carte au trésor m'avait mené jusque-là en quête d'un refuge *contre* et non d'un tremplin *vers*. Et j'ai compris aussi que maman avait emporté avec elle la chaleur et l'aventure parce que confusément elle savait que je n'en voulais pas. Moi, je voulais juste être loin, qu'il n'y ait pas d'aventure, que personne ne vienne et que le temps s'arrête pour qu'il n'arrive plus rien. *Que la vie passe son chemin. Qu'elle ne me voie pas*, ai-je pensé pendant que quelque chose en moi se relâchait pour la première fois depuis des semaines. Dans l'intimité de ma terrasse, avec les antennes des toits voisins pour seuls témoins, je me suis autorisé à penser à Andrés, à tout ce qu'il m'avait pris en partant comme ça, et je me suis permis aussi de le regretter. Dans la foulée, j'ai aussi pensé à papa et à la façon dont les deux seuls hommes qui avaient peuplé ma vie intérieure avaient disparu en même temps, sans crier gare, sans se battre pour moi ni pour ce que nous avions partagé, sans m'accorder une seule triste seconde pour demander une révision de notre histoire commune, quelle qu'elle fût. Les deux étaient partis comme s'ils n'avaient été que de passage. Ils avaient trouvé une autre vie. Tout simplement. Une autre vie, meilleure. Ils avaient ouvert un nouveau dossier et effacé le dossier commun. *Delete ?* Oui. Vider la corbeille ? Oui. Nouveau mot de passe, nouvelle carte au trésor. Adieu.

Après quatre ans avec Andrés, à vivre en duo, à nous projeter en duo, à faire partie de, avec, à avoir cru et fait confiance..., convaincu que j'avais atteint un port que je ne quitterais que pour en visiter d'autres qui nous feraient grandir ensemble, nous rendraient plus adultes, et que le temps, celui qui nous unissait, était une ligne droite devant nous… Après avoir trouvé, façonné, appris, réparé, renommé et réinventé l'amour, et ce qui restait, le pauvre héritage qui m'avait conduit à mon petit studio sur la plage était un classeur dont chaque partie avait son nom à elle, comme rejet, douleur de l'absence, tromperie, colère, assurance de ne pas être à la hauteur parce que pas aimé, parce que abandonné et dénué de toute importance, tout petit, si peu de chose… J'avais pensé que le déménagement, le changement d'air me feraient décoller comme maman, et je me répétais encore et encore des phrases rebattues d'autoréconfort, jusqu'à ce que j'en abuse et que cela en fasse des tics de langage qui encore maintenant sonnent comme de la camelote tout à un euro qui console peu et ne signifie rien. J'avais décidé de fuir par le haut, à moitié persuadé que la tête devait rechercher le réconfort que l'émotion semblait ne pas savoir trouver.

Du temps. Ce n'est qu'une question de temps, me disais-je, comme me le répétait tout le monde. *Il faut savoir attendre.*

Maman s'était envolée. Moi, j'avais voulu avoir un nid et je m'étais efforcé de le construire à ma mesure et à celle de Max, sans me rendre compte que ce que j'étais en train de construire était en vérité un bunker contre ce qu'il y avait dehors, contre ce qui faisait mal. Quand maman se dilatait, moi, je rétrécissais. Quand elle laissait la vie la surprendre, moi, j'avais commencé à craindre les surprises. Quand elle voulait savoir, moi, je voulais du temps pour comprendre pourquoi. Pourquoi les choses ratent. Pourquoi elles ne sont pas ce qu'elles sont. Pourquoi, pourquoi, pourquoi.

Je me suis assis sur le rebord de la porte-fenêtre, ma tasse de café à la main, et je nous ai vus de là-haut, moi assis et Max batifolant : un homme et un chien. Le chiot joyeux ; l'homme ratatiné. Et si seul…

J'ai alors pleuré sur moi et aussi sur maman, parce que j'avais l'intuition que j'avais mis le pied dans un désert dont j'allais avoir du mal à sortir. J'ai ressenti de la souffrance et je me suis fait de la peine, à tel point que, pendant que je serrais mes bras contre moi-même, les caressant et les enduisant du sel qui imprégnait l'air, j'ai senti ma peau fine et je me suis dit qu'il n'y aurait de place dans ma traversée pour aucun autre homme. Pour aucun autre abandon.

« Fini, ai-je déclaré à Max quand enfin il est venu vers moi et m'a laissé l'étreindre. À partir de maintenant, c'est juste toi et moi. Les autres : dehors. »

Depuis quelques minutes, maman chantonne, enfermée dans la salle de bains. En bout de table, oncle Eduardo se racle la gorge. En l'absence momentanée de maman, chacun s'est immergé dans la vie qui est la sienne dehors, celle qu'il rapporte de l'extérieur. C'est une tension timide, familière, alimentée par le gros nuage gris métallique de la cigarette de Silvia et les cris des enfants qui malgré l'heure continuent à jouer sur les balançoires de la place.

Ce qui enveloppe la table en l'absence de maman, c'est une parenthèse de non-dits où je me blottis pour pouvoir continuer à penser à moi, repassant les têtes de chapitre de ce qu'ont été ces années sans Andrés, sans papa et avec Max ; des années qui ont commencé comme un petit déménagement temporaire, un « J'ai besoin de réfléchir et de prendre des décisions » et qui se sont prolongées dans le temps jusqu'à aujourd'hui, sourdes et lentes. « Tes années dans ton phare », m'a dit Emma voici maintenant deux mois de cette voix bien à elle, comme réticente à parler parce qu'elle redoute de provoquer chez les autres des effets qu'elle ne contrôle pas et qui vont peut-être blesser. J'étais allé passer quelques jours chez elle à la campagne et quand l'heure de rentrer est arrivée et qu'elle me raccompagnait à ma voiture, je n'ai pas pu réprimer un soupir quelque peu angoissé doublé d'un « Retour à l'exil ! » résigné. Elle a continué à marcher près de moi comme si elle n'avait pas entendu, en ramassant des branches au bord du chemin, puis elle a demandé, sans lever la tête :

« Combien de temps encore tu penses rester dans ton phare ? »

Ça m'a fait un petit coup au cœur. Elle s'est retournée pour me regarder et a souri. Le sourire d'Emma : large, franc, plein de bonté. Je n'ai pas répondu. Nous avons continué à marcher en silence, puis au bout de quelques secondes, elle s'est arrêtée :

« Tu te rappelles la phrase ? »

Nouveau coup au cœur.

« La phrase. » Voilà longtemps, bien longtemps qu'aucun de nous deux ne l'avait évoquée. La dernière fois, c'était moi qui l'avais employée à son intention, et depuis – combien de temps, cinq, six ans déjà ? –, nous ne nous l'étions pas répétée. Nous la connaissions bien, cette phrase, son ton et la scène d'où elle provenait. Nous avions vu *The Hours* ensemble et l'avions revu à plusieurs reprises avant que la vie ne nous amène à avoir recours à cette réplique telle une invocation. Nous connaissions par cœur le regard de Nicole Kidman devenue Virginia, le chapeau avec son galon de fleurs orange, le manteau gansé de laine marron au cou et aux poignets, le mur de la gare en brique rouge, derrière elle… Et lui, Leonard, de profil, avec ses cheveux noirs, l'écoutant le dos bien droit, attentif à elle de tout son corps, près d'elle, si proche, sans la toucher… Nous connaissions le moindre détail de la scène qui faisait basculer le film, et nous n'avons pas tardé à adopter cette phrase ; elle ressurgissait désormais lorsque l'un de nous deux donnait des signes de faiblesse, quand nous nous le disions ou quand nous préférions ne pas nous le dire. Cette phrase – et aussi cette scène – nous a accompagnés depuis lors comme un fil d'acier enroulé autour de notre taille, chacun à une extrémité le maintenant en tension selon les coups de bonne ou mauvaise fortune qui ont traversé la vie de l'un et de l'autre pour que puisse y transiter le temps que nous partagions. Depuis, quand nous voulons nous dire que nous sommes là, l'un des deux mentionne la phrase pour rappeler à l'autre qu'il y a de la lumière à l'autre bout. Qu'un phare tourne dans l'obscurité. Et que, d'une façon ou d'une autre, nous sommes sauvés.

« Tu te souviens de la phrase ? » m'a demandé Emma, les bras chargés de branches et le regard bienveillant.

Alors, tout de suite m'est revenue la voix de Kidman, et ses mots et ceux d'Emma se sont mêlés dans le silence du chemin, près de la voiture, tendant de nouveau le fil qui nous unit :

« "On ne peut pas trouver la paix en évitant la vie, Leonard." » Ma gorge s'est nouée. Elle m'a regardé quelques secondes avant d'ajouter : « C'est impossible, Fer. On le sait bien. » Puis elle s'est retournée et je l'ai entendue dire en même temps qu'elle se remettait à marcher : « C'est l'heure de rentrer. »

Quelques minutes plus tard, nous nous disions au revoir avec l'une de ces étreintes qui nous appartiennent, une étreinte de frère et sœur qui ont vécu beaucoup de choses ensemble même s'ils ne savent pas toujours bien se le dire, et je suis rentré chez moi. Cette nuit-là, j'ai eu vraiment du mal à trouver le sommeil. Je me tournais et me retournais dans mon lit en quête d'un repos qui n'arrivait pas tandis que dehors soufflait un vent d'est humide et violent qui secouait les antennes des toits et le feuillage des plantes sur la terrasse. J'ai continué à m'agiter dans mon lit jusqu'à n'en plus pouvoir. Alors je me suis levé, je me suis préparé une infusion et j'ai cherché des comprimés de valériane. Je les ai avalés debout devant la terrasse. Dehors, les feuilles cognaient contre la balustrade. Quand j'ai porté la tasse à mes lèvres, mes yeux se sont posés machinalement sur le panneau lumineux qui me tenait compagnie depuis ma première nuit dans ce studio et je me suis figé.

Le vent, le temps, un heureux hasard ou les trois à la fois avaient fait griller deux autres lettres du message publicitaire. Le *c* de « combien de temps encore », de « choses à changer » avait disparu. Comme le *l* de « loin de tout », de « laissez-moi seul ».

Au-dessus de la mer, celles qui restaient clignotaient faiblement, à contretemps ; le message avait changé :

« AME AVEC MAX », ai-je lu à voix haute.

Près du canapé, Max a dressé l'oreille une seconde puis a changé de position. Je me suis approché et me suis allongé contre lui. Puis j'ai entouré son cou de mon bras et je l'ai grattouillé sous le menton avant de me coller à son grand corps, la tête sur son flanc, en attendant que le sommeil vienne.

Le matin, après notre promenade sur la plage, Max et moi, je suis descendu au café du coin. Encore tout ensommeillé après cette courte nuit, j'ai commandé un café serré et un croissant, je me suis assis sur un tabouret au bar et j'ai attrapé le journal du jour. Quand le garçon est revenu, j'ai levé les yeux et j'ai plongé mon regard dans le grand miroir qui couvrait tout le mur jusqu'au plafond derrière le comptoir et dans lequel se reflétaient les tables installées près de la baie vitrée. Assise à l'une d'elles, tout au fond, à l'extrême bord du miroir, une silhouette a attiré mon œil. Elle était de dos. Malgré la distance, malgré les salissures du miroir et le sommeil qui me voilait les yeux, il y avait quelque chose dans la forme de la tête, dans l'inclinaison du corps… quelque chose m'était familier. Après un bref instant, la silhouette s'est tournée lentement vers le comptoir et a levé la main, en cherchant le serveur des yeux.

Alors nos regards se sont croisés dans le miroir.

Et ma bouche est brusquement devenue sèche.

15

« Tiens, tiens, tiens », fait soudain oncle Eduardo, avec un petit rire sec qui finit presque en toux. Olga et Emma se tournent vers lui, et moi j'atterris de nouveau à table, revenu à l'ici et maintenant. « Alors, comme ça, vous êtes enceintes, hein ? Sacrées petites cachottières… continue-t-il en secouant la tête et en brandissant son index comme un maître d'école taquin.

— Absolument », fait Olga qui, tendue, s'efforce de sourire.

Les autres ne disent rien. Maman est toujours enfermée dans sa salle de bains ; elle fredonne.

« Ah, la maternité, renchérit oncle Eduardo en faisant mine de se pâmer, les yeux au ciel. Quelle merveille de sentir une vie en soi ! poursuit-il, une main posée sur le ventre. Le miracle de la nature. Sans nul doute l'une des plus belles expériences qui soient. »

Aïe, aïe, aïe…

Silvia se raidit un peu, la tête dans les épaules. Puis elle baisse le menton, un sourire plaqué sur les lèvres :

« Comme tu as raison, tonton. D'ailleurs, nous gardons tous un souvenir ému de notre visite à l'hôpital lorsque nous t'avons vu après ton accouchement des triplés. »

Oncle Eduardo la regarde, interloqué, puis éclate d'un gros rire qui fait vibrer l'air de la pièce :

« Petite, tu es bien chatouilleuse, ce soir ! remarque-t-il. Tu t'es levé du pied gauche, ou quoi ? À croire que tu viens de te faire plaquer par ton amoureux. »

Silvia, imperturbable, lève les yeux au ciel et soupire avec impatience :

« Ça serait bien que tu t'écoutes de temps en temps, tonton. Je ne sais pas comment tu te débrouilles, mais au bout du compte, tu as toujours tout vécu ! Oncle Eduardo est toujours plus fort que les autres, il en sait toujours plus. Il a toujours une longueur d'avance. Si on a grimpé une montagne, lui a escaladé l'Everest. Si on se foule la cheville, lui, il s'est fait renverser par un semi-remorque. Si Emma et Olga sont enceintes, lui est expert en maternité, évidemment, puisqu'il a mis au monde les sept femmes de Barbe-Rousse ! Et si elles ont décidé de garder le secret parce que… parce qu'elles en ont eu envie et parce qu'elles voulaient nous faire la surprise, sûr que lui, l'incontournable oncle Eduardo, celui qui double les enchères parce qu'il en sait plus, possède plus, réfléchit plus et est au-dessus de tout le monde, a lui aussi une surprise à nous annoncer. Et meilleure, évidemment ! »

Oncle Eduardo la regarde avec supériorité mais ne dit rien parce que c'est juste le moment que choisit maman pour sortir de la salle de bains, une expression de soulagement joyeux sur le visage. À la radio retentit une mélodie familière, ponctuée d'un « Il est vingt-trois heures. Les informations. »

« Encore une surprise, Eduardo ? dit-elle, debout derrière Olga, les deux mains à plat sur ses épaules. Tu m'effraies…

— Non, maman, fait Silvia, en soufflant bruyamment la fumée de sa cigarette. C'était une façon de parler.

— Ah bon, reprend maman, avec son sourire de parfaite maîtresse de maison. Parfait. Eh bien, je crois que je vais servir le velouté, alors. »

Emma bondit comme un ressort, prête à l'aider, pendant qu'oncle Eduardo lâche un soupir satisfait :

« Oui, ce velouté de la vallée sent divinement bon. »

Maman, près du four, se retourne vers lui, interdite, avant de comprendre.

« Ah ! Mais non, Eduardo, pas de la vallée, Alvalle : c'est le nom de la marque. Pour être franche, j'ai été prise par tant de choses aujourd'hui que je n'ai pas eu le temps de le faire moi-même. Et ces soupes en brique n'ont rien à envier aux soupes maison… »

Silvia me regarde comme si elle allait prendre ses jambes à son cou :

« Maman, il fallait me le dire. J'aurais très bien pu faire ce velouté, moi, et l'apporter.

— Mais non, ma chérie, tu penses. Je t'assure, on dirait un vrai. Et j'ai bien vérifié la composition : il n'y a pas un seul E, s'empresse-t-elle d'ajouter en regardant Olga. C'est du bio, même si ce n'est pas écrit. »

Silvia a toujours les yeux braqués sur le four, non plus sur le velouté mais sur la plaque en dessous, où flottent des formes sombres sur un océan lui-même sombre :

« Et ce truc, c'est quoi ? »

Maman suit son regard.

« Ça, non, ce n'est pas bio. »

Oncle Eduardo chausse ses lunettes pour mieux distinguer l'intérieur du four. Les yeux plissés, il hoche lentement la tête, dubitatif :

« Mmm, drôle d'aspect… »

Silvia redemande, l'air soucieux :

« Qu'est-ce que c'est ? »

Maman porte la main à son visage, en cuisinière coquette, et répond, l'œil mystérieux :

« Des machins. »

Elle nous regarde. Nous la regardons. Un silence plein d'attente plane, qu'elle brise d'un « En sauce. Des machins en sauce. » Puis, plus précise : « Une sauce au vin blanc. »

Silvia se touche le front, me regarde, mi-figue mi-raisin, et laisse tomber :

« Ah, super, maman. Ça tombe bien, on adore les machins en sauce. » Maman sourit, enchantée, sans percevoir l'ironie. « Mais bon, puisqu'on y est et si ce n'est pas trop te demander, tu pourrais peut-être nous donner quelques précisions, générales bien sûr, sur ces… machins, non ? insiste Silvia, un sourcil en accent circonflexe.

— Au fait, intervient oncle Eduardo tout en nouant sa serviette autour du cou, à propos de vin, et même si je me doute bien que miss Perfection ici présente trouvera certainement que ce que j'ai à partager avec vous n'a aucun intérêt, j'aimerais dire, avant de déguster ce velouté de la vallée, que j'ai en effet deux nouvelles à vous apprendre. Et je crois sincèrement qu'elles sont comparables, en degré et mesure, à votre grossesse porteuse, par sperme artificiel, ou quel que soit le nom de ce que vous avez fait », pérore-t-il en se tournant vers Emma et Olga.

Maman reste figée sur place, sa soupière entre les mains, et Silvia me flanque un coup de pied sous la table qui m'effleure à peine le tibia. En face de moi, Olga toussote, dans ses petits souliers, et à côté d'elle, Emma allume l'écran de son portable d'un geste qui relève plus du tic qu'autre chose.

Oncle Eduardo attrape son verre et le lève, en nous adressant l'un de ses sourires les plus travaillés, de ceux spécialement conçus pour conquérir un gibier de choix.

« Oui, chère famille, clame-t-il d'une voix triomphale, avec un regard très éloquent en direction de Silvia. Moi aussi, j'ai quelque chose à fêter avec vous ce soir. »

Silvia assène un coup sec sur la table du plat de la main et rugit :

« Mais bien sûr ! Super oncle Eduardo n'allait tout de même pas se retrouver à la traîne ! »

Maman, toujours empêtrée de sa soupière, sursaute et la regarde, en clignant des yeux sans comprendre :

« Tout va bien, ma chérie ? »

Oncle Eduardo ricane :

« Ta fille s'est levée du pied gauche, ce matin.

— Je me serais levée du pied droit que ça n'en serait pas moins vrai, rétorque Silvia. Alors vas-y : quelle est cette surprise si spectaculaire que tu voulais nous annoncer ? » Et elle ajoute, sans lui laisser le temps d'ouvrir la bouche : « Non, ne dis rien, laisse-moi deviner… Voyons… J'y suis : on t'a élu roi du poulet frit au Portugal. Ou… non, non ! Tu t'es découvert un fils naturel et il se trouve qu'il est marié à l'une des Kennedy. Ou alors, non... »

Oncle Eduardo regarde Silvia avec le sourire calme de qui est habitué à faire bonne figure en toutes circonstances, mais il y a aussi dans ce sourire une tendresse profonde, infinie. Malgré les provocations dont Silvia le bombarde depuis qu'il est arrivé, il ne perd pas patience parce qu'il sait, comme nous le savons tous, que Silvia tire à blanc. Celle qui le houspille n'est qu'une petite fille boudeuse qui punit l'adulte de l'avoir laissée trop longtemps seule dans un endroit qu'elle déteste. Silvia est en train de dire à oncle Eduardo qu'il lui a manqué. Elle le fait en le couvrant de reproches depuis son bunker et lui, qui ne s'y trompe pas, la laisse faire, ravi de cette marque d'attention. Il sait qu'avec elle il faut toujours en passer par la tempête qui précède le calme et que ce calme mérite bien cette entrée en matière.

Un faible. Ou, plus qu'un faible, une adoration mutuelle, voilà ce qu'ils se vouent depuis toujours ; Silvia, petite fille née adulte, ayant décidé très tôt qu'oncle Eduardo serait sa figure masculine de référence, loin, bien loin de papa et de son affection douteuse, de ce labyrinthe tordu de messages contradictoires qu'il tissait autour de lui et avec lequel il nous mettait toujours en défaut. Parrain et filleule. Eduardo et Silvia. Lui toujours attentif à elle et toujours absent, elle toujours en attente de ses nouvelles qui nous arrivaient à travers maman et grand-mère, de ses coups de fil, de ses cartes postales, comme la fiancée restée au port. Puis, quand enfin il réapparaissait, comme aujourd'hui, Silvia sortait de son sac son catalogue de reproches et les lui assénait à la volée, le giflant avec comme une épouse rageuse.

Ce que Silvia dit depuis qu'oncle Eduardo s'est assis à cette table, c'est « Regarde-moi, tonton, je suis là ». Et ce qu'il lui répond de son rire taquin et complice, c'est « Regarde-moi, Silvia, je suis encore là. Comme toujours, j'arrive tard, mais j'arrive. Et si j'arrive, c'est que tout va bien. Que pour toi comme pour moi, tout va bien ».

De l'envie. Un instant, en les voyant ainsi, je ressens une pointe d'envie, parce que ce qu'il y a entre eux, nous, les autres, ne l'avons pas. Cette façon de s'aimer ainsi, cette complicité aussi décontractée et aussi tendue, aussi vivante, c'est la propriété exclusive de Silvia et d'oncle Eduardo, et ce malgré le temps, le vécu de l'un et de l'autre, la distance, les séparations… Bien qu'ils soient des mondes parallèles et souvent irréconciliables, tous deux savent qu'ils sont là l'un pour l'autre, que ce qu'ils ont est intouchable, même si apparemment ils s'entendent comme chien et chat et que ceux qui sont à l'extérieur peuvent avoir l'impression qu'ils frôlent sans cesse le conflit. Pendant un dixième de seconde, alors que je les vois jouer ainsi au chat et à la souris, elle, crispée, lui, heureux, une petite voix venue d'un recoin de ce Fer qui les observe de sa place me met soudain en garde. À les entendre sous cette pluie de piques que Silvia lance à oncle Eduardo et qui rebondissent sur son sourire d'homme-parapet comme rebondit la pelote sur le fronton, j'ai l'intuition que peut-être ce soir Silvia demande un peu plus parce qu'elle n'est plus tout à fait la même que d'habitude. Et comme je sais que lui l'ignore, je crains qu'aujourd'hui ils tirent un peu trop sur la corde – chacun arc-bouté à une extrémité – et que le jeu aille trop loin. Je ne sais pas ce qu'il se passe, pas encore. Ce que je sais, c'est que depuis deux jours Silvia est un vrai champ de mines dont personne, à part moi, ne semble entendre le tic-tac.

Quelque chose me dit que peut-être ce soir, quelqu'un – je ne sais pas encore qui – va poser le pied sur une de ces mines et que Silvia va exploser en mille morceaux. J'espère, si cela arrive, qu'oncle Eduardo sera à la hauteur.

Pour le moment, il continue de sourire, son verre d'eau à la main.

« Je peux parler ? » demande-t-il enfin, une fois que Silvia s'est tue.

Elle acquiesce lentement. Maman est toujours debout, les yeux écarquillés, à attendre.

Oncle Eduardo lève lentement son verre, se racle la gorge et nous gratifie d'un nouveau sourire pour annoncer :

« La première nouvelle, c'est que… j'ai arrêté de boire. »

Maman me regarde, lèvres froncées, comme pour dire « Ah, tu vois ? Tu ne m'écoutes jamais. » En face de moi, Olga toussote et prend la parole :

« Eh bien, laissez-moi vous dire, Eduardo, que c'est une décision qui vous honore et qui mérite toute mon admiration et tout mon respect. [Petit toussotement] Absolument. Vient un âge où il faut commencer à envisager les choses d'une façon différente et agir en conséquence. À mon sens, et pardonnez-moi si je me mêle de ce qui ne me regarde pas, je pense que l'occasion réclame… »

Mais oncle Eduardo, peu friand des interruptions quand il est sous les feux de la rampe, la coupe pour continuer sur sa lancée :

« La deuxième... » Il prend une profonde inspiration, bloque ses poumons une seconde, les yeux fermés, et lâche, après avoir expiré l'air emmagasiné : « Je vais me marier. »

Silence.

En bas, sur la place, une bande d'ados passe. Ils crient et chantent, et leurs voix s'éloignent avec eux. Ici, dans le salon, personne ne dit rien sauf maman qui, toujours agrippée à sa soupière, pousse un « Oh ! » aspiré qui peut vouloir dire tout et n'importe quoi. Puis, abasourdie, elle ajoute avec un sourire niais :

« Et tu nous dis ça comme ça ? »

Oncle Eduardo, pris au dépourvu, hausse un sourcil interrogateur. Maman précise sa pensée :

« Comme ça... comme si de rien n'était ? »

Il reste désemparé devant la réaction inattendue de maman, qui maintenant s'approche lentement de la table pour déposer sa soupière puis se dirige vers oncle Eduardo qui entre-temps s'est levé et sourit, radieux.

Tous deux se fondent en une étreinte, et quand ils se détachent l'un de l'autre, nous entendons maman dire, d'une voix brisée par l'émotion :

« Tu ne sais pas le bonheur que tu me fais, Eduardo. » Elle porte la main à son cœur, avec un sourire rayonnant, presque enfantin. En face de moi, Olga et Emma sourient elles aussi, gagnées par la joie débordante de maman, tandis qu'au fond de la nuit une cloche sonne un coup sec et bref. Un quart. Maman prend le visage d'oncle Eduardo entre ses mains et lui dépose un, deux baisers sur le front : « Notre mère serait si fière de toi, Edu… » Il baisse les yeux mais maman est trop enthousiaste, trop euphorique pour le remarquer. Ses yeux se mouillent. Oncle Eduardo hoche la tête, ému lui aussi. « Quel courage ! Ah, quel courage il faut pour arrêter de boire ! dit-elle en avalant une gorgée de son verre. Et quelle excellente nouvelle pour ton cholestérol ! Comme dit Ingrid, l'homme initié aime les animaux comme lui-même, il garde son troisième œil bien propre et tient à distance le cholestérol. Tu verras, même ton teint va en bénéficier, ajoute-t-elle d'une voix de grande sœur en lui caressant la joue. Ah, tu ne sais pas quel grand pas tu viens de faire. Non, tu ne le sais pas. C'est la meilleure nouvelle que tu pouvais me donner en cette fin d'année. Je n'ai pas de mots pour l'exprimer. »

Pour la première fois depuis qu'il est arrivé, le sourire d'oncle Eduardo semble vaciller, mais avant qu'il ait eu le temps de se le plaquer de nouveau sur le visage, avant que Silvia se tourne vers moi, hilare, avant qu'Emma baisse les yeux en se retenant de pouffer parce qu'elle a peur de blesser maman, avant qu'Olga toussote et prenne cet air de circonstance qui est souvent le sien chez nous et qui cache un message qu'on pourrait résumer par « Cette femme, quelle écervelée, décidément on ne prend jamais rien au sérieux dans cette maison, quelle famille si… si… déstructurée », avant qu'arrivent tout ceci et bien d'autres choses, que cette nuit apporte tout ce qu'elle nous réserve encore et décharge son lot de surprises sur la table familiale, maman, qui a totalement retrouvé le meilleur de sa face A, fait volte-face, attrape la soupière sur la table et la secouant en l'air comme si elle avait dans les mains un coussin en plume, déverse la moitié du velouté sur la queue du pauvre Max qui pousse un glapissement de douleur, en s'exclamant, d'un ton faussement enjoué :

« Et maintenant à table, ou on sera en retard pour le raisin ! »

16

« Une chanteuse ? »

La question vient de maman. Après le velouté, ou du moins ce que nous avons pu en sauver, elle vient de servir son plat de « machins en sauce » qui flottent et se sont révélés être des beignets d'épinard à la crème de courgette, une recette qu'elle a évidemment tirée d'une de ces revues « spécial vie saine » que lui prête Ingrid, avec une efficacité apparemment très relative car quand on les a servis, les beignets ont entraîné avec eux un cercle de sauce desséchée, et nous voici donc tous les six avec dans notre assiette une espèce de planète entourée de son anneau de croûte. Tous intacts.

Depuis qu'oncle Eduardo a lâché la nouvelle de son mariage, après le toast, les étreintes, un nouveau toast, des réactions, des supputations, des questions et quelques piques du côté de Silvia, maman a appris, impressionnée, que sa future belle-sœur est portugaise.

Une information qu'elle a du mal à assimiler.

« Mais, euh… Portugaise, Portugaise, ou Portugaise du Portugal ? » s'enquiert-elle pour la deuxième fois.

Silvia laisse échapper un soupir exaspéré tandis qu'Olga, les yeux fixés sur le spoutnik marron qui gît dans son assiette, déglutit péniblement, l'air de se dire « Qu'est-ce que je vais bien pouvoir faire de ça ? »

« Maman. » C'est moi qui la reprends avec impatience. « Si elle est portugaise, oui, je crois qu'on peut dire qu'elle est du Portugal. »

Elle me regarde, vexée :

« C'était juste pour être sûre.

— Oui, bien sûr, Amalia, confirme oncle Eduardo, enchanté de l'effet produit sur son public. Portugaise du Portugal.

— Ah, fait-elle. En fait, ce n'est pas si bizarre, non ? Au bout du compte, nous avons toujours eu d'excellentes relations avec le Portugal, pas vrai ? »

Là, c'en est trop pour moi :

« Maman, redescends sur Terre, on n'a jamais eu de bonnes relations avec le Portugal ! »

J'ai envie d'en savoir plus et si maman continue sur cette voie, on n'est pas près d'avoir des détails sur ce que trame oncle Eduardo.

« Mais pas du tout. Historiquement, les Portugais et les Espagnols se sont toujours beaucoup appréciés. Vraiment beaucoup, renchérit-elle en levant son verre. Tu n'as qu'à voir l'Eurovision. Qui sont les seuls à voter toujours pour nous ? Les Portugais. Enfin, les Portugais et les Andorrans, mais eux, aussi, les pauvres, pour qui d'autre ils pourraient voter ? Personne ne sait qu'ils existent. On ne connaît leur pays que pour ses montagnes et ses cigarettes pas chères. C'est triste, non ? Alors, du coup, ils conduisent mal, parce que comme ils vivent tous de la contrebande de rhum et de Marlboro Light, ils sont tout le temps en train de fuir. Qu'est-ce que tu veux, moi, à leur place, je ferais pareil. Ils ne sont pas bêtes, non. Un peu bizarres, mais pas bêtes… »

Silvia rigole franchement à côté de moi. Maman est comme ça. Quand elle dérape, elle dérape en beauté, et ça, ce discours qu'elle nous tricote comme si elle était pensionnaire dans un asile de fous, ce monologue auquel elle ne sait ni ne veut mettre fin parce qu'elle se sent tout à coup libre et à l'aise, fait sauter toutes les résistances de Silvia, la désarme. Moi, bizarrement, il me crispe parfois, parce qu'il y a quelque chose dans ce discours qui m'empêche d'y croire complètement. Quelque chose de trop bavard, qui sonne faux.

« Donc, oui, Sindy est portugaise », confirme oncle Eduardo, aux anges.

Maman pousse un soupir et hoche lentement la tête.

« Il faut dire que depuis Jeanne la Folle, rien n'a plus été pareil », reprend-elle avec une grimace désappointée. Comme elle voit que nous n'intervenons pas, elle continue en roue libre et prend de la vitesse. « Je dis ça à cause du syndrome de Jeanne, et tout… »

Olga la regarde avec le même air que si un ornithorynque venait de la dépasser sur l'autoroute :

« Le syndrome de… Jeanne ? »

Maman hoche la tête, sûre d'elle.

« Oui, explique-t-elle, d'un ton docte. Il faut savoir que Jeanne de Castille n'a pas toujours été folle. Ce qu'il y a, c'est qu'à l'époque, l'Espagne et le Portugal étaient un seul et même pays, et elle, qui était une princesse très raffinée, ne pouvait dormir que dans des draps de fil portugais qu'elle se faisait envoyer de Lisbonne. Sauf que, quand elle s'est mariée avec Philippe, lui n'a plus voulu que des produits français, alors Jeanne ne pouvait plus dormir la nuit : elle faisait de l'allergie et avait de terribles démangeaisons, pareil que Shirley quand elle commence à se gratter les oreilles et que je dois lui passer ces lingettes d'aloe vera que m'a données la vétérinaire, mais elle, c'était sur tout le corps et personne ne la croyait. Et bien sûr, à cause du manque de sommeil et de tous ces grattouillis, la pauvre, elle a fini zinzin, et donc c'est ce qu'on appelle la folie du fil portugais ou le syndrome de Jeanne. »

Silvia la dévisage, bouche bée. La première à récupérer l'usage de la parole est Olga :

« Sindy… euh… comme c'est charmant. »

Oncle Eduardo soupire :

« Pour être charmante, elle est charmante. Mais bien sûr Sindy, ce n'est pas son vrai nom. En réalité, elle s'appelle Teresinha. »

Silvia se tourne vers lui, mais maman, plus rapide, ne lui laisse pas le temps de dégainer :

« Tirésias ? Oh, comme c'est joli ! » fait-elle en hochant vigoureusement la tête et en plantant sa fourchette dans la sphère caillouteuse qui se trouve dans son assiette et qui se fend en deux comme un bloc de plâtre pour régurgiter une mixture verdâtre.

Cette fois, c'est moi qui pouffe. Emma aussi.

« Te-re-sin-ha, la corrige oncle Eduardo. Elle s'appelle Teresinha comme sa mère : Sindy, c'est son nom de scène.

— De… scène ? » fait Silvia, un sourcil levé.

Oncle Eduardo a les yeux tout brillants.

« Oui, Sindy est chanteuse. »

Maman, de sa place, donne un coup sec sur la table, qui fait sursauter Olga.

« J'en étais sûre ! Je parie qu'elle chante sur une de ces charmantes petites places qu'on trouve à Lisbonne où les vieux et les enfants tombent tout le temps. Oui, je ne sais plus où j'ai lu ça, mais comme cette ville est pleine de côtes, depuis tout petits, on les habitue à se jeter par terre et à se laisser rouler jusqu'en bas, comme ça, ils évitent de se faire du mal en tombant, c'est malin, non ? En plus, du coup, leurs rues sont d'un propre ! Mais alors propres comme un sou neuf, hein ! Pas comme ici, il n'y a qu'à voir dans quel état est l'esplanade, en bas, pleine de papiers gras et de saletés. Ah, je suis sûre que Teresita chante des fados à vous tirer des larmes, pas vrai ? C'est ça, le Portugal, que voulez-vous, c'est si… tropical. Quand je vais raconter ça à Ingrid, elle ne va pas me croire. Elle qui aime tellement ça, pleurer, surtout depuis que son chaman lui a passé ses sabres dans le dos et qu'il lui a dit que, pour se décharger de toute l'électricité accumulée depuis qu'elle travaille dans le tourisme, le mieux à faire, c'est de pleurer. »

Oncle Eduardo pose sa fourchette et avale une gorgée d'eau.

« Euh… fait-il, non pas exactement.

— Ah, non ? fait Silvia d'un ton intéressé qui sonne un peu faux.

— Non. Sindy est plus… comment dirais-je ? » Oncle Eduardo penche la tête de côté, se frotte le menton d'un geste qui se veut pénétré. « Euh… plus dans la revendication. Plus… à l'image du Portugal d'aujourd'hui. »

Le sourire de maman se transforme en une grimace chagrinée :

« Oh… Elle est très pauvre ? »

Silvia explose de rire et moi, même si je préférerais qu'on laisse un peu parler oncle Eduardo, je la suis. Quand maman parle, plongée dans son univers aux connexions et déconnexions diverses, voilà le résultat, et j'ai beau – nous avons beau – le savoir, c'est toujours aussi ahurissant.

Oncle Eduardo, qui évidemment est totalement immunisé contre la logique martienne de maman, fait non de la tête et repose en soupirant son verre sur la table. Puis il se lève et va chercher dans sa sacoche une pochette rectangulaire en cuir Louis Vuitton qui se trouve être l'étui d'un iPad.

Quand il revient s'asseoir, il l'allume et dépose la tablette en position verticale sur la table :

« Venez, je veux vous présenter Sindy. »

Nous nous levons rapidement pour tous nous regrouper derrière lui. Une seconde plus tard, quand il est sûr d'avoir toute notre attention, il effleure l'écran du doigt et apparaît à l'écran une vidéo de YouTube qui commence sur un rythme synthétique de maracas, tandis qu'en lettres jaunes et rouges s'affichent le nom de scène de Teresinha et le titre de la chanson, en portugais sous-titré, que nous allons écouter.

« Laisse-moi être ta chienne, bébé », avons-nous le plaisir de lire. Et juste en dessous : « Sindy Lopes. »

Silvia me flanque un coup de coude dans les côtes qui me coupe presque la respiration, en même temps qu'elle murmure : « Sindy Lopes ? » et Olga, appuyée contre Emma, se penche sur l'écran, incrédule. Près de moi, maman applaudit, éblouie.

« Elle aime les chiens ! Elle aime les chiens ! fait-elle en sautillant. Ah, ça commence bien. Un bon point pour Teresita. »

Puis les titres de crédit s'effacent et ce qui apparaît alors à l'écran est à mi-chemin entre l'épouvantable et le pathétique : une sorte de Michael Jackson grand et maigre aux cheveux bicolores avec de gros yeux saillants qui semblent prêts à sauter de leurs orbites et surplombent une petite moustache à poil dur. Voilà cette Sindy, en gros plan, vêtue d'une combinaison moulante argentée, au col et aux poignets pourpres, avec de tout petits seins aux tétons saillants et des baskets à plate-forme blanche comme on en portait dans les années quatre-vingt avant qu'une âme charitable décide de remiser ces horreurs aux oubliettes.

Sindy Lopes.

« Dieu tout-puissant, balbutie Olga près de moi, dans un souffle. Mais c'est... »

Nous n'avons pas l'honneur de connaître les conclusions d'Olga, parce qu'à cet instant précis les maracas métalliques laissent place à un « poum tchi poum tchi » assourdissant et voilà l'échalas moustachu à poil bicolore qui commence à se dandiner à l'écran en lâchant une bordée de grossièretés au rythme diabolique de ce qui est censé être un rap à la sauce techno et dont les paroles – comme nous pouvons le lire en sous-titre – énoncent des gracieusetés de ce genre :

Secoue-moi bien, vas-y à fond
Touche-moi là comme tu sais faire
Lâche pas l'affaire, mets-y de l'ardeur
Par-derrière, c'est le meilleur
Laisse-moi être ta chienne, bébé
Comme tu aimes
Ta chienne,
ayayaaa ayayaaa

Oncle Eduardo pianote sur la table en rythme, l'air ravi. De notre côté, c'est le silence. À l'écran, Sindy se contorsionne lascivement en promenant ses mains sur tout son corps et finit par arracher brusquement son pantalon comme une strip-teaseuse de bar routier pour se retrouver en string. C'est ce moment-là que choisit oncle Eduardo pour baisser le volume et se tourner vers nous :

« Alors ? Qu'est-ce que vous en dites ? »

Silence.

« N'est-ce pas qu'elle est… spéciale ? »

Silence.

Silvia se penche un peu pour mieux voir tandis que maman se lance, hésitante :

« Mais elle, on la voit quand ? »

Oncle Eduardo la regarde :

« C'est elle, Sindy, Amalia. »

Maman penche la tête et lâche un petit rire, une main sur la joue :

« Hi hi hi. Quelle tête de linotte tu fais ! » Elle agite la main comme pour chasser une mouche. « Lui, ça doit être son frère, j'imagine… Comment peux-tu confondre ta fiancée avec son frère ? fait-elle en secouant la tête. Je vais te dire : pour moi, tout ça, c'est un problème de vue. Heureusement, maintenant que tu as arrêté l'alcool, tu vas tout de suite voir la différence. »

Silvia en profite pour faire chauffer le moteur :

« Très chic, tonton, vérité vraie ! Elle a l'air pleine de ferveur, presque… euh… mystique, je dirais même. »

Maman penche un peu la tête, d'un côté puis de l'autre ; pendant quelques secondes, elle suit les mouvements de Sindy sur l'écran.

« N'exagère pas non plus, ma chérie, corrige-t-elle. Parce que cette créature, si vraiment c'est elle, car j'en doute, n'a pas franchement l'air de sortir d'un couvent, il faut bien le reconnaître. » Elle se penche un peu plus sur l'iPad, la main en visière sur les yeux, et comme apparemment ce n'est pas plus net pour elle, elle passe le bout des doigts sur l'écran comme pour l'essuyer. Puis, écarquillant les yeux : « En tout cas, elle paraît un peu… noire, non ? »

Olga soupire :

« Elle *est* noire, Amalia.

— Ah », fait maman, en collant presque le nez à l'écran. Puis elle ajoute, avec l'air excité d'une gamine : « Mais bien sûr ! Voilà pourquoi ses cheveux sont si frisés ! » Elle baisse les yeux, lèvres un peu pincées : « Les Noires m'ont toujours fait un peu pitié à cause de ça, les pauvres. »

Silvia se retourne lentement pour la dévisager, incrédule, mais elle ne dit rien ; elle attend que maman précise sa pensée. Celle-ci, se sentant écoutée, se jette tête la première dans le vide comme elle sait si bien le faire :

« Oui, à cause de leurs cheveux. Cette paille de fer, je suis sûre que ça les empêche de dormir : quand elles posent la tête sur l'oreiller, ces petits piquants qui leur rentrent dans la nuque, ce doit être terriblement douloureux. Je ne vois pas comment elles peuvent s'arranger, à part dormir en laissant pendre la tête hors du lit, comme les chauves-souris.

— Maman, la ferme ! » lâche Silvia, manifestement à bout de patience.

Maman cherche mon soutien du regard, mais je refuse d'entrer dans son jeu et Silvia en profite pour réattaquer d'une voix doucereuse :

« Et tu dis qu'elle les fêtera quand, ses quinze printemps, tonton ? »

Oncle Eduardo se retourne, le sourcil froncé. Il hésite quelques secondes puis décide de passer outre le commentaire sarcastique et se plonge de nouveau dans l'iPad tandis que la Sindy en question se trémousse maintenant en compagnie de deux adolescents couverts de piercings qui font mine de tirer sur la caméra avec des flingues de pacotille et braillent avec elle. Les paroles de la chanson sont si ordurières qu'Olga est en apnée, la main sur la bouche. Près de moi, Emma regarde aussi l'écran, l'air ailleurs, et tapote l'épaule d'oncle Eduardo.

« Tonton, si elle est à ton goût, je trouve ça fantastique, fait-elle d'une voix douce.

— Euh... » Olga s'est retournée et lui jette un regard. « Elle est peut-être un peu... [toussotement]... radicale ? » commence-t-elle, mais à ce moment la sonnerie d'un portable retentit et maman, dont les oreilles se dressent comme celles d'un lévrier dès qu'un téléphone sonne et qui systématiquement lâche tout pour répondre, se lève brusquement, bousculant au passage l'iPad qui fait un vol plané et s'écrase par terre, et se met à courir en glapissant : « J'arrive, j'arrive » pour se jeter sur son portable.

Face contre terre, Sindy semble être devenue muette. Maman s'éloigne vers sa chambre, portable à l'oreille, mais nous l'entendons encore s'écrier :

« Ingrid, ma chérie, tu ne vas pas le croire. Ah, si tu savais… ! Figure-toi que… »

Nous restons tous là, comme des statues de sel, à regarder maman disparaître dans le couloir, puis Silvia parcourt des yeux les spoutniks figés dans leur croûte marronnasse toujours intacte dans les assiettes et souffle :

« Vite, Emma, aide-moi à faire disparaître ces étouffe-chrétien et on passe directement au raisin. » Elle regarde sa montre et retient un cri : « Zut ! Presque minuit moins le quart ! Le champagne ! Il faut déboucher le champagne ! »

Mais celle qui se lève, comme toujours, empressée et prévenante, c'est Olga, qui partage avec Silvia ce sens de l'efficacité domestique et ce besoin de « mettre de l'ordre dans le désordre » qui les rapprochent – ce qu'aucune des deux ne voudrait admettre. Oncle Eduardo, lui, est accroupi, occupé à ramasser son iPad où Sindy Lopes a recommencé à débiter ses insanités en compagnie des deux repris de justice tatoués, et en face de moi, Emma me regarde, avec dans les yeux les reflets de la lumière de la pièce, mais aussi ceux d'une autre lumière, plus hermétique, antérieure. C'est une lumière que je reconnais parce qu'à une époque elle et moi la partagions quotidiennement, comme un langage entre nous, de frère et sœur qui ont traversé des épreuves ensemble.

Le regard que nous échangeons dure quelques secondes. C'est la voix d'Olga qui l'interrompt, tendue :

« Emma, ma puce, si tu nous aidais, peut-être que… »

Elle attrape son iPhone et tape un message à la vitesse de l'éclair, pendant qu'Olga et Silvia s'occupent de remplir le lave-vaisselle, de jeter les restes à la poubelle et de préparer le mousseux, le raisin et le touron.

Quelques secondes plus tard, mon portable tinte discrètement. Un nouveau WhatsApp. D'elle, évidemment.

Si c'est une fille, elle s'appellera Sara.

Quand je lève la tête, ses grands yeux clairs accrochent les miens. Ses doigts sont toujours collés à son iPhone, tendus, prêts.

« Tu es sûre ? » J'ai articulé la phrase, sans un son.

Elle sourit et hoche lentement la tête, dans un geste qui se veut discret mais semble mécanique. Puis elle baisse les yeux et ses doigts volent sur le clavier virtuel lorsqu'elle se remet à écrire.

Son deuxième message arrive à peine une minute plus tard :

On ne peut pas trouver la paix en évitant la vie, Leonard.

Notre phrase, bien sûr. Elle me sourit et je lui rends son sourire. Au fond de l'appartement, maman parle et rit avec Ingrid ; près de nous, oncle Eduardo fait redémarrer son iPad en maugréant ; dehors retentissent les cris et les rires des gens qui traversent déjà la place, anticipant minuit. C'est alors qu'une voiture freine brusquement au loin dans un crissement de freins qui ressemble à un cri, coupant court aux rires et aux éclats de voix, et je sens Emma se raidir tout à coup sur sa chaise, yeux mi-clos, dans l'attente du choc. Ce ne sont que quelques secondes, suspendues dans l'air de la pièce comme une rangée de méduses flottant dans la fausse mer d'un aquarium, vaporeuses et létales.

Et pendant cette poignée de secondes, j'ai un coup au cœur quand je comprends que le visage horrifié d'Emma, cette contraction des épaules, cette ligne dure qui marque sa mâchoire, sont les mêmes que je lui ai vus le jour où Sara n'a pas appelé, cet après-midi caniculaire de juin où Sara a trébuché sur le trottoir de la vie et où le temps a emporté Emma, l'entraînant dans sa vague d'écume sale faite de bouts de bois, de bouteilles vides, de pages non vécues, jusqu'ici, jusqu'à cette table.

À cette nuit.

Sara.

Sara et Emma.

Contrairement à cet après-midi-là, aujourd'hui aucun choc ne nous parvient et les secondes en suspens s'évanouissent finalement au-dessus de nos têtes. Les trois coups annonçant vingt-trois heures quarante-cinq sonnent et Emma rouvre les yeux, détend épaules, rides et tendons. Puis elle prend une lente inspiration et, soulagée, exhale l'air par le nez avant de redevenir cette Emma pleine de fenêtres fermées qui depuis des années recopie inlassablement le prénom d'Olga par-dessus celui de Sara pour que sa mémoire ne la trahisse pas.

Alors elle sourit dans le vide et de cette voix lumineuse de l'Emma qu'elle fut, celle d'avant, avant que tout parte en vrille, elle dit :

« Sara, c'est joli comme prénom pour une fille, non ? »

Livre 3

Ce bateau dans lequel nous sommes tous embarqués

« Il y a deux sortes de gens.
Il y a ceux qui vivent, jouent et meurent.
Et il y a ceux qui ne font jamais rien d'autre
que se tenir en équilibre sur l'arête de la vie.
Il y a les acteurs.
Et il y a les funambules. »

Neige, Maxence Fermine

17

Tout a été très simple, si simple, que lorsqu'on le raconte comme ça, après coup, on dirait une anecdote entendue par hasard dans une conversation, ou l'un de ces gros titres qui, sans plus d'information, tombent rapidement dans l'oubli, remplacés par le suivant. Ce fut simple comme le sont les choses qui arrivent sans rime ni raison, ou comme tombe la pierre dans l'eau du lac : chute, choc, ondulation, calme.

Action, réaction.

Physique. La vie et la mort.

Car parfois il arrive des choses qui nous affectent de telle manière qu'elles importent d'abord seulement en elles-mêmes, parce qu'elles ont une telle charge et une telle dimension humaine que le cerveau n'est capable de les comprendre que comme un ensemble fermé. Puis le temps se charge de nous montrer que, malgré sa brutalité, ce qui importe réellement n'est pas tant l'impact que l'onde de choc, celle-là même qui replace les pions sur l'échiquier de la vie et change un paysage que nous croyions jusqu'alors immuable. Quelquefois – quelquefois seulement – il arrive ce qui est arrivé avec Sara. Alors la vie se déploie sur un plan nouveau, comme une scène dont le décor s'élève dans les airs alors que les acteurs continuent de jouer sans s'apercevoir du soudain changement de lumière, de meubles, de cadre. Ce qui était la salle à manger d'une maison devient une rue. La nuit noire, le jour. Le froid, l'été. La pénombre, la lumière. C'est la magie de la fiction mais aussi l'horreur de la réalité : la vie est faite non pas toujours de ce qui arrive mais des séquelles de ce qui semble être. Et ce sont souvent les dimensions que le temps accumule sur les événements qui donnent la mesure de ce qu'on a vécu.

C'est exactement ce qui est arrivé avec Sara. Il y a eu d'abord un fait réel qui est tombé dans la vie d'Emma comme une pierre dans l'eau, puis les ondes circulaires de son impact nous sont parvenues, nous secouant comme les bouées accrochées aux quais secouent les bateaux. Enfin, quand le calme plat est revenu, nous avons compris que nous n'étions plus les mêmes. Aucun d'entre nous.

Sara est partie un 13 juin dans l'après-midi. Emma et elle étaient convenues de se retrouver dans un café de la Gran Vía pour aller ensemble chez le notaire signer les papiers de l'appartement qu'elles venaient d'acheter. C'était en 2010, mais cela n'a plus vraiment d'importance. Ce qui en a – ou en a plus –, en revanche, c'est l'heure. L'heure et les minutes qui ont suivi. Et la vie qui a commencé à partir de là. Pour nous tous.

Emma est entrée dans le café à dix-sept heures. Elle a commandé une eau gazeuse et une madeleine et s'est assise en terrasse, tout près du trottoir. À dix-sept heures deux, elle a reçu un message de Sara :

Je sors juste de cours. Je suis là dans dix minutes. Bisou.

Pendant les dix minutes qui ont suivi, Emma a mangé sa madeleine, bu la moitié de sa bouteille d'eau, fumé une cigarette – à cette époque Sara et elle fumaient – et vérifié qu'elle avait bien pris tous les documents nécessaires. Puis elle s'est adossée à sa chaise, a chaussé ses lunettes de soleil et s'est mise à regarder les piétons pour passer le temps, au milieu de la circulation assourdissante, de la fumée des bus et de la chaleur qui montait de l'asphalte.

À cet instant même, à deux rues de là, un taxi stoppait à un feu rouge. Le chauffeur, après avoir enclenché l'air climatisé, a levé les yeux dans le rétroviseur pour répondre à sa cliente. Mais il n'a pas pu prononcer un mot. En une fraction de seconde, la voiture se faisait emboutir par un camion dont les freins avaient lâché et, éjectée en avant, elle fonçait dans un groupe de piétons qui attendaient pour traverser et s'écrasait contre le feu, l'arrachant du sol dans un craquement sourd et un fracas de verre brisé. La plupart des piétons ont pu s'écarter à temps et éviter de quelques millimètres le taxi. Deux n'ont pas réussi. Sara, qui, adossée au feu, écrivait à ce moment-là un message à Emma pour la prévenir qu'elle aurait quelques minutes de retard, n'a même pas eu le temps de lever la tête. Nous ne saurons jamais quelle a été sa dernière pensée, sa dernière vision ou sensation. Mais nous savons, par contre, ce qu'elle a réussi à écrire. Sur l'écran de son portable, qu'elle tenait toujours dans sa main crispée quand on l'emmenait en ambulance, quatre mots et demi étaient étrangement gravés, d'un message qui resterait inachevé :

Ma chérie, attends-moi. J'ar...

Non, nous n'avons jamais su ce qu'avait vécu Sara en cet instant d'adieu. Ni ce qu'avait vécu Emma pendant les presque trois heures qu'elle avait passées à attendre assise à cette table, à regarder défiler les piétons tandis que le temps et l'angoisse se posaient sur l'attente et que les ambulances et les voitures de police se précipitaient en sens contraire, vers Sara. Nous ne l'avons pas su alors et nous ne l'avons pas su jusqu'à aujourd'hui, car Emma n'a jamais parlé de ces trois heures et aucun d'entre nous n'a osé lui poser de question. Pour les autres, pour nous qui n'étions pas encore entrés en scène, la tragédie a commencé juste après. À vingt heures quatorze, ce soir-là, j'ai reçu un coup de fil d'Emma pendant que je me promenais avec Max. Je me souviens que nous nous étions arrêtés devant un glacier et que nous attendions notre tour pendant qu'un couple de Japonais jouaient avec les nerfs de la vendeuse, lui faisant énumérer chaque parfum de la vitrine, et je me souviens aussi des coups d'œil las de l'employée, de sa grimace dépitée et de la chaleur accablante sous le store en tissu. Mon portable a sonné à trois reprises. Les deux premières, je n'ai pas décroché parce que les Japonais s'étaient enfin décidés et, leur glace à la main, finissaient de payer. La troisième, si. À l'autre bout du fil, Emma n'a pas parlé tout de suite. Je l'ai entendue respirer longuement, comme si elle soufflait dans le téléphone.

J'ai cru que c'était le vent. Quand enfin elle a parlé, c'était d'une voix blanche, sans timbre.

« Sara n'a pas appelé », a-t-elle dit.

C'est tout. « Sara n'a pas appelé. » La pierre qui tombe comme une masse dans l'eau et l'impact qui déclenche une onde lente depuis la terrasse du café jusqu'à l'est de la ville, inondant rues, places et avenues jusqu'à moi dans un flot de boue. J'ai attendu, immobile ; elle aussi. Puis, après un silence interminable, elle a répété, plus lentement cette fois :

« Sara n'a pas appelé. » Puis : « Sarana pa aplé. Saranapa aplé. Saranapaaplé. » « SaranapaapléSaranapaapléSaranapaapléSaranapaapléSaranapaaplé. »

J'ai senti l'angoisse dans ma bouche soudain sèche et le chocolat amer a eu un goût de sable. Une seconde plus tard, j'ai vu la boule de glace s'écraser sur le trottoir et Max s'approcher et la lécher lentement, avec bonheur.

L'appel de Sara. L'impact. Puis tout le reste est venu.

Je pourrais passer une vie entière à raconter ce qui est arrivé et comment. Je pourrais détailler les coups de téléphone, l'attente, la panique, l'hôpital, les parents de Sara, maman, Silvia, l'enterrement, l'inquiétude, l'horreur… Je pourrais disséquer les scènes, les émotions, les souvenirs, mais après tout ce temps je sais que ce n'est pas ça, l'important. Ce qui l'est réellement, important, c'est ce qui est effectivement arrivé, que Sara a perdu la vie sur un trottoir, sans avoir eu le temps d'envoyer son message, et que cela a eu des répercussions qui en ont entraîné beaucoup d'autres. Ce qui est important, c'est que nous avons dû tout à coup être vigilants, disposés à conjuguer nos efforts pour aider Emma à se réparer, alors que la famille venait de se retrouver amputée après la disparition de papa et que je commençais juste à pouvoir avancer sans Andrés. Il a fallu être prêts sans temps de préparation, improviser un protocole de premiers secours que nous n'avons pas eu l'occasion de mettre en œuvre parce qu'Emma a fait preuve d'une force de caractère à laquelle nous ne nous attendions pas et qui nous a pris au dépourvu, sans savoir comment réagir.

Emma a refusé catégoriquement d'aller à l'hôpital pour identifier le corps de Sara. Non, elle n'y est pas allée. Ni à l'enterrement. Elle ne voulait pas parler. Et nous ne l'avons pas vue verser une larme. Maman l'a emmenée chez elle pour les deux premiers jours, mais quand elle lui a proposé de rester plus longtemps, Emma a refusé avec une fermeté et une détermination qui nous ont impressionnés. Elle n'a pas voulu quitter son appartement – celui où elle venait de vivre avec Sara les quatre dernières années – et il n'a pas été question pour elle, malgré notre insistance, de prendre un arrêt maladie. *Elle est trop bouleversée*, avons-nous pensé. « Parfois, on voit ce genre de réactions », nous a-t-on dit. « Donnez-lui du temps. » C'est ce que nous avons fait. Le temps : nous sommes partis du principe que tout n'était qu'une question de temps, que le choc était encore trop récent, trop incommensurable, trop tout. Nous avons décidé de la tenir à l'œil, de la garder sous surveillance, de la mettre sous monitoring. « Quand elle va s'effondrer, il faudra qu'on soit là », a pronostiqué Silvia. « Ma petite fille a besoin d'aide », insistait maman, angoissée. Mais nous étions tous tenus à distance par le masque de calme olympien et de douceur vide qu'Emma avait chaussé soudain et qu'elle avait sorti de Dieu sait où.

À première vue, très peu de chose avait changé dans la vie d'Emma depuis la mort de Sara. Le jour où elle est rentrée chez elle, après le premier week-end passé avec maman, elle m'a appelé dans l'après-midi pour me demander si elle pouvait passer prendre Max pour l'emmener se promener. Je me souviens qu'on était lundi et qu'il avait plu toute la matinée. Sur la terrasse, l'air chaud d'un été précoce faisait monter des nuages de vapeur dans les odeurs de sel et de bitume. Je ne m'attendais pas à ce coup de fil ni à cette demande mais je lui ai dit oui. J'en ai conclu qu'elle avait besoin d'un prétexte pour sortir de chez elle, prendre l'air, se changer les idées. Quand elle est venue chercher Max et que je lui ai proposé de les accompagner, elle m'a regardé sans ciller et de cette même douceur empreinte de fermeté avec laquelle elle exprimait ses refus depuis l'accident, elle m'a répondu :

« Non. »

C'est tout : « Non. » Un « non » lent et cru qui a glissé sur moi comme un voile fin, presque transparent, une nouvelle pierre à la surface de l'eau qui ne laissait place à aucune contestation.

Je suis resté planté au milieu du salon sans savoir quoi dire pendant que Max et elle quittaient le studio et se perdaient dans l'escalier. Ils sont rentrés quelques heures plus tard et nous avons dîné ensemble.

« Ça t'ennuie si je reste dormir ? » m'a-t-elle demandé une fois la table débarrassée.

À partir de ce jour-là, le rituel avait été toujours le même : Emma arrivait à la maison vers seize heures trente, après ses cours. Elle partait en promenade avec Max et rentrait après vingt heures. Puis nous dînions et nous restions ensuite un moment à table, elle à corriger ses copies ou à préparer ses derniers cours de l'année et moi à travailler au sous-titrage d'un film sur mon ordinateur portable, à ranger ou à faire la vaisselle ; puis nous partions ensemble pour faire faire à Max son dernier petit tour. Parfois nous jouions aux échecs ou nous regardions la télé, et certains soirs nous sortions prendre un Coca sur la terrasse et nous y restions des heures à discuter, Max près de nous. Nos conversations étaient détendues, calmes, bercées par la douceur de juin. Nous parlions de maman, de ses cours au lycée, de la vie en général et de rien en particulier. Elle me posait beaucoup de questions. Surtout, elle aimait que je lui raconte des anecdotes sur mon travail.

« Allez, raconte-moi », disait-elle, en posant une main sur mon bras.

C'est un geste qu'elle a encore. Quand Emma demande quelque chose, elle vous pose la main sur le bras et l'y laisse un instant. C'est une main qui ne pèse pas, qui vous transmet sa chaleur, comme la patte d'un chat qui ne cherche pas à vous griffer. Je lui racontais ce que j'avais fait ce jour-là et elle m'écoutait, en m'interrompant souvent. Elle était fascinée par les détails, ce qui fait partie de la routine d'un métier mais qui, de l'extérieur, peut paraître attirant par sa bizarrerie ou sa singularité, en particulier quand je doublais un acteur qu'elle aimait tout particulièrement. Alors elle me demandait de répéter un dialogue, n'importe lequel, et elle inventait la scène ou improvisait une réplique. Elle aimait aussi me voir sous-titrer sur mon ordinateur. Elle s'asseyait à côté de moi et écoutait avec attention les dialogues originaux pendant que je m'efforçais de faire entrer la traduction dans l'espace prévu pour le sous-titre. Elle m'écoutait et moi j'aimais lui parler de ce que je faisais, en partie, je crois, parce que c'était nouveau aussi pour moi, et en partie parce que depuis qu'Andrés n'était plus là je n'avais plus grand monde à qui parler. Depuis peu, en plus de sous-titrer des films et de traduire des scénarios, je m'étais mis à faire du doublage et des enregistrements de pub en studio. Très vite, par un enchaînement de hasards qui me surprennent encore aujourd'hui, ma vie professionnelle avait pris un tournant à cent quatre-vingts degrés et je m'étais vu travailler à un rythme que jamais je n'aurais imaginé deux mois plus tôt. Le sous-titrage de films m'avait conduit au doublage – l'un de mes clients m'avait poussé à faire un bout d'essai dans un studio d'enregistrement pour lequel je travaillais souvent et qui cherchait une voix comme la mienne : « Des voix éraillées, on en a toujours besoin, Fer. Fais-moi confiance. Qu'est-ce que tu as à perdre ? » J'avais suivi le conseil et ça avait marché : un jour, le téléphone avait sonné et quelqu'un à l'autre bout du fil m'avait demandé de passer au studio pour un casting. J'y étais allé, j'avais réussi le casting et j'avais doublé mon premier film. Du doublage, j'étais passé presque naturellement à la publicité, avec tant de veine que la deuxième pub que j'avais enregistrée, pour une voiture, avait, allez savoir comment et pourquoi, changé la façon de concevoir la publicité dans ce secteur, et ma voix était restée définitivement liée à cette petite révolution du monde des locuteurs.

À l'époque où Emma a commencé à dormir à la maison, je vivais plongé dans un rythme de travail effréné qui m'obligeait à m'activer et à sortir tous les jours. Mes journées étaient prises par cette double composante qui facilitait les choses parce qu'elle les simplifiait : d'un côté, le boulot, de l'autre, Max. La vie personnelle, l'intime, cette ribambelle de problèmes mal résolus que j'avais rapportés avec moi dans ce studio s'étaient trouvés relégués dans un coin, remis à plus tard. Tout d'un coup, il y avait du bruit autour de moi : ma voix dans ses multiples tonalités, timbres et facettes, annonçant des voitures, des brosses à dents, de l'essence, de l'énergie renouvelable, des machines à laver, des chewing-gums et des grands magasins suédois ; une nouvelle terminologie – *voice over*, labiales, *retakes* – avait fait irruption dans mon quotidien, comme un bol d'air qui m'aidait à m'oublier et à en faire plus. J'ai commencé à être un de ces hommes qui travaillent beaucoup et j'ai commencé aussi à me voir comme tel : « Je suis voix off, je suis doubleur, je suis un mec qui a du succès dans ce qu'il fait », me disais-je, satisfait d'être devenu quelqu'un qui a enfin compris qu'« on n'est pas ce que l'on est mais ce que l'on fait », surtout lorsque ce que vous faites dépend de vous et ne vous demande pas de faire confiance à qui que ce soit. L'arrivée d'Emma à la maison a coïncidé avec la naissance de ce Fernando, et loin de le juger – de me juger –, elle se contentait de me questionner, de vouloir savoir, sans plus. Elle m'écoutait comme écoutent les enfants qui, même s'ils attendent une réponse qui n'arrive pas – et qui peut-être n'arrivera jamais –, ne se lassent pas d'attendre. Souvent, nous restions à parler jusque tard dans la nuit puis nous allions nous coucher dans le canapé-lit, dos contre dos, Max à nos pieds. Elle me souhaitait bonne nuit, glissait son portable sous l'oreiller et se tournait vers la fenêtre avant d'éteindre la lumière. Les jours de semaine, elle se levait tôt, descendait faire faire à Max son petit tour et partait travailler. Le week-end, la dynamique était la même : elle se levait à sept heures et demie, prenait son petit déjeuner, sortait Max et s'en allait.

Ça a duré comme ça pendant quasiment un an : pas une larme, pas une allusion – même voilée – à Sara. Jamais nous ne l'avons entendue la mentionner. Et si nous nous risquions à poser une question, à faire une allusion… elle ne cillait même pas. Elle souriait comme si elle savait quelque chose que nous ignorions, le téléphone toujours à portée de main, se déplaçant avec lenteur, presque au ralenti. Maman et Silvia étaient plus tranquilles depuis qu'elles savaient qu'elle vivait pratiquement chez moi, et petit à petit, elles se sont détendues même si elles n'ont jamais tout à fait baissé la garde. « C'est Emma, mais ce n'est pas elle », disait maman avec cette manière qu'elle a de résumer les choses, parfois si simplement qu'on n'a pas besoin de plus. « Elle a l'air comme anesthésiée, ce n'est pas sain », confirmait Silvia. Elles avaient raison. C'était Emma, le fond et le squelette étaient ceux d'Emma, mais quelque chose manquait. Son rire sonnait creux ; elle avait un sourire absent. Elle regardait droit devant elle quand elle parlait, mais c'était un regard replié sur lui-même, qui vous happait quand il croisait le vôtre. Elle mangeait normalement, continuait à aller nager tous les jours, elle avait même arrêté de fumer et elle avait repris ses cours et ses matchs de padel, mais tout en elle semblait étudié, le moindre de ses gestes ; on aurait dit un personnage comme ceux que je doublais d'ordinaire, aux dialogues écrits par quelqu'un d'autre : ils faisaient vrai, l'enchaînement était logique, l'ordre et l'intonation corrects, mais entre les répliques, il n'y avait pas d'émotion, juste de l'air.

Et puis, il y avait ses yeux.

L'une des choses que l'on apprend, dans le doublage, c'est que nos yeux sont bien plus éloquents que nos lèvres. Les yeux annoncent le moment précis où le personnage est sur le point de parler et révèlent l'émotion qu'il veut mettre dans ce qu'il va exprimer. Le bon doubleur sait que son travail consiste pour une grande part à déchiffrer les regards plus que les lèvres, parce que celles-ci ne sont que le haut-parleur des yeux, guère plus. Dans le cas d'Emma, ses yeux n'annonçaient pas ce que disait sa voix parce qu'ils n'anticipaient qu'un vide abyssal. Quand je l'écoutais, parfois je m'imaginais en train d'essayer de la doubler et je me rendais compte que c'était impossible. Déconnectée. Emma était déconnectée de son propre puits d'émotion : toujours impassible, elle parlait avec douceur, d'une voix presque suave. Elle semblait glisser avec une fluidité presque liquide sur une fine couche de glace qui ne se fissurait que lorsqu'un message arrivait sur son portable, ou quand soudain elle pensait avoir perdu son téléphone. Son regard devenait alors vitreux, ses yeux se fermaient à demi et elle se recroquevillait sur elle-même comme un fœtus, jusqu'à ce qu'elle lise le message ou retrouve son portable. Alors elle prenait une grande inspiration et le sourire lisse revenait, ses mains posées sur les genoux, les yeux éteints.

Et nous avons tous continué ainsi, dans ce bateau qui nous emmenait : Emma plongée dans son deuil voilé et hermétique, de son côté du canapé, moi de l'autre avec ma nouvelle vie inventée, Max à nos pieds profitant de notre double tendresse, témoin à charge d'une routine et d'une compagnie quotidiennes que les semaines, puis les mois ont prolongées dans le temps, comme un calme avant la tempête. Ni elle ni moi n'aurions su ni pu le rompre et il se serait sans doute éternisé si le hasard ou le destin n'avait pas de nouveau lancé ses dés pipés.

Et si maman n'avait pas fait ce qu'elle a fait, à notre grande surprise à tous, comme une pierre crevant la fine couche de glace où nos patins glissaient.

Et qui a tout changé.

18

Du séjour me parvient le tintement de la vaisselle étouffé par les voix lointaines d'Emma, Olga et Silvia, tandis que dans sa chambre maman est pendue au téléphone avec Ingrid. Puis c'est le rire nerveux d'Olga, un commentaire d'oncle Eduardo et la réponse cinglante de Silvia que je n'arrive pas à entendre d'où je suis. Dehors, un pétard annonce que c'est fini, que décembre va expirer. Une envie de fête flotte dans l'air.

La salle de bains de maman, ou plutôt ses murs, reflète la femme qu'elle est devenue depuis qu'elle a emménagé dans cet appartement et qu'elle a pu donner une touche personnelle à la décoration sans devoir attendre la permission ou craindre la critique éventuelle de papa, qui a toujours détesté – et déteste certainement encore – qu'on mette des choses au mur. Les murs à la maison devaient être blancs et rester vides. Pas question d'y faire des trous, d'y accrocher quoi que ce soit. Pas question de faire pousser des plantes.

« Les plantes, c'est comme les chiens : c'est fait pour vivre dehors », répétait-il. C'était sans appel.

Quand nous essayions de le convaincre de nous laisser accrocher un poster, une photo ou une carte postale dans notre chambre, il secouait la tête avec un soupir agacé. Puis venait la phrase, toujours la même, sur le même ton : « Tant que vous vivrez sous mon toit, les murs resteront blancs et les plantes dans les jardins. Quand vous gagnerez votre vie et que vous serez autonomes, alors vous pourrez faire ce que vous voudrez. »

Les murs de cette salle de bains ont subi le même sort que ceux du reste de la maison. Dès que maman s'est installée, elle n'a pas tardé à les recouvrir de tout un tas de choses. Ce sont ses choses à elle et elles ont beau nous paraître hideuses – Silvia et moi avons beau nous escrimer à lui faire comprendre qu'il n'est pas nécessaire qu'elle garde tout sous les yeux –, elle ne cède pas d'un pouce et joue à nous faire croire que oui, elle va s'en occuper, que quand elle refera les peintures elle enlèvera tout, ou « non, plutôt quand je changerai cette armoire, elle en a besoin » ou « quand je rangerai les vêtements d'été pour sortir ceux d'hiver, comme ça, je ferai d'une pierre deux coups ».

Elle a toujours une bonne excuse pour ne pas toucher à ce qui pour elle est intouchable, même si jamais nous ne l'avons entendue dire : « Écoutez, je suis ici chez moi et ça me plaît comme ça. » Non, ce n'est pas le genre de maman de se rebiffer. Elle a passé trop d'années à esquiver l'autorité – d'abord celle de grand-père, puis celle de papa – et à éluder l'affrontement. Trop d'années à recourir au subterfuge, à s'en sortir en profitant des brèches que la vie des autres lui laissait. Alors, maintenant que plus personne ne la tient en laisse, maintenant qu'elle est libre comme l'air, elle continue à ne pas le déclarer ouvertement. Elle a appris à voir et à agir dans l'ombre et il est trop tard pour changer.

Le mur au-dessus des waters est occupé par un grand rectangle de liège rempli de coupures de presse, d'affichettes de films et autres bouts de papier qui le couvrent presque dans sa totalité. Sur le cadre en bois, mon nom est écrit en lettres blanches. Je connais bien ce panneau et ce qu'il contient : c'est le résumé de ce qu'ont été mes trois dernières années, une sorte d'écran permanent où maman a punaisé, avec des petites épingles de couleur, ce que j'ai fait, les marques que j'ai laissées, semaine après semaine, mois après mois, dans sa carte des souvenirs. Les épingles à tête jaune sont pour les pubs que j'ai faites. Il y en a de tous les styles : soupes, voitures, chaînes de fast-foods, dentifrices, laits de soja ou céréales light. Les épingles bleues retiennent les mini-affiches des films où j'ai doublé un acteur, et les rouges, ceux que j'ai sous-titrés, ainsi que deux entretiens publiés dans une revue de cinéma et un supplément du dimanche. Mon CV entier, les trois ans qui viennent de passer sont là, sous mes yeux. C'est ce que maman montre de moi, sa façon d'exprimer à tous ceux qui passent par sa salle de bains à quel point elle est fière de son fils, et sa façon de me communiquer que ce qui l'inquiète, ce sont les espaces vides, ceux pour lesquels il n'y a rien à accrocher, tout ce qui n'est pas le travail. « Le boulot, et rien que le boulot », clame le tableau en liège. « Tu es ce que tu fais, Fer. » Oui, c'est un bon résumé de ce qu'a été ma vie depuis ma rupture avec Andrés et mon déménagement dans le studio de la plage avec Max : travailler, travailler encore et encore. Guère plus. Nous en avons souvent parlé, maman et moi, et nous savons tous les deux ce qu'elle en pense.

« Tu ne peux pas continuer à te méfier ainsi de tout et de tous, Fer », me serine-t-elle avec cette confiance aveugle qu'elle continue d'accorder aux autres et que, après ce qu'elle a vécu avec papa, je ne m'explique toujours pas. « Andrés, c'est de l'histoire ancienne. Ça a mal fini, mais c'est de l'histoire ancienne. » Elle sait bien qu'il ne s'agit pas que d'Andrés, qu'il s'agit de lui mais aussi de ceux qui sont venus avant, du fait que je ne fais jamais le bon choix parce que au fond je suis comme elle. Elle sait bien que je me suis trompé la première fois, que j'ai refait la même erreur la deuxième, et encore la troisième. Toujours le même schéma, le même profil : le charmeur de serpents, le type mal dans sa peau mais qui sait bien se vendre, le grand sourire, l'ombre étroite, le sosie de papa répété encore et encore. Maman le sait comme moi je le sais, et elle sait aussi que ce n'est pas Andrés, le problème, pas plus que ceux qui l'ont précédé : le problème, c'est moi, moi qui les choisis. En ça, Emma et moi nous nous ressemblons beaucoup. Chacun à notre manière, nous demandons peu à l'autre, nous nous satisfaisons de savoir que nous existons pour quelqu'un, que nous sommes capables d'attirer son regard. Emma n'a pas su s'arrêter. Moi j'ai dit stop.

À ce stade de la conversation, généralement, maman se tait. Elle me regarde avec commisération et se remet à piquer des épingles dans le tableau, pour me rappeler qu'il reste de moins en moins de place. Moi, je la regarde faire et je continue à attendre que le temps me fasse un signe, me donne un petit coup de pouce, ou autre… Quelque chose qui me dise que je suis peut-être prêt à retourner dans l'arène et à faire de meilleurs choix, à moins me planter, ou différemment.

Sur le mur d'en face, près de la porte, il y a deux autres panneaux, identiques mais plus petits. Celui de droite est celui de Silvia. Le plus vide. À part une photo d'identité récente que maman a dû récupérer sur un document administratif, il n'y a que des cartes postales : Miami, Rio, Auckland, New York, Oslo… Certaines sont accrochées à l'envers pour laisser à la vue les quelques lignes écrites de l'écriture fine et soignée de Silvia, presque toujours les mêmes : « Coucou, maman. Me voici à… J'espère que tu vas bien. Je pense à toi. Je t'embrasse. » Le panneau de gauche – celui d'Emma – est plein de photos d'Emma, toujours en compagnie de quelqu'un : Emma avec moi, Emma avec maman, avec Silvia, avec Olga, avec des amies en Patagonie, avec ses copines du groupe de padel, Emma avec… Sur aucune elle n'est seule. Il y en a aussi d'Emma avec Sara.

Les trois panneaux sont les trois fenêtres que maman a ouvertes pour nous, pour nous parler sans mots. C'est ce qu'elle voit de ses enfants, la lumière rouge qu'elle devine en nous trois. Les murs de sa salle de bains affichent la lettre que maman nous écrit à chacun depuis un moment, sa façon de nous dire tacitement : « Je m'en rends compte. Je suis votre mère et je me rends compte de ce qui vous arrive, je sais où vous en êtes. » Avec son panneau, maman fait savoir à Silvia qu'elle ne sait pas comment arriver jusqu'à elle, que deux phrases et demie écrites du bout du monde une fois tous les quinze jours sont bien peu et que d'autres choses lui manquent, qu'elle ne sait pas exprimer. Maman expose ses cartes postales comme les pièces d'un puzzle. « Regarde, ma fille, tout ce dont tu ne me parles pas, dit-elle à Silvia. Regarde comme tu es loin. »

Pour Emma, le message est différent. « Ma fille cadette qui ne sait pas être seule », révèle son panneau surpeuplé. « Aussi dépendante, aussi désemparée que moi. » Voilà ce qu'elle transmet à Emma, qui n'y lit pourtant pas plus que Silvia le moindre message. Maman nous dédie les murs de sa salle de bains et je sais que c'est important, qu'elle ne le fait pas que pour égayer la peinture défraîchie. C'est sa façon de nous rappeler qu'elle est notre mère et que, du mieux qu'elle peut, elle est là, maintenant que papa et son ombre ne pèsent plus sur elle, à tenter de reprendre son rôle.

Et à présent, en l'entendant au téléphone, je ne peux réprimer un sourire en coin. Ses éclats de rire qui fusent sont si contagieux et ses commentaires si… elle, que je suis encore impressionné qu'elle ait su faire ce qu'elle a fait à l'époque pour ramener Emma à la vie. Même si peut-être ce n'est pas tant ce qu'elle a fait ni comment, mais plutôt ce que nous avons découvert d'elle à travers sa réaction : une Amalia solide comme un roc et pleine de maturité dont nous n'avions pas connaissance. Maman a grandi, s'est découverte maîtresse d'elle-même sans papa à ses côtés et par son geste nous a tous renvoyés à notre place, remettant de l'ordre dans un panorama que nous croyions immuable.

Je m'essuie les mains et j'ouvre la porte. Alors que je vais retourner dans le séjour, une phrase murmurée par maman arrive à mes oreilles et me cloue sur place :

« Tu crois ? Oh, je ne sais pas. Je ne pense pas que ce soit une bonne idée, Ingrid. Vu l'ambiance, si j'en parle ce soir, ils vont tous me sauter dessus comme des fauves, surtout Silvia. » Bref silence. « Oui, aujourd'hui, elle n'est pas à prendre avec des pincettes. » Encore un silence, plus long celui-ci. « Mmm… Ça fait un moment qu'elle ne va pas bien, tu sais, ça saute aux yeux. Mais tu parles, pas moyen de lui dire quoi que ce soit. De toute façon, moi, ils ne m'écoutent jamais, alors… »

Silence. Je m'approche à pas de loup de la porte entrouverte de sa chambre. Je l'aperçois par l'entrebâillement : elle est allongée sur le lit, appuyée contre deux énormes oreillers, avec Shirley qui ronfle dans son cou comme une étole vivante. Elle tient le combiné entre la tête et l'épaule et tricote un carré de la couverture qu'elle me fait depuis deux mois, les yeux mi-clos à cause de la lumière. Elle ne me voit pas.

« Franchement, je ne sais pas, reprend-elle. Entre la grossesse des filles et le coup de mon frère… » Elle pose sa main contre sa joue, lèvres froncées. Elle est inquiète, presque angoissée, et s'exprime comme n'importe quelle mère qui se confie dans l'intimité à une amie habituée à l'écouter. « Parfois, j'ai vraiment l'impression de compter pour du beurre, Ingrid, se plaint-elle tristement. C'est comme si je n'existais pas. Et… enfin, je repense à Manuel, et comment j'avais toujours peur de faire les choses de travers parce que pour lui tout était toujours mal fait et… »

Silence. J'avale ma salive. Soudain, je me sens coupable d'être là, à écouter. *Je ne devrais pas, ce n'est pas bien*, me dis-je. Mais je ne bouge pas d'un pouce. Maman et sa face B se remettent à parler et moi je reste là.

« Et Eduardo avec cette… fille ! Ah, Ingrid, mon frère n'apprendra jamais rien ! » Elle pousse un soupir à la fois triste et résigné. « Je te jure, je ne savais pas comment réagir, vraiment. » Elle acquiesce, attentive à ce que lui dit Ingrid à l'autre bout du fil, sans cesser de tricoter et recouvrant Shirley de laine, puis : « Je ne suis même pas certaine qu'on puisse dire "elle" ! Tu aurais vu cette moustache, ces mollets poilus, et ce… string, fait-elle, l'air dégoûté. Je n'y vois pas grand-chose mais je peux t'assurer que là-dedans il y avait quelque chose qui prenait une place, mais une place… enfin, ce genre de machin que nous n'avons pas, sans parler de… » Elle se tait, apparemment interrompue par Ingrid. Quelques secondes plus tard elle ouvre grands les yeux et porte la main à son cœur. « Mon Dieu, souffle-t-elle, la gorge serrée d'angoisse. Tu veux dire que… » Elle ferme les yeux deux secondes et les rouvre, exorbités. « Eduardo pourrait être… gay ? »

Silence.

« Mais bien sûr ! Comment je n'y ai pas pensé plus tôt ? » s'écrie-t-elle en brandissant ses aiguilles. Puis elle se rend compte qu'on pourrait l'entendre et met la main devant le combiné pour étouffer sa voix. « Voilà pourquoi il est parti vivre si loin et qu'il a eu si peu de chance avec les femmes !… C'est ça ! » Elle prend une grande inspiration et hoche la tête lentement. « Ah, Ingrid… Donc mon frère… lui aussi… Imagine ce qu'il a dû souffrir, le pauvre, à porter ça tout seul. En silence. » Elle hausse un sourcil et penche un peu la tête. « Mais en fait, je ne vois pas de quoi je m'étonne, parce que si l'homosexualité est génitale, et elle doit l'être, comme le titrait l'autre jour

El País, alors, c'est héréditaire, et tu sais ce qu'on dit : jamais deux sans trois. Et je ne t'apprends rien si je te dis qu'ici nous en avons déjà deux. »

Aïe ! Le disque de maman s'est retourné d'un coup et voilà que l'aiguille parcourt maintenant sa face A, celle du brouhaha et des interférences. Tout d'un coup, elle s'illumine et recommence à ouvrir des yeux comme des soucoupes.

« Oh, Ingrid, génétique ou génital, peu importe. Ne sois pas si pointilleuse. En tout cas, ça s'hérite », dit-elle en battant l'air de sa main comme pour chasser une mouche. Bref silence. « Mais oui ! Bon, tout ce que je peux te dire, c'est que cette Sindy Tirésias est tout ce qu'il y a de louche, avec des poils et des bosses là où elle ne devrait pas en avoir. Voilà ce que j'en dis. Et puisque nous y sommes, je te dirai aussi que je me demande bien comment ils peuvent dormir ensemble avec le crin que ce garçon a sur la tête et sur les jambes. Et dormir, c'est très important, quoi qu'on en dise. Parce que tu vois, le sexe, ça dure ce que ça dure, et grâce à Dieu, ça ne dure généralement pas longtemps, mais dormir, par contre… On a besoin de dormir, qu'on le veuille ou non. Tu ne crois pas ? »

Silence.

« Mais, ma chérie, je suis sous le choc, je t'assure ! » Petite pause. « Et quand je pense qu'aucun d'entre nous ne s'était rendu compte de rien jusqu'à aujourd'hui… » Nouvelle pause. « Oui, c'est vrai. C'est courageux de nous présenter ainsi son petit ami, non ? Imagine ce qu'il aurait pu entendre, avec les langues bien pendues qu'ont Silvia et Olga, et ce garçon si foncé et si… portugais. » Elle secoue la tête lentement, l'air soucieux. « Il doit vraiment souffrir. » Silence. Elle opine comme une petite fille obéissante. « Oui, bien sûr. Si Eduardo a décidé de sortir du placard, il faut l'aider à aller jusqu'au bout. » Pause. « Oui. Je vais m'en occuper. Dès que je retourne avec eux, sois tranquille. »

Il y a un autre silence, plus long. Maman écoute avec attention tout en caressant Shirley qui se roule maintenant sur son cou, les quatre fers en l'air, tête en arrière. Maman acquiesce lentement puis elle fronce les sourcils :

« Nos… plans ? Quels plans ? » demande-t-elle, perdue.

Silence.

« Ah, oui ! D'accord, je n'y étais plus. » Toujours dans la même position, Shirley se met à glisser très lentement, tête en bas, vers le bord du lit. Maman ne s'aperçoit de rien. « Non, Ingrid. Va savoir comment ils vont le prendre », fait-elle en caressant distraitement le ventre de Shirley de la pointe de son aiguille. La chienne tire la langue et laisse pendre sa tête dans le vide entre les deux lits jumeaux comme une chauve-souris sous morphine. « Mais tu as peut-être raison. Au bout du compte, chacun ici arrive avec ses petites histoires, l'un sort du placard, les autres utilisent un utérus collectif pour tomber enceintes, ou je ne sais quoi, et moi, il faudrait qu'il ne m'arrive jamais rien ? proteste-t-elle avec une moue boudeuse de gamine. Eh bien, tu sais quoi ? lâche-t-elle soudain, pleine de défi. Autant qu'ils l'apprennent maintenant, comme ça, ils auront le temps de se faire à l'idée, tu ne crois pas ? En plus, entre une chose et une autre, le temps passe à une vitesse folle ! » Elle a un petit rire satisfait et

Shirley poursuit sa lente glissade en toute quiétude. « Ah, tu n'imagines pas comme j'ai hâte ! J'ai une de ces envies d'essayer mon kimono ! » s'exclame-t-elle, en baissant brusquement la voix, la main devant la bouche comme si elle venait de se rappeler qu'elle n'était pas seule dans la maison.

Il n'est pas besoin d'être devin pour en conclure que maman et Ingrid mijotent de nouvelles bêtises, même si, pour être honnête, je n'en suis pas vraiment surpris. Depuis qu'elles se connaissent, elles conspirent à tour de bras comme deux petites polissonnes en vacances et nous, nous essayons autant que faire se peut d'y mettre le holà, même si nous n'intervenons pas toujours de la bonne manière ni même à temps. Alors que maman prend congé d'Ingrid, je commence à m'éclipser mais une nouvelle phrase me stoppe au bout de trois pas :

« C'est quoi encore ce qu'il faudra dire, là-bas ? »

Un petit silence passe puis, imitant un accent caribéen que je ne tarde pas à identifier et qui fait sonner toutes les alarmes de mon radar, elle ajoute avec un petit rire espiègle que je lui connais bien et qui n'augure rien de bon : « Oui, c'est ça. *Hasta la victoria siempre, compañera...* » Elle écoute encore quelques secondes son interlocutrice puis : « Oui, d'accord. Mais au fait, c'est quoi cette lubie de prendre ce nom si... si oriental ? Ou alors on doit changer de nom parce que c'est des communistes et qu'ils ne voudront pas nous laisser entrer à l'église s'ils apprennent que nous sommes divorcées ? »

C'est là que je comprends avec un petit frisson que cette soirée, cette soirée unique d'une année sur le point de se terminer, n'a fait que commencer et qu'il va falloir être prêt. De toute façon, je ne peux pas grand-chose pour le moment. La voix de Silvia brise le silence d'un « Maman ! Ça va être l'heure du raisin ! Tu viens, oui ? », ce à quoi maman répond avec un soupir patient.

« On arrive, chérie, crie-t-elle en incluant comme elle le fait toujours Shirley dans sa réponse. Sers-moi juste un doigt, d'accord ? Tu sais que le champagne me donne des gaz.

— Aussi bien, c'est d'être pendue au téléphone qui t'en donne, des gaz, lui crie Silvia, ce qui déclenche un éclat de rire gras d'oncle Eduardo.

— Bon, je te laisse, souffle maman à Ingrid. Oui, tu l'as entendue, non ? Je ne te l'avais pas dit ? In-su-ppor-table !

— Maman, tu raccroches, oui ou flûte ?

— Et rappelle-toi que tu dois me faire un peu de reiki, pareil que ce que tu fais aux gens du chenil, hein ? Ah, et j'avais oublié : tu sais qui j'ai rencontré sur le banc, hier ? Isidro, ce garçon en fauteuil roulant qui promène des chiens et…

— MA-MAN !!! »

Je suis planté dans le couloir, presque devant la salle de bains et en tournant un peu la tête à gauche je peux me voir dans le long miroir que maman a posé transversalement à hauteur des yeux, comme une sorte de fenêtre allongée. Un instant, je me revois comme je me suis vu voilà maintenant deux mois au comptoir de ce café, alors que j'attendais que le garçon me serve, et je sens de nouveau un frisson me parcourir en me remémorant le moment où les yeux de la silhouette attablée se sont levés et où nos regards se sont croisés dans le miroir. Me vient aussi le souvenir de ce qui s'est passé ensuite, ou plutôt le début parce que tout de suite l'image explose, mise en miettes par un cri de maman :

« Shirley, attention ! »

S'ensuit un bruit sourd doublé d'un long piaillement aigu comme celui d'un vieux rat, et une seconde plus tard, je vois une Shirley grognant me filer entre les jambes, le tricot de maman entre les dents, aiguilles comprises, pendant que celle-ci, qui semble enfin décidée à se lever de son lit, s'excuse :

« Ma fifille, je suis désolée, maman ne t'avait pas vue, et en plus elle est très maladroite. Viens ici, ma belle. Maman va te faire un de ces massages magiques que fait tata Ingrid, tu verras comme tu n'auras plus mal. »

Dans le miroir, la rencontre des regards a disparu ; il ne reste plus que moi. Éclairées par-derrière, mes bouclettes rousses sont baignées d'un halo orangé, et ma peau laiteuse semble l'être encore plus, entre ces murs blancs.

Maman apparaît dans l'encadrement de la porte de sa chambre. Elle a les cheveux aplatis à l'arrière du crâne et elle porte toujours ses pantoufles écossaises. En me voyant, son visage s'éclaire et elle me sourit, puis, comme Silvia l'appelle encore, elle lève les yeux au ciel et fait mine de lui tirer la langue, puis hausse les épaules avec un sourire muet, cherchant ma complicité qu'elle trouve, évidemment.

« On y va, Fer ? » me convie-t-elle, le sourire aux lèvres.

Je lui offre mon bras, qu'elle attrape avant de jeter un coup d'œil dans la glace et de s'apercevoir que ses cheveux sont tout collés à son crâne, derrière. Elle écarquille les yeux, horrifiée :

« Mon Dieu ! » Elle palpe frénétiquement ses cheveux à tâtons d'une main. « Mmm, c'est mieux, là ?

— Beaucoup mieux.

— Petit menteur.

— Les quarts, vite ! Ce sont les quarts qui sonnent ! » s'écrie Silvia du séjour. Nous la voyons se lever à demi, les fesses collées à sa chaise. « Maman ! Fer ! »

Maman inspire à fond :

« Allons-y, mon garçon. Si ta sœur et Shirley continuent à hurler de la sorte, les voisins vont finir par penser qu'on égorge quelqu'un et appeler la police. »

Et ainsi, riant ensemble, nous nous acheminons vers le séjour, où tout le monde nous attend. Dehors, les quatre coups des quarts finissent de clore la vieille année et plus bas, vers la mer, les premiers feux d'artifice zèbrent le ciel, illuminant la baie vitrée du séjour telles des lucioles multicolores. Autour de la table, ils sont tous debout, leur bol de raisin à la main : oncle Eduardo, en tête de table, à sa droite, Silvia. À sa gauche, le couvert intact et la chaise vide, puis Emma et Olga.

Bientôt, très bientôt, ce sera le moment de trinquer.

Puis d'autres choses viendront.

La nuit continue.

19

Il est une heure et quart et les feux d'artifice qui ont empli la nuit après les douze coups se sont tus depuis un moment déjà. Maintenant, le silence sur la place est presque total, interrompu de temps à autre par un coup de klaxon ou par les éclats de voix ponctuels d'un groupe d'adolescents qui traversent vers la bouche de métro. À notre table, il ne reste rien du mousseux et des tourons, juste le café et des bribes de conversation. La suite de la soirée a été calme après le raisin, le champagne, les embrassades et les vœux habituels.

Silvia fume près de moi tandis qu'Olga nous raconte depuis un bon moment avec tout un luxe de détails les rénovations qu'elles ont prévu de faire chez elles pour l'arrivée du petit. Maman l'écoute avec un air de vif intérêt et un sourire plaqué sur le visage. Elle hoche la tête de temps en temps et y ajoute parfois l'un de ses « Comme c'est chou ! » de rigueur, qu'Olga ponctue d'une petite toux sèche, avant de continuer à énumérer les matériaux – tous écologiques, en particulier la peinture –, les couleurs, les textures et les marques qu'elles veulent utiliser pour les travaux.

Les marques, surtout.

« C'est essentiel… répète-t-elle pour la troisième fois, en posant la main sur le poignet de maman dont les yeux papillotent. Parce que laissez-moi vous dire [toussotement] que les marques, contrairement aux apparences, sont d'une importance capitale. Une marque, c'est une garantie. Et avec les enfants, on a besoin de garanties », conclut-elle, d'un ton de vendeuse d'assurances.

Silvia me jette un regard éloquent en même temps qu'elle me décoche sous la table un coup de pied que j'ai le temps d'esquiver. Comme personne ne dit rien, Olga déglutit et poursuit :

« Parce que dans le fond, de bons parents… » Elle s'interrompt et jette un coup d'œil à Emma qui tripote distraitement son iPhone. « … ou de bonnes mères, rectifie-t-elle en grimaçant un sourire, doivent apporter ce qu'apporte une bonne banque : de la stabilité. »

Oncle Eduardo lève les yeux de son iPad posé près de son verre presque vide et acquiesce à deux reprises, l'air un peu hagard. Maman, elle, écarquille les yeux, éblouie, et presse la main d'Olga.

« Ah, tu dis de ces choses… » Olga la regarde, indécise, l'air de ne pas trop savoir si c'est une critique ou un compliment, mais maman la tire de ses doutes rapidement : « On voit que tu es habituée à t'occuper des gens. Enfin, des gens : je veux dire des individus. Tu as tellement raison, la stabilité, c'est vraiment l'essentiel et jamais je n'aurais pensé à une image aussi… euh… poétique. »

Silvia me balance un nouveau coup de pied qui cette fois atteint son objectif. En face de nous, Olga sourit, ravie, et toussote. Au moment où elle va reprendre sa logorrhée, maman renchérit :

« Tiens, il n'y a qu'à voir les bancs qu'ils nous ont mis sur la place. Un vrai danger public. » Olga cille, soudain désorientée, et maman s'en rend compte. « Mais si, tu sais bien, ces espèces d'instruments de torture qu'ils ont installés en bas : rien à voir avec les jolis bancs verts d'autrefois, avec leurs planchettes en bois, un peu arrondies pour qu'elles ne vous fassent pas mal aux fesses et leurs quatre pieds bien plantés dans le sol. » Elle penche la tête et sourit, satisfaite de son intervention. « Figure-toi qu'au début je les ai pris pour des poubelles, c'est te dire ! Les petits vieux s'y asseyent tout recroquevillés, l'un regardant par-ci et l'autre, lui tournant le dos, par-là, et une fois sur deux à force de se contorsionner ils manquent de se casser la figure ! Quand je suis arrivée, je me disais : "Amalia, ce quartier… c'est plein de golden retrievers et de petits blondinets, mais au fond, c'est comme partout ailleurs : nous, les vieux, on n'a droit qu'à des poubelles dangereuses pour s'asseoir et pendant ce temps les gamins fument les plantes des espaces verts." C'est pas vrai, Eduardo ? »

Olga se raidit de minute en minute. Depuis sa conversation avec Ingrid, maman cherche coûte que coûte à intégrer dans la discussion oncle Eduardo, qui, toujours bougon, est concentré sur l'écran de son iPad, et n'a répondu jusqu'ici que par monosyllabes.

« Hein ? fait-il alors en levant le nez. Ah, oui, ces bancs sont terribles », concède-t-il avec un sourire forcé tout en donnant quelques coups sur la carcasse de la tablette. Comme il voit qu'Olga semble en attendre plus, il se sent obligé de préciser : « Si… tristes et si… inconfortables. »

Maman s'éclaire comme un feu de Bengale et repose sa tasse de café dans sa soucoupe dans un tintement.

« Tout à fait, Eduardo. Inconfortables comme… la forêt vierge, ou comme l'océan, ou comme… comme… les placards, pas vrai ? »

Oncle Eduardo la regarde, interloqué :

« Les… placards ? »

Maman, un peu embarrassée, hoche lentement la tête :

« Oui, il n'y a rien de plus inconfortable qu'un placard. »

Silvia intervient :

« Maman…

— Oui ?

— On peut savoir ce que tu racontes, là ? »

Maman lève le menton :

« Ah, ma chérie. Rien, juste ce que tout le monde sait : que les placards sont terribles, vraiment terribles. Je ne sais plus où j'ai lu qu'une étude a été faite dans une de ces ONG qui s'occupent des traumatismes de guerre ou quoi, et il paraît que plus d'un pour cent de la population du monde civilisé fait des cauchemars à propos de placards. Mais des cauchemars horribles, hein ! Des placards avec des dents, avec des mitraillettes, des placards pleins de belles-mères, de clowns comme celui de McDonald's et d'écrivains suédois, et des placards qui ressemblent à ces bazars chinois mais sans le gentil garçon qui vous accompagne dans les rayons pleins d'objets en plastique, de rideaux de douche et…

— Maman… » Silvia la regarde, presque inquiète. « Tu te sens bien ? »

Maman, qui est lancée, ne l'entend même pas :

« Et sinon, d'où croyez-vous que vient cette expression : tomber du placard, qu'on dit maintenant ?

— C'est sortir, Amalia, la corrige oncle Eduardo, reposant son iPad face contre la nappe avec une moue contrariée. Sortir du placard, pas tomber.

— Oui, c'est ça ! » Maman a bondi comme un diable hors de sa boîte, donnant un petit coup sec sur la table qui a fait tinter les tasses et les couverts et sursauter Shirley, blottie sur ses genoux. « Sortir du placard ! » Puis, les yeux plantés dans ceux d'oncle Eduardo : « Il faut sortir du placard, Edu ! »

Olga toussote et tente une sorte de médiation qui prend cette forme :

« Amalia, si vous voulez, quand vous aurez besoin de ranger les affaires d'hiver pour sortir celles d'été, je peux venir vous aider. Je ne savais pas que cela vous posait tant de problèmes… »

Maman la regarde en souriant, sans la voir. Puis elle se reconcentre sur son frère, mais comme elle ne sait pas comment aborder ce qu'elle veut dire, elle se met à faire des moulinets dans l'air avec les mains, sans prononcer un mot. *In extremis*, je rattrape la bouteille vide de mousseux qui a failli partir en vol plané sur Olga. Ça, cette espèce de battement d'ailes silencieux, c'est quelque chose que maman fait souvent quand elle tourne et retourne depuis longtemps un problème dans sa tête et qu'elle tente de l'aborder le plus délicatement possible. Elle sait où elle veut en venir mais le chemin, lui, n'est pas totalement défini. Et tout à coup, comme maintenant, elle s'enlise et envisage tout un tas d'hypothèses, formules et options dont finalement, dans quatre-vingt-dix-neuf pour cent des cas, elle retient la pire. Près de moi, Silvia me regarde, sourcils levés. Elle soupçonne que je sais quelque chose mais maman ne nous laisse pas le moindre répit. La voilà repartie :

« Eduardo chéri, reprend-elle en se massant doucement les cervicales. Tu sais, je pensais… enfin… si tu épouses cette Teresita à Lisbonne, ce sera peut-être un peu pénible pour toi, vu que les Portugais sont comme ils sont, je veux dire, particulièrement velus, avec ces gros sourcils qui se rejoignent, mais sans doute que, avec l'air de l'Atlantique qu'ils ont, s'ils n'avaient pas ces remparts de poils ils ne pourraient rien voir, et en plus je me demande s'ils sont très ouverts, vois-tu ?…»

Silence. Silvia allume une cigarette et Olga tend la main vers elle sans un mot, d'un geste mécanique, pour lui en réclamer une. Maman ne les voit même pas. Elle sait parfaitement où elle veut en venir. Je ferme les yeux et je m'attache à respirer lentement.

« Par ouverts, je veux dire que je ne sais pas si au Portugal les gays, les lesbiennes et les transgéniques ont le droit de se marier, et bon, je ne voudrais pas que tu souffres, Eduardo, fait-elle en hochant la tête si violemment que tout son corps en est secoué, de même que Shirley qui, pointant le bout de son museau, se retrouve la truffe écrasée contre la nappe. Et tant que nous y sommes, je te dirai autre chose qui m'inquiète… » Oncle Eduardo fronce les sourcils. Il est complètement perdu. « C'est cette bosse. »

Je plonge dans ma tasse, mais j'ai beau faire tous les efforts du monde, maman est plus forte que moi et je pouffe d'un rire que je m'empresse de déguiser en toux.

« Une… bosse ? » répète oncle Eduardo, totalement hors jeu. Soudain, une vague idée semble lui traverser l'esprit parce qu'il se redresse, regarde maman avec inquiétude, comme le fait Emma. « Quelle bosse, Amalia ?

— Eh bien, son… machin, répond maman, en se versant un peu d'eau. Son paquet. »

Je sais que si je lève la tête, je ne vais pas pouvoir garder mon sérieux, déjà j'ai un mal fou à respirer, alors je choisis de contempler la paume de mes mains comme si j'avais soudain appris à en lire les lignes. Silvia continue à fumer, recrachant sa fumée comme une possédée. Quand je la regarde du coin de l'œil, je la vois concentrée sur maman, l'observant sans ciller. L'instant d'après, je l'entends lui dire :

« Maman, tu veux que je t'enregistre ? Comme ça, avant d'aller te coucher, tu pourras t'écouter un moment et comprendre pourquoi parfois c'est si difficile d'être ta fille… Je suis sûre que tu n'en dormiras plus pendant deux semaines. »

Maman la regarde et fait claquer sa langue, sûrement moins agacée par le commentaire que par le moment où il tombe.

« Eduardo chéri… » Elle revient à la charge : « … ce que je veux dire, c'est que… vois-tu… Teresita a une bosse dans son string qui me… enfin… qui n'est pas normale. Enfin, pas saine, quoi. Mais bon, comme elle vient du Portugal, et on sait bien que les Portugais… Ingrid dit que, comme ils ne font que chanter dans les cafés et qu'ils mangent tout le temps de la morue, qui est pleine de mercure, eh bien, ils ont sans doute un excès de testostérone, et voilà, c'est la testostérone qui leur fait gonfler ce qu'ils ont là en bas et qui les rend chauves du haut. » Elle secoue lentement la tête, les lèvres pincées. « Enfin, donc… si tu vas épouser Teresita ou quel que soit le nom de cette personne, je trouve qu'il vaudrait mieux qu'elle se fasse opérer avant, tu ne crois pas ? » Les yeux d'oncle Eduardo s'arrondissent encore et sa bouche aussi. Silvia pousse un profond soupir à côté de moi. « Non, ne me regarde pas comme ça, reprend maman. Il y a des opérations qui se font depuis longtemps, et je t'assure, c'est beaucoup plus sain. C'est simple comme bonjour, vraiment. Pour la bonne cause. Comme ça, Teresita acceptera mieux sa sexualité et toi aussi, mon grand. C'est ce que je voulais te dire, Edu : tu as été très courageux de nous présenter ton amoureux comme ça, avec sincérité, c'est tout à ton honneur et moi, ta sœur, je suis très fière de toi. » Sa voix s'étrangle, et elle déglutit avant de poursuivre : « Et aussi je regrette vraiment que tu aies dû te cacher pendant si longtemps, en sortant avec toutes ces femmes qui… enfin, ces pauvres femmes n'étaient pas responsables de ton… problème. »

L'espace d'un instant, la scène que j'ai devant les yeux s'estompe et laisse place à des flashes où se succèdent les visages de certaines des fiancées les plus mémorables d'oncle Eduardo en un défilé disparate et improbable : je me souviens d'Irina, une vraie beauté, petite-fille d'une comtesse russe – du moins, c'est ce qu'elle disait – qu'oncle Eduardo avait rencontrée à Buenos Aires et qui avait si peu l'habitude de faire la cuisine et de tenir une maison que quand oncle Eduardo et elle ont emménagé ensemble et qu'elle a voulu lui préparer un poulet Strogonoff, elle n'a rien trouvé de mieux que de mettre le poulet à la casserole avec ses plumes et tout le reste, ce qui a sonné le glas de l'aventure russe d'oncle Eduardo. Je me souviens aussi de Lorena, une hôtesse de l'air bolivienne de quinze ans plus âgée que lui qui, comme nous l'a raconté oncle Eduardo des années plus tard, ne portait jamais de culotte et faisait pipi debout, le pire étant qu'elle le faisait n'importe où, sous prétexte que c'était habituel chez les Indiens dans son pays. Et je me souviens aussi de Rose, une Allemande de Hambourg testeuse de tabac qui arrosait son petit déjeuner à la bière ; avec ses dents jaunes comme des coings et ses cheveux rouges qui avaient rarement vu le shampooing, elle inspirait une peur bleue à maman. Ce ne sont que trois des multiples profils féminins qui sont passés dans la vie d'oncle Eduardo, mais les autres n'ont pas été non plus des exemples de normalité, il faut bien l'avouer, et cela avait toujours intrigué maman. Donc, je comprends que dans sa tête la malchance amoureuse d'oncle Eduardo puisse avoir cette explication simple, logique et censée qu'Ingrid et elle ont élaborée au téléphone. Oncle Eduardo est sûrement gay, a dit Ingrid, et pour maman tout s'est éclairé, comme toujours à chaque fois que l'angoisse qu'elle ressent pour l'un d'entre nous est trop forte et qu'elle se raccroche à la première explication qui lui tombe sous la main.

Et quand elle se cramponne, maman est un vrai pitt-bull : vous pouvez y aller, rien ne lui fera desserrer les crocs. C'est reparti.

« Non, fait-elle en levant les yeux au ciel et en arrêtant oncle Eduardo d'un geste, tu n'as pas à te justifier, Edu. Je peux imaginer combien tu as souffert et je veux que tu saches que c'est fini et bien fini. Et même, je pense que tu devrais nous amener Tonino pour que nous fassions sa connaissance. » Son visage s'illumine et elle écarquille les yeux, radieuse. « Mais oui ! Il n'a qu'à se faire opérer ici ! Oh… » Elle porte la main à son cœur. « … et vous pourriez même vous marier selon le rituel chamanique. Je suis sûre qu'Ingrid peut parler à cet… Osvaldo, je crois, ce garçon qui la débarrasse de son électricité avec ses sabres, pour qu'il vous marie. Oh, ce serait charmant comme tout ! Et même peut-être qu'il pourrait opérer Tonino lui-même. Après tout, il s'agit juste de… couper, pas vrai ? » fait-elle, en se tournant pour prendre à témoin une Olga si absolument pétrifiée que pas un de ses cils ne bouge. Entre ses doigts, la cigarette se consume sans qu'elle ait tiré dessus, tandis qu'Emma, à côté d'elle, passe rapidement le doigt sur l'écran de son iPhone comme si elle feuilletait les Pages jaunes pour trouver le numéro des urgences les plus proches.

Alors, dans le silence qui suit, un de ces intervalles qui la mettent si mal à l'aise et la poussent à faire son meilleur numéro cache-tension, maman nous assène en conclusion :

« Parce que l'homosexualité, c'est quelque chose de très sérieux. Et de très génital, aussi. Ça, je pense bien ! »

Olga ouvre la bouche et la referme comme un clapet. Puis elle se tourne vers Emma avec un regard de détresse.

« Chérie, fait-elle en lui attrapant le poignet et en regardant l'heure à son bracelet-montre. Il commence à se faire tard et je crois que ta mère est un peu fatiguée. Et puis, je n'aime pas trop faire de la route un soir comme celui-ci. Tu sais dans quel état sont les gens, au volant… »

Silvia, qui ne rit plus, appuie son menton dans sa main :

« Maman, je te jure, on va t'enregistrer. Mais pas pour te torturer quand tu iras te coucher, non, pour te présenter à cette émission sur les incroyables talents. »

Maman la regarde, sourcils froncés, sans comprendre.

« Franchement, tu t'es vraiment entendue, là ? »

Maman débloque, c'est évident, et nous savons tous qu'elle est tout à fait capable de continuer comme ça jusqu'au bout de la nuit, à s'emmêler les pinceaux toute seule et à s'enfoncer de plus en plus dans ces marais surréalistes dont elle finit par émerger tant bien que mal, généralement plutôt mal, d'ailleurs. En la voyant s'embourber ainsi, je discerne en elle ce qu'elle cache, parce que j'ai entendu une partie de sa conversation avec Ingrid mais aussi parce que je la connais bien. Elle joue à nous désorienter, depuis quelques minutes. Ce qui en réalité la préoccupe, ce n'est plus le mariage d'oncle Eduardo ni la sexualité qu'elle s'est imaginée qu'il avait. Peu lui importent Teresinha, sa bosse ou ses piquants de porc-épic : dans sa tête, c'est déjà de l'histoire ancienne. L'ordinateur personnel de son cerveau a apposé le sceau « affaire réglée » sur le dossier Eduardo dès qu'elle a réalisé qu'elle faisait fausse route, mais, redoutant le silence et la honte, elle a continué à tisser son histoire à dormir debout, une chose dont elle est par ailleurs très coutumière. Car quand le silence menace, maman attaque bille en tête avec la première idée qui lui traverse l'esprit, qu'elle ait ou non de la logique, comme une gamine qui, après avoir déballé son premier mensonge, s'emmêle dans une spirale de bobards de plus en plus gros jusqu'à ce qu'un facteur extérieur – extérieur, nécessairement – vienne à son secours, détournant l'attention dont elle était jusqu'alors le centre.

Ce que fait maman, ces dernières minutes, c'est gagner du temps dans l'attente que quelqu'un fasse une réflexion qui lui vole la vedette et lui permette de combiner dans l'ombre sa prochaine intervention, ce « nos plans » que j'ai surpris quand elle était au téléphone. Je sais, depuis le temps que j'ai le bonheur et la douleur de la fréquenter, que c'est en partie ce qui la rend si nerveuse ce soir, et je sais aussi que ce délire autour d'oncle Eduardo était sa manière à elle de préparer le terrain pour ce qui doit suivre.

Une bouée de sauvetage, voilà ce qu'elle attend. Et c'est exactement ce que va lui tendre Emma quand sa voix paisible emplit le salon, comme une nouvelle pierre qui tombe sur cette nuit, nous secouant tous dans l'onde qu'elle produit.

« Sara disait toujours qu'il n'y a rien de plus pénible que de ne pas savoir », déclare-t-elle, en caressant sa serviette en papier rouge intacte. Un geste distrait, presque machinal. « Mais je pense, moi, que le plus terrible, ce sont les absences », ajoute-t-elle avec un sourire triste. Puis, s'excusant presque : « Oui, les absences, c'est encore le plus invivable. »

Maman et moi échangeons un regard. C'est cette phrase, ce sont exactement ces mots qu'elle-même a prononcés pour tirer Emma de son puits boueux et la rendre à la vie après la mort de Sara. C'est cette phrase qui a mis fin à ce qu'aucun de nous croyait possible, qui a authentifié le miracle. Aujourd'hui, après si longtemps, l'entendre dans la bouche d'Emma, c'est comme revenir soudain en arrière et revivre ce qui est arrivé ce jour-là, ce que maman et moi avons découvert juste un an après la mort de Sara et ce qui a suivi, à peine quelques jours plus tard.

Dans le silence qui nous berce maintenant, je regarde Emma et mon regard englobe aussi le couvert vide placé près d'elle, avec ses deux assiettes, ses verres, sa serviette et sa chaise devant. Je sais que vu de l'extérieur, n'importe qui penserait que nous attendions un invité qui n'est pas venu et je sais aussi que je ferais la même lecture si je ne savais pas ce que je sais. Sauf que je ne suis pas à l'extérieur, mais dedans. Je ne suis pas papa, ni Andrés, ni Sara non plus, mais je fais partie de ceux qui restent, de cette famille qui, grâce à maman, a appris à révérer les absences et à leur faire une place dans la réalité. Et c'est une vertu que nous lui reconnaissons tous et dont nous lui sommes reconnaissants. Surtout Emma.

Même si avant ce n'était pas le cas. Les choses étaient différentes.

Mais le hasard ou les dés pipés du destin ont voulu qu'elles changent du jour où maman et moi avons découvert le secret d'Emma et que maman a décidé d'agir seule, de sauter dans l'arène et de jouer le tout pour le tout.

Après ça, aucune des deux n'a plus été vraiment la même.

20

Ça a été une question de chance. Ou peut-être pas, peut-être que c'est plus simple que ça. C'est peut-être juste que parfois la vie nous fait subir des pertes et d'autre fois, quand nous pensons le moins en avoir besoin, elle décide de s'occuper de nous, suivant une loi de compensation qui ne répond ni à la physique ni à la chimie mais à un ordre que personne n'a su expliquer encore. Je ne sais pas bien comment ça s'est fait mais je sais ce dont je me souviens. Je me souviens qu'il faisait chaud et qu'on approchait de la Saint-Jean, parce qu'on entendait déjà quelques pétards en fin de journée et que sur les places commençaient à s'amonceler les meubles au rebut et autres vieilleries pour les traditionnels feux de joie. À part ça, la journée a commencé comme les autres : Emma a quitté la maison très tôt, après la promenade de Max, et moi, j'ai vaqué à des occupations domestiques toute la matinée. J'avais rendez-vous avec Silvia pour déjeuner en centre-ville dans un resto végétarien et je devais entrer à seize heures en studio pour réenregistrer une pub que j'avais faite la semaine précédente mais qui n'avait pas convaincu le client. Comme je supposais que – si tout se passait bien – l'enregistrement n'allait pas me prendre plus d'une demi-heure, j'avais donné rendez-vous à maman à seize heures trente à la sortie du studio pour aller avec elle dans une boutique spécialisée en articles pour déficients visuels lui acheter un portable que Silvia avait vu en vitrine.

Tout s'est déroulé comme prévu, y compris la reprise de la pub en studio, et à un peu plus de seize heures quarante-cinq, maman et moi descendions l'une des rues qui débouchent sur la Gran Vía, tout près de la place de l'Université, discutant de tout et de rien et cherchant l'ombre car le soleil en ce début d'après-midi commençait à taper fort. Une fois sur la Gran Vía, nous avons tourné à gauche en direction du centre, et là, j'ai pilé net. Maman m'a imité deux pas plus loin. Elle s'est retournée, la main en visière :

« Qu'est-ce qu'il y a ? »

Devant nous, à dix mètres à peine, Emma était assise à une terrasse de café, Max couché à ses pieds. Elle était de profil et portait ses lunettes de soleil. Sur la table devant elle il y avait une bouteille d'eau et un beignet ou un mini-sandwich, j'étais trop loin pour être sûr. J'ai continué à la fixer, immobile, quelques instants. Je n'aurais pas su l'expliquer, mais quelque chose dans cette scène avait déclenché un signal d'alerte sur le fond anodin de la rue, entre trafic et bitume. Il y avait quelque chose qui n'allait pas. Qui ne tournait pas rond.

« Emma », ai-je murmuré, comme si je craignais que l'intéressée puisse m'entendre.

Maman a plissé les yeux pour voir, en vain.

« Où ça ? »

C'est précisément ce « où » qui m'a pétrifié, et la réponse m'a rendu tout à coup à une question que je n'avais pas encore été jusqu'à me formuler.

Où. Oui, bien sûr, c'était ça.

Emma était assise à la terrasse du café où elle avait attendu Sara le jour où tout s'était effondré. La même terrasse. La même table aussi. La même bouteille d'eau. Et le sandwich n'en était pas un, mais une madeleine coupée en deux.

Le frisson qui m'a parcouru l'échine m'a vissé au trottoir en même temps qu'un rideau de sueur me dégoulinait dans le dos, inondant ma chemise. Maman s'est approchée lentement et m'a saisi par le bras, m'attirant doucement à elle :

« Qu'est-ce qu'il se passe ? »

J'ai hésité un instant. Sachant à quel point maman se repérait mal dans la ville et combien elle était distraite, j'ai pensé que, si j'agissais rapidement et que je feignais une normalité qu'à ce moment j'étais bien loin de ressentir, elle ne reconnaîtrait probablement pas la terrasse et le café. J'ai failli lui dire que je m'étais trompé, que j'avais cru voir Emma et qu'il valait mieux traverser pour profiter du feu vert et continuer sur le trottoir d'en face jusqu'à la boutique. J'ai été à deux doigts et je l'aurais fait, si à la seconde où j'allais parler, je n'avais pas tourné les yeux vers la terrasse, précisément au moment où les cloches de la tour de l'université ont sonné, couvrant à peine le vacarme de la circulation.

Ce furent cinq coups métalliques et creux, comme le tambourinement de cinq doigts automates contre du verre, au terme desquels Emma a cessé d'être une femme détendue, assise à une table avec son chien, pour n'être plus qu'un dos rigide, à peine soutenu par le dossier de sa chaise, tête baissée, iPhone à la main. Je l'ai vue finir son verre et mordre du bout des dents dans sa madeleine, le tout de la même main, sans lâcher son iPhone qu'elle tenait devant ses yeux.

« Qu'est-ce qu'il se passe ? » a insisté maman, à côté de moi.

Alors j'ai compris qu'il était trop tard, parce que faire semblant serait trop compliqué et surtout parce qu'il fallait que je voie la suite. Je me suis tourné vers maman.

« C'est Emma, ai-je commencé, en cherchant dans ma base de données de comédien voix off professionnel un ton rassurant.

— Oui, et alors ? »

J'ai pris une grande inspiration :

« C'est la même heure et la même terrasse, maman. »

Voilà ce que j'ai dit, et ça peut paraître surprenant maintenant, mais il n'en a pas fallu plus. Maman s'est collée à moi :

« Tu la vois bien ? »

J'ai acquiescé :

« À peu près.

— Et si on s'approchait ? Tu crois qu'elle risque de nous voir ? »

Dès qu'elle a posé la question, j'ai su que non. Emma était de profil, quasiment de trois quarts, trop près du trottoir pour voir ce qui se passait derrière elle. Oui, nous pouvions nous rapprocher.

Nous avons avancé vers le café, rasant presque les murs des deux premiers immeubles. Au troisième, nous nous sommes réfugiés dans le renfoncement de la vitrine d'une boutique d'électroménager. À quelques mètres de nous à peine, Emma avait posé son téléphone sur la table et levé la tête. Elle a bu un peu d'eau directement à la bouteille et picoré les dernières miettes de madeleine. À ses pieds, de dos lui aussi, Max dormait, la tête sur ses pattes.

Maman, toujours pendue à mon bras, a plissé les yeux :

« Qu'est-ce qu'elle fait ? »

Je n'ai pas répondu tout de suite. Au bout de quelques secondes, Emma a regardé l'heure à son poignet, s'est raidie un peu plus et a eu un tic brusque de la tête, tout en attrapant son iPhone qu'elle a approché de son visage. Instinctivement, je l'ai imitée et j'ai regardé ma montre.

Cinq heures deux.

« Qu'est-ce qu'elle fait ? » a insisté maman, en tirant sur mon bras. Cette fois, il y avait dans sa voix une angoisse qu'elle n'a pas cherché à dissimuler.

J'ai eu envie de la rassurer, de lui dire de ne pas s'inquiéter, qu'il serait peut-être mieux de partir. « Allez, viens », ai-je été sur le point de lui dire. Mais quand j'ai voulu parler, Emma a fait quelque chose qui a bloqué ma voix dans mon larynx : toujours assise, le dos droit et le portable à la main, elle s'est mise à se balancer, très légèrement d'abord, d'un mouvement doux et presque imperceptible – en arrière, en avant, et encore en arrière –, un balancement qui au fil des secondes a pris plus d'ampleur, sans s'accélérer. En un rien de temps, elle oscillait comme une bouée en haute mer, en avant, en arrière, en avant, en arrière, sans quitter des yeux l'écran de son portable si ce n'est pour regarder sa montre. Je me suis appuyé contre la vitrine du magasin et j'ai continué à l'observer en silence, incapable de prononcer un mot.

À côté de moi, maman m'a pressé le bras :

« Fer… »

Je l'ai regardée.

« Elle se balance, maman », ai-je dit enfin, d'une voix que je n'ai pas reconnue.

Elle a froncé les sourcils :

« Elle se… balance ? »

Je n'ai pas su quoi inventer.

« Oui, elle se balance. » Et voyant maman toujours immobile, son regard pressant, j'ai dégluti et j'ai foncé tête la première, conscient qu'il n'était plus possible de faire machine arrière. « Elle se balance en regardant son téléphone et de temps en temps, aussi, elle regarde l'heure. Puis elle se remet à se balancer. »

Maman n'a pas lâché mon bras, tendue tout entière vers la silhouette dont, à cause de sa vue défaillante, elle ne pouvait que pressentir qu'il s'agissait bien d'Emma.

« Et… quoi d'autre ? » a-t-elle demandé dans un filet de voix.

J'ai regardé Emma et tandis que je la voyais se balancer comme une démente sur sa chaise – balancement, iPhone, balancement, montre et c'est reparti pour un tour –, je me suis demandé si cette scène, cette Emma paumée à cette terrasse avec Max à ses pieds, était une scène isolée, un simple hasard, ou si au contraire, c'était ce qu'elle vivait et reproduisait encore et encore quotidiennement depuis que Sara n'était plus là, depuis le premier jour où elle était passée chercher Max pour l'emmener en promenade. Soudain une avalanche de détails m'est tombée dessus, les pièces d'un puzzle dont je ne soupçonnais même pas l'existence se sont mises en place toutes seules. Je me suis rappelé la ponctualité crispée d'Emma quand elle venait chercher Max, son refus que moi ou quiconque l'accompagne, l'enthousiasme avec lequel Max sortait faire sa dernière balade avec moi, alors qu'il était rentré à peine trois heures plus tôt d'une de ses longues virées sur la plage avec Emma et qu'il aurait dû être épuisé. Tout se tenait.

« On devrait peut-être s'en aller… » ai-je suggéré, sans trop savoir pourquoi.

Près de moi, maman ne m'a pas jeté un regard :

« Non… Attends… Ça va peut-être lui passer », a-t-elle repris d'une voix si fluette que j'en ai eu le cœur serré. Il y avait si peu d'espoir dans cette voix que j'ai compris tout de suite que maman avait elle aussi rassemblé quelques pièces du puzzle et que sa tête travaillait à chercher des réponses, des explications, du matériel d'urgence pour combler les trous qui restaient encore, parce que la douleur qu'elle subodorait menaçait de l'anéantir. Puis, après avoir pris une grande inspiration, elle a ajouté :

« On ne peut pas la laisser comme ça.

— On ne peut rien faire, maman… »

Elle m'a dévisagé. Sa voix, celle avec laquelle elle a prononcé ce qui a suivi, a été le premier signe que quelque chose en elle avait commencé à changer.

« On peut la regarder d'ici, a-t-elle répliqué. Pour savoir. » Et avant que je puisse dire quoi que ce soit, elle s'est serrée contre moi, la tête sur mon épaule, et m'a enjoint : « Raconte-moi. Elle fait quoi, maintenant ? »

Emma se balançait, prise entre l'écran de son iPhone et sa montre. C'est ce que je voyais et c'est ce que je voulais raconter à maman. « Elle se balance, maman », voilà ce que je voulais lui dire, et pourtant ce n'est pas ce qui a franchi mes lèvres :

« Emma attend, maman. »

Maman a lâché mon bras et sa main a cherché la mienne.

Oui, Emma attendait et elle a continué à attendre pendant les trois heures où maman et moi sommes restés là, muets et immobiles, la main dans la main. À regarder.

De temps en temps, elle me demandait :

« Et maintenant ? »

La réponse était toujours la même, parce que ce qu'il se passait à la table d'Emma ne changeait pas : balancement vers l'avant, brève pause, balancement vers l'arrière, coup d'œil nerveux sur son portable, nouveau balancement, poignet, montre, et reprise du début, pendant que l'après-midi distillait sa chaleur et que les ombres grandissaient sur la ville, entre le bruit inlassable du trafic, les gens, le quotidien. Oui, la réponse était toujours la même ces heures durant et le silence avec lequel maman la recevait, aussi. Les gens se déplaçaient, le temps passait, et les cloches de la tour de l'université ont sonné six coups d'abord, puis sept et enfin huit : vingt heures. Quand le dernier coup s'est perdu dans le brouhaha de la circulation, entre les autobus, les cyclistes et les voitures de la Gran Vía, maman m'a pressé la main :

« On y va ? »

Le timbre de sa voix était si frêle, si fatigué que je n'ai même pas répondu. Je me suis contenté de passer mon bras autour de ses épaules et de lui déposer un baiser dans les cheveux. Puis, tournant le dos à Emma, nous avons remonté la Gran Vía pour prendre la première rue qui partait vers l'ouest ; j'allais héler un taxi libre mais maman s'est pendue à mon bras :

« Non, a-t-elle fait. Je préfère marcher. »

J'ai laissé retomber ma main.

« D'accord. Je t'accompagne. »

Nous avons marché lentement, chacun muré dans son propre silence. La nuit commençait à baigner de gris la ville et la circulation s'amenuisait. Quand nous sommes arrivés à son immeuble, maman m'a embrassé et, avant de mettre la clé dans la serrure, m'a annoncé, avec un sourire las :

« Demain, j'y retourne. »

Je n'ai pas su quoi dire. Moi aussi j'étais épuisé.

« Ce n'est pas la peine que tu m'accompagnes, a-t-elle fait, avec toujours ce pâle sourire. Je peux y aller seule. »

À son ton, j'ai su qu'il était inutile d'essayer de la convaincre de renoncer.

« Non, maman, j'irai avec toi. »

Elle a hoché la tête. Puis, avant de refermer doucement la porte sur elle, elle a ajouté :

« Il vaut mieux ne rien dire à Silvia pour l'instant, tu ne crois pas ? Tu sais dans quel état elle se met. En plus, elle part demain à Tokyo pour deux semaines : inutile de l'inquiéter.

— D'accord. »

Quand, après une longue marche, je suis enfin rentré chez moi, Emma et Max venaient d'arriver. Emma était comme d'habitude : neutre, calme, vide. Elle préparait le dîner et nous avons parlé de choses et d'autres, rien d'important. La normalité – la sienne – était telle que l'espace d'un instant j'en suis venu à me demander si je n'avais pas rêvé ce que maman et moi avions vu cet après-midi-là, mais mes doutes n'ont pas duré longtemps. Alors que nous allions dîner j'ai reçu un SMS de maman :

Demain à cinq heures moins le quart au même endroit. D'accord ?

Les trois jours suivants, nos après-midi – les miens, ceux d'Emma et ceux de maman – furent identiques : Emma venait comme toujours chercher Max après ses cours. Dès qu'ils étaient partis, je quittais la maison et remontais à bicyclette les Ramblas puis la rue Pelayo jusqu'à la place de l'université où je laissais ma bicyclette au parking à vélos près de la bouche de métro. Maman était déjà là. Peu après, Emma et Max arrivaient, toujours à la même heure. Ce qui suivait, le rituel de l'attente, était aussi toujours inexorablement le même : eau, madeleine, attente, cloches, rigidité, balancement, portable, montre… tout pareil, toujours pareil, un jour après l'autre, et la question de maman qui s'immisçait dans notre surveillance, comme les cloches de l'université dans le flux du trafic, au fil de l'après-midi :

« Et maintenant, elle fait quoi ? »

Je ne peux guère en dire plus sur ces journées. Je me les rappelle maintenant emplies de silence – celui que maman et moi partagions debout dans le renfoncement de notre vitrine – et surtout d'attente : Emma assise à sa table attendant en vain que sonne son téléphone, et moi attendant que maman se réveille de cette espèce de labyrinthe mental dans lequel elle semblait s'être installée et dont je ne savais pas comment la sortir. Les rares fois où j'ai tenté de lui parler au cours de ces heures de guet, maman a réagi d'une façon qui lui ressemblait peu : elle a froncé les sourcils, agacée, et sans quitter des yeux un seul instant la terrasse, m'a coupé presque brusquement : « Attends. Je réfléchis » ; je n'ai rien pu lui tirer de plus. J'ai même songé à appeler Silvia à Tokyo pour tout lui raconter, sans m'y résoudre. Et je dois reconnaître aujourd'hui que je m'en réjouis. Si je l'avais fait, ce qu'il s'est passé ensuite n'aurait probablement jamais eu lieu, maman n'aurait pas eu l'occasion de trouver une brèche pour s'y glisser et occuper sa place, elle n'aurait pas fait ce qu'elle a fait et Emma ne serait pas assise ici ce soir, avec Olga d'un côté et un couvert vide et intact de l'autre.

Si maman n'avait pas ourdi son plan comme elle l'a fait, sortant de son chapeau ce qu'elle baptiserait un peu plus tard du nom de Chaise des Absences, Emma serait certainement devenue folle et nous l'aurions perdue.

Et nous, nous nous serions perdus avec elle.

21

Trois jours après ce premier après-midi où nous étions restés postés près de la vitrine de la Gran Vía à regarder Emma se balancer sur sa chaise, j'ai reçu un SMS de maman :

Demain, on n'y va pas. Je vais t'appeler. Dis oui à tout.

En effet, le téléphone a sonné cinq minutes plus tard. Il était presque vingt-deux heures et nous étions en train de finir de dîner. Maman et moi avons échangé les banalités d'usage comme si nous ne nous étions pas vus l'après-midi même, et alors que je commençais à me demander si le texto que j'avais reçu n'était pas une fausse alerte ou l'une de ces lubies qu'elle oublie aussi sec et que bien sûr elle ne veut jamais reconnaître, elle s'est mise à me raconter qu'une amie d'Ingrid avait ouvert un restaurant à deux pas de chez elle et qu'elle s'était dit, comme ça, que nous pourrions aller l'essayer le lendemain, vu que c'était vendredi et qu'Emma finissait ses cours plus tôt. La main sur le combiné, j'en ai parlé à Emma qui a accepté. Puis, elle a semblé se raviser :

« Demain je ne sors pas avant quatorze heures trente : j'ai un conseil de classe. »

J'ai transmis à maman.

« Parfait », a-t-elle répondu d'une voix résolue à l'autre bout du fil, puis, chuchotant comme si Emma pouvait l'entendre : « Plus ce sera tard, mieux ce sera… On dit à quinze heures, alors ? » a-t-elle repris d'une voix normale.

J'ai de nouveau consulté Emma, qui a de nouveau acquiescé, avec une pointe d'hésitation.

Le lendemain, nous nous sommes donc retrouvés à la porte du restaurant à quatorze heures cinquante-cinq, comme convenu. Il n'est rien arrivé d'extraordinaire pendant le repas, hormis une broutille, un commentaire auquel ni Emma ni moi n'avons accordé d'importance, mais qui annonçait la suite avec une clarté telle que je ne m'explique toujours pas comment cela ne m'a pas mis la puce à l'oreille.

Voici ce qu'il s'est passé : une fois que nous avons été installés, le serveur nous a tendu une carte à chacun, a posé sur la table une corbeille de pain et une soucoupe avec des olives et a entrepris de retirer le couvert à côté de moi – nous occupions une table pour quatre. C'est alors que maman l'a stoppé d'un geste de la main, avec le sourire d'une cliente habituée à traiter le personnel avec courtoisie :

« Merci, c'est inutile. »

Il l'a regardée l'air hésitant, mais maman n'a pas détourné les yeux ni baissé la main, et le serveur, haussant les épaules, est parti. Puis, chacun s'est concentré sur la carte.

Je ne me souviens pas de ce que nous avons mangé et ça n'a aucune espèce d'importance. Ce qui importe, c'est que maman était assise à côté d'Emma et moi en face de maman. Et aussi que, vu l'heure tardive, le restaurant n'a pas tardé à se vider ; nous nous sommes rapidement retrouvés seuls tous les trois, avec un couple assis à l'autre bout de la salle, apparemment des amis du gérant, un type d'âge moyen, les cheveux poivre et sel, avec un air de vieux beau argentin, qui de temps en temps s'approchait de leur table pour discuter et rire avec eux.

Il était déjà plus de seize heures quinze et nous n'en étions pas encore au dessert. En voyant l'heure, Emma s'est raidie :

« Je devrais déjà être partie, s'est-elle inquiétée. Je dois passer prendre Max.

— Ne t'inquiète pas, ma chérie », a fait maman, d'une voix insouciante, en posant la main sur celle d'Emma, avant que j'aie pu dire quoi que ce soit. « Nous l'avons déjà sorti juste avant de venir, n'est-ce pas, Fernando ?

— Mais… a commencé Emma, surprise, en me regardant. Max est habitué à sortir à cette heure… »

J'ai souri. J'ai fait tout mon possible pour que ce sourire ait l'air apaisant, mais je ne sais pas si j'y suis parvenu.

« Sois tranquille : il a fait une belle balade ce matin, il peut tenir encore un bon moment. »

Emma a dégluti mais n'a pas insisté parce que le serveur venait prendre la commande des desserts. Maman a profité de cette interruption pour ajouter, en la regardant par-dessus la carte :

« En plus, Ingrid doit passer prendre le café avec nous. Elle a tellement envie de te voir… »

Emma n'a pas voulu de dessert. À seize heures quarante, le téléphone de maman a sonné. C'était Ingrid.

« Oui, on est toujours là. » Silence. « Oui, bien sûr qu'on t'attend. » Nouveau silence. « Oui, Emma est là aussi. Je lui ai dit que tu allais venir. » Dernier silence, plus bref, cette fois. « D'accord, dépêche-toi. Bisou. »

Emma allait dire quelque chose, mais maman ne lui en a pas laissé le temps :

« Elle vient de faire un reiki à une cliente, juste à côté. Elle arrive. »

Emma a jeté un coup d'œil à sa montre et a pincé les lèvres. Puis elle a soupiré, a regardé l'écran de son iPhone posé près de son assiette et a semblé se détendre. Quand le serveur est venu proposer des cafés, maman a refusé de la tête et j'ai commandé un café glacé. Emma, elle, a demandé, après un court instant d'hésitation :

« Pour moi, une eau gazeuse et une madeleine. »

Maman m'a glissé un coup d'œil.

Les quinze minutes qui ont suivi ont été particulièrement longues, surtout pour Emma qui, tendue, muette, promenait sur nous un regard vide et plat qui n'était pas de bonne compagnie. De temps en temps, elle buvait une gorgée d'eau et grignotait lentement sa madeleine qu'elle avait coupée en tout petits bouts, pendant que maman me faisait la conversation et que je me contentais de lui donner la réplique, l'estomac noué, focalisé sur Emma à chaque instant.

À dix-sept heures, l'alarme du téléphone d'Emma a sonné, coupant la parole à maman. Une sonnerie qui n'a duré que deux secondes puis s'est éteinte, nous enveloppant dans une chape de silence qui s'est abattue sur nous dans le calme ouaté du restaurant. Maman s'est tournée vers elle :

« Cinq heures ? Déjà ? Cette Ingrid, alors ! Ils vont finir par nous mettre dehors ! » a-t-elle fait avec une grimace contrariée.

À côté d'elle, Emma était ailleurs. Soudain, son corps s'est tendu, son dos s'est décollé du dossier de sa chaise et elle s'est remise à regarder sa montre, puis son iPhone en le levant à hauteur de ses yeux d'un geste machinal qui, vu ainsi, de si près, m'a terrorisé. Elle a avalé sa salive une, deux, trois fois, comme si elle voulait parler.

« Je… a-t-elle commencé, d'une voix sourde, en battant des paupières à toute vitesse, je dois partir. »

La main de maman s'est abattue sur son poignet, si vite que je n'ai pas eu le temps de la voir venir, juste ses doigts se refermant comme un étau sur la peau bronzée d'Emma, qui a tourné la tête vers elle, indécise.

« Non, ma chérie, a dit maman d'une voix apaisante, si cristalline qu'elle semblait provenir directement de la fenêtre proche de nous. Non, tu ne dois pas partir. »

Emma a eu comme un hoquet et a baissé les yeux sur la main de maman. Alors elle a froncé les sourcils comme si elle avait du mal à comprendre et a dit dans un souffle :

« Non ? »

Maman a fait lentement non de la tête et a souri doucement, mais sans la lâcher.

« Non, Emma. Tu peux attendre ici. »

Emma a battu des paupières et alors, c'est moi qui ai avalé ma salive, parce qu'à ce moment j'ai vu son visage se froisser comme un vieux parchemin ; un instant elle a ouvert un peu la bouche comme si elle manquait d'air.

« Maman », a-t-elle fait, en posant les yeux sur son iPhone. Puis elle les a fermés.

Sans desserrer l'étreinte de sa main, maman m'a jeté un regard puis elle s'est tournée vers Emma, penchée de tout son corps. En même temps, elle lui tapotait doucement les doigts en murmurant :

« Je vais attendre avec toi, Emma. »

Emma n'a rien dit. Elle s'est tournée vers la porte, en secouant lentement la tête, de gauche à droite.

« Tu veux bien ? » a insisté maman.

Toujours le silence.

« Combien de temps encore ? » a repris maman. Emma a de nouveau froncé les sourcils, sans comprendre. « Combien de temps encore tu vas continuer à l'attendre ? »

Emma a tenté de retirer sa main, sans succès. Maman ne la lâchait pas.

« Tu peux continuer à l'attendre aussi longtemps que tu voudras, ma chérie, a poursuivi maman d'une voix si sûre et si calme qu'on aurait dit celle de quelqu'un d'autre. Toute ta vie, si tu veux. » Emma a cessé de tirer. « Mais tu sais quoi ? Si la vie m'a bien appris une chose, c'est qu'attendre ce qui n'arrivera jamais est une mort trop horrible. Et je ne vais pas laisser ma fille tomber là-dedans. »

Emma s'est rejetée en arrière, mais sans toucher le dossier de sa chaise ; elle a toussé en passant le pouce de sa main droite sur l'écran de son iPhone. Elle caressait l'écran de plus en plus vite en un geste compulsif, angoissant.

« Non, Emma, non, ma chérie, a dit maman. Sara n'appellera pas. »

Emma a alors émis une sorte de toux qui ressemblait à un sanglot sec et, un dixième de seconde plus tard, elle s'est pliée en deux en un mouvement saccadé qui a presque pris maman par surprise. Maman m'a regardé, et au moment où nos regards se sont croisés, Emma est repartie lentement en arrière, retrouvant sa position initiale sur la chaise comme un automate. Puis elle a commencé à se balancer en clignant des yeux et en secouant la tête, tandis que d'entre ses dents serrées s'échappait un seul mot, sourd, sec comme un coup de feu :

« Non. »

Maman et moi sommes restés à la contempler pendant que le balancement s'accentuait et que ce premier « non » était enseveli sous toute une ribambelle de « non » lents et graduels, qui se précipitaient hors de ses lèvres en un mantra syncopé.

« Non, non, non-non-non, non-non-non-non-non-non-non-non. »

Et nous sommes restés là tous les trois, pendant ce qui a dû être à peine quelques secondes, mais qui nous a paru à nous une vie entière, enfance, jeunesse, vieillesse et agonie incluses : Emma emmurée dans l'écho de ses « non », maman et moi au supplice, jusqu'à ce que maman repousse sa chaise et se lève. S'approchant d'Emma par-derrière, elle s'est penchée sur elle et l'a enlacée, la joue collée à la sienne, le menton enfoncé dans son cou et sa clavicule. Emma s'est immobilisée un court instant, juste le temps pour maman de lui murmurer, la bouche contre sa joue :

« Je ne vais pas te laisser te perdre comme ça, ma chérie. Parce que si tu te perds, je te jure que moi je n'aurai pas la force de continuer. »

Emma a dégluti, a serré fort les paupières en essayant de s'écarter mais maman lui a attrapé le menton d'une main ferme et l'a forcée à regarder droit devant elle.

« Regarde », a-t-elle fait, en appuyant de nouveau sa joue contre la sienne. Emma a entrouvert les yeux. « Là, Sara est là : assise devant nous. » Les mâchoires d'Emma se sont contractées. « Tu la vois ? » Emma a lentement fait non de la tête, l'air hagard. « Et grand-mère Ester est là aussi. Tu te souviens de grand-mère Ester ? » Emma a fait oui, les yeux hors de la tête, sourcils froncés.

« Maman… » a-t-elle balbutié.

Mais maman ne l'a pas laissée parler :

« Je vis tous les jours avec grand-mère, ma chérie. Chez moi, quand vous pensez que je suis seule, je mets souvent le couvert pour deux : elle a sa chaise, ses couverts et aussi son verre, le bleu en cristal, son préféré. Certains jours, on discute, elle et moi, et d'autres fois, on commence par écouter un peu la radio puis je lui parle de moi, de vous… ou alors, si on s'ennuie, je tricote et je lui montre la couverture que je suis en train de faire à ton frère, et elle, elle rit de ce rire qui est le sien, elle me dit que je suis folle : avec la vue que j'ai, quelle idée de tricoter une couverture avec des aiguilles aussi pointues, si je me crevais un œil, je serais bien avancée, voilà ce qu'elle me dit. »

De l'autre côté de la table, j'ai avalé une grande goulée d'air et ma main s'est crispée sur ma serviette.

Grand-mère m'est revenue soudain, son rire sonore et contagieux, et j'ai été envahi d'une telle vague de nostalgie, humide et salée, qu'on aurait dit qu'une spirale de crampes naissait dans mon cou pour comprimer mes vertèbres et mes côtes jusqu'en bas de la colonne. Elle m'a manqué comme personne ne m'avait manqué depuis longtemps et j'ai soudain compris combien maman devait se sentir seule sans elle, sans grand-mère pour trouver de belles choses en elle et sans ses yeux pour l'approuver, pour l'encourager à continuer. Et l'attendre. Je n'ai pas eu le temps de le dire car la voix de maman a repris :

« Je donnerais ma vie pour pouvoir embrasser de nouveau ma mère encore une fois, rien qu'une, pour pouvoir lui dire que j'y suis arrivée, que je me suis sortie de ce dont je me suis sortie, et qu'il ne me manque plus que son regard pour me confirmer que je m'en suis bien tirée. Je donnerais tout ce que j'ai, Emma, a-t-elle avoué tristement. Tout sauf vous trois, parce que sans vous, sans ta sœur, ton frère et toi, je me retrouverais sans rien à donner et sans rien non plus à attendre de la vie. Et ça, ce n'est pas possible. Vivre sans avoir plus rien à attendre, pas question. »

J'ai baissé les yeux et j'ai tenté de faire entrer l'air dans mes poumons, en vain ; tout à coup, ils étaient fermés. En relevant la tête, j'ai vu Emma en face de moi, elle aussi la bouche ouverte comme un poisson hors de l'eau. Ses yeux vides ont croisé les miens.

« Grand-mère disait que nous avons tous notre Chaise des Absences, ma chérie, a continué maman sur le même ton. Elle est là depuis le moment où nous naissons, à attendre que nous lui donnions vie. Sur la mienne, c'est elle qui est assise. Je l'assieds là pour la sentir, pour ne pas la perdre complètement, et aussi pour ne pas me perdre. »

Emma a fermé les yeux et deux petites larmes ont perlé et glissé lentement, brillantes, sur ses joues, comme si elles exploraient pour la première fois un chemin dur et sec. Elle s'est remise à se balancer, plus doucement cette fois. Même si son regard était toujours vide, il ne quittait pas la chaise, en face d'elle. Son corps se balançait mais pas son regard, et maman, qui l'enlaçait toujours par-derrière, le visage enfoui dans son cou, s'est mise à suivre le même rythme, en avant et en arrière, en avant et en arrière.

« Oui, ma belle, oui, a-t-elle dit en l'embrassant. Tu vois, je te berce. Dis-lui qu'à partir de maintenant elle aura toujours sa place à ma table, elle aussi. Elle sera avec grand-mère, avec tous ceux qui sont partis et qui ne nous appelleront plus, avec nos absences », lui a-t-elle chuchoté, la bouche collée à sa joue, pendant qu'elles continuaient à se balancer face à moi et que moi je luttais pour avaler ma salive, encore et encore, pour ne pas m'effondrer sur la table et leur demander de me faire une place sur cette Chaise des Absences, à moi aussi, qu'elles me laissent moi aussi me balancer un peu avec elles. « Dis-lui qu'aimer, ce n'est pas attendre ce qu'on ne va jamais te donner. Non, ce n'est pas ça, aimer », a-t-elle murmuré en l'embrassant à nouveau.

Le visage d'Emma était si tendu que les larmes sautaient directement de ses yeux sur la nappe. Quand enfin elle a réussi à sortir un son, sa voix était rauque, exsangue :

« Mal. » Voilà ce qu'elle a dit : « Mal. »

Maman l'a serrée un peu plus fort tout en continuant à la bercer doucement :

« Oui, Emma. Oui, ça fait mal. Commencer à vivre sa vie d'adulte, ça fait mal, mais ça fait encore plus mal de ne pas le faire. » Elle a attendu un instant avant de reprendre : « Je suis bien placée pour le savoir, crois-moi. »

Emma a acquiescé en fermant les yeux. Moi aussi je les ai fermés quelques secondes. Quand je les ai rouverts, le balancement semblait moins fort.

« Mais moi je suis là, a continué maman. Et nous allons nous balancer ensemble tout le temps qu'il faudra. Et si je dois couler pour que tu restes à flot, je coulerai. Et si je dois t'arracher des eaux pour que tu vives, je le ferai, quoi qu'il en coûte. Parce que je n'ai rien de mieux à faire dans la vie, ma fille chérie. » Puis, levant les yeux sur moi, et me clouant sur ma chaise de son regard, elle a ajouté : « Non, il n'y a rien de mieux à faire dans la vie. Pas pour une mère. »

Petit à petit, le balancement a cessé complètement et elles sont restées immobiles, toujours joue contre joue, Emma, bouche ouverte, un peu haletante, maman, qui lui caressait les cheveux. Puis elle a lentement tendu la main et l'a refermée sur l'iPhone d'Emma qui l'a serré plus fort.

« C'est fini, Emma, c'est fini », a dit maman.

Lentement, la respiration précipitée d'Emma s'est calmée et la pression de ses doigts s'est relâchée. Maman lui a retiré doucement son portable et l'a posé sur la table, face contre la nappe.

« Voilà, ma chérie, voilà. »

Alors Emma s'est repliée sur elle-même ; elle a semblé se ratatiner, roulée en boule comme si elle voulait disparaître dans les bras de maman qui l'a recouverte de son corps.

Les sanglots rauques d'Emma ont résonné longtemps contre les murs nus du restaurant tandis que maman continuait de lui caresser la tête et de lui chuchoter à l'oreille des mots que je n'entendais plus. Au fond, dans le coin près du comptoir, le gérant et ses amis buvaient un verre ensemble, étrangers à la scène, discutant et riant tandis qu'au-dessus de nous le temps passait, se balançait lui aussi, jusqu'à ce que le calme revienne.

Lorsque nous sommes sortis dans la rue, les ombres commençaient à envahir les trottoirs. L'air sentait le sel et l'humidité et un chaud vent d'est balayait la ville. Nous sommes rentrés à pied jusqu'à chez maman ; elle et Emma, devant, enlacées, moi derrière, les yeux sur leur double silhouette.

Tous les trois littéralement lessivés.

22

Depuis, à chaque fois que nous nous réunissons en famille pour un déjeuner ou un dîner de fête, la Chaise des Absences est toujours là, avec ses assiettes, ses verres et sa serviette. C'est le premier couvert que nous mettons et le dernier que nous retirons, et il est invariablement placé à un coin de la table, souvent à côté d'Emma. Pour nous, c'est « la Chaise ». Pour Olga, c'est « cette manie de votre mère qu'il faut respecter parce qu'une mère, c'est sacré, voilà tout ». À présent, tandis qu'Emma est occupée à redresser la fourchette qu'elle a tordue sans le faire exprès après avoir annoncé à Olga qu'« il est déjà trois heures et demie. On y va quand tu veux », un silence gêné nous enveloppe, brisé par les deux coups de l'horloge que maman, avec cette politique anti-silence qui est la sienne, ponctue d'un « Ah, eh bien, c'est formidable, non ? ».

Oncle Eduardo hausse un sourcil interrogateur.

Maman, qui depuis un moment a rapporté son ouvrage à table pour tricoter pendant que nous discutons, fait une pause et, une aiguille en l'air, précise avec un sourire ravi :

« Le yoga, et tout. »

Silvia et moi nous nous tournons vers elle comme un seul homme.

« Le… yoga ? fait Silvia. Quoi, le yoga ? »

Maman brandit toujours son aiguille et écarquille des yeux innocents.

« Ah, je ne vous l'avais pas dit ? Je me suis inscrite à un cours de yoga. »

Olga jette un coup d'œil à Emma avant de s'exclamer de sa voix de guichetière :

« Quelle bonne nouvelle, Amalia ! Ça va vous faire un bien fou, vous verrez. À un certain âge, il n'y a rien de tel qu'une activité physique modérée pour la tonicité du corps et de l'esprit. D'ailleurs, voyez-vous, à la banque, cette année, nous avons eu droit à un bon gratuit pour des cours de…

— Oui, je suis enchantée, l'interrompt maman avec un soupir de satisfaction. Je m'y suis inscrite avec Ingrid… Pour la semaine sainte. »

Silvia fronce les sourcils :

« La semaine sainte ? Pourquoi pour la semaine sainte ?

— Euh… eh bien… sûrement à cause des processions, je pense. »

Oncle Eduardo, l'air absolument paumé, hoche la tête lentement, comme s'il essayait d'assimiler les propos de sa sœur, et moi, plutôt que de me laisser aller à rire, je préfère devancer Silvia pour poser la question calmement :

« Mais, maman, quel est le rapport entre le yoga et les processions ?

— Il y en a un, figure-toi », rétorque-t-elle, sur la défensive. Mais malheureusement pour elle, personne ne relève, alors, avec son habitude de fuir les silences comme la peste, elle reprend : « C'est Ingrid qui dit que ces capuchons que portent les pénitents dans les processions attirent les mauvaises ondes cosmiques, donc pendant la semaine sainte, le corps a besoin de se nettoyer de toute cette saleté spatiale. »

Cette fois, je ne peux réprimer un éclat de rire qu'elle reçoit avec un sourire angélique. Je comprends immédiatement que j'ai commis une erreur.

« Et aussi, renchérit-elle, encouragée par ma réaction, elle dit que Jésus était professeur de yoga. Et de reiki. Voilà pourquoi il soignait tous ceux qu'il touchait. Et aussi pourquoi les bœufs et les ânes de l'étable l'aimaient autant. »

Emma, qui n'est pas tout à fait là avec nous, demande :

« Mais la semaine sainte, ça ne dure que quelques jours, non ? »

Maman agite son aiguille dans l'air et sa pelote dégringole de ses genoux et roule par terre jusque dans le couloir. Shirley lui file le train, en aboyant comme une folle.

« Oui, mais en fait, c'est une sorte de... d'atelier.

— Un atelier ? Comme c'est intéressant », fait Silvia, avec le plus grand sérieux. Puis, jouant avec la petite cuillère de sa tasse à café vide, elle ajoute, d'une voix lasse : « Peut-être qu'au passage vous pourriez en profiter pour demander au mécanicien de cet atelier qu'il vous resserre quelques boulons à toutes les deux.

— Oh, Silvia, tu exagères », la gronde maman en secouant la tête. Elle brandit de nouveau son aiguille, manquant de renverser la bouteille d'eau qui chancelle dangereusement sur la table mais qu'Olga, d'une main experte, rattrape juste à temps. « Si Ingrid t'entendait… elle t'aime beaucoup, tu sais… »

Silvia souffle, exaspérée.

« Eh bien, moi, je trouve ça fantastique, intervient oncle Eduardo. Je suis sûr que dans ces… ateliers on rencontre des gens très intéressants, tu verras. » Il sourit soudain : « Peut-être même que tu trouveras un fiancé, qui sait, Amalia. »

Maman pouffe :

« Hi hi hi, un fiancé ! Il ne manquait plus que ça ! C'est une obsession chez toi, Edu…

— Et il a lieu où, ce stage ? demande Emma. Ici ? Dans le quartier ? »

Maman cligne des yeux, l'air moins à l'aise soudain. Elle me regarde, comme si elle espérait que je réponde pour elle. Et je comprends à son regard qu'elle a posé le pied sur un terrain bourbeux et qu'elle le sait. Ses yeux sont des signaux de détresse que je connais bien et qui me hurlent « Au secours, Fer ». Me reviennent alors en mémoire ces bribes de conversation que j'ai surprises il y a deux heures dans le couloir et je tends l'oreille.

Le moment de maman est venu.

« Euh, oui, comme qui dirait », fait-elle en lâchant une de ses aiguilles pour palper l'arrière de son crâne, là où ses cheveux sont toujours aussi aplatis.

Olga toussote.

« Comme qui dirait ?

— Oui, dit maman. Enfin, ici et là. »

Je commence à blêmir pendant que près de moi Silvia se redresse et fait craquer chacune de ses phalanges.

« Voyons voir, dit-elle de sa voix de sœur aînée, tu veux dire ici et là, ou ici OU là ?
— Exactement », s'empresse de répondre maman.
Oncle Eduardo lâche un ricanement et Silvia allume une cigarette.
« Maman, ne commence pas, lâche-t-elle. On peut savoir où a lieu ce stage exactement ? »
Maman rectifie de nouveau sa coiffure et, l'air ailleurs, répond :
« Dans un endroit. »
Si je ne la voyais pas aussi angoissée, je rirais de bon cœur. Mais elle est recroquevillée sur elle-même, paniquée, cherchant une issue sans en trouver aucune. Silvia ne lui laisse aucun répit.
« Un endroit ? Lequel ?
— Euh… Là, je ne sais plus bien.
— Maman… »
Maman me jette un coup d'œil et soupire :
« Eh bien, pour tout dire, c'est un peu loin, ma chérie. Mais ne t'inquiète pas, je serai avec Ingrid et en plus dans ce centre on s'occupera bien de nous.
— Super, maman, tout ça me paraît génial, dit Silvia, qui souffle bruyamment sa fumée par les narines. Mais tu pourrais être un peu plus précise ? Un peu loin, ça peut être tout aussi bien sur les Ramblas que dans un de ces bleds de montagne annexés par des hippies avec leurs gosses tout morveux qui ne bouffent que des légumes crus. »
Maman sourit :
« Euh… oui… en fait, c'est plus la plage que la montagne. »
Oncle Eduardo hoche la tête, enthousiaste :

« Ah, la plage ! Il n'y a rien de mieux que la plage ! À Lisbonne, il y en a une qu'on appelle el Baberinho parce qu'on y trouve tellement de jolies femmes avec tout à l'air que là-bas, les hommes bavent plus que des bulldogs. »

Olga toussote. Silvia ignore le commentaire et continue, les yeux braqués sur maman :

« Une plage ? Laquelle ? La Barceloneta ? » Pas de réponse. « Plus loin ? Sitges ? » Sourire gêné de maman. « Cadaqués, alors ? »

Maman se masse doucement le cou, puis elle se racle la gorge et, unissant l'index et le pouce en l'air, lâche :

« C'est un tout petit peu plus loin. »

Silvia se hérisse à côté de moi, et Olga, qui semblait prête à se lever, se réinstalle plus confortablement.

« Ah, fait Olga, plus loin. »

Maman hoche la tête :

« De l'autre côté. »

Silvia n'en peut plus :

« De l'autre côté de quoi ? » explose-t-elle soudain, en tapant si violemment sur la table que la vaisselle tinte.

Maman déglutit et prend une grande inspiration.

« À Varadero, Silvia, avoue-t-elle enfin, en m'adressant une grimace mal dissimulée qui signifie "Aïe, qu'est-ce que je vais prendre !" Ingrid et moi on part dix jours à Varadero. »

Silence. La cloche de l'église, sur la place, sonne les trois quarts de trois heures. À ces coups se mêlent les grognements étouffés de Shirley qui doit être en train de jouer avec la pelote de laine de maman.

Le silence dure.

Il n'y a plus aucun bruit.

À côté de moi, raide comme une baguette de tambour sous tous ces regards fixés sur elle, maman baisse lentement la tête, ferme un instant les yeux et achève dans un filet de voix :

« Pour ainsi dire à… Cuba. » Puis rouvrant les yeux, d'une voix qui se veut candide : « Non ? »

23

Contrairement à Emma, Silvia et moi avons hérité des yeux de papa. Verts. Grands. Clairs en été et plus foncés, presque bleus, en hiver. Quand j'étais petit, grand-mère Ester me disait que j'avais un regard dérangeant, des yeux de forêt allemande. Elle ne m'a jamais vraiment expliqué ce qu'elle entendait exactement par là et j'avais toujours pensé qu'elle parlait de la couleur, de cette nuance de vert. J'avais pris « forêt allemande » comme un synonyme de « forêt du Nord » et je n'avais pas cherché à en savoir plus. Bien longtemps après, durant ces années où parfois sa mémoire flanchait et où elle se perdait dans des temps anciens que ni moi ni personne n'avait partagés avec elle, un jour où nous prenions le goûter ensemble chez elle, elle s'est tue soudain et, me regardant d'un air grave, comme si elle venait de s'en rendre compte, elle m'a déclaré :

« Tu as des yeux de forêt allemande. »

Je ne l'avais plus entendue dire ça depuis si longtemps que je n'ai pu réprimer un sourire. En le voyant, elle m'a imité et nous avons fini par rire franchement. Nous avons ri comme le font deux enfants qui, bien à l'abri des regards des parents, conspirent dans l'intimité d'une tente dressée sur la terrasse, légers dans leur innocence. C'est l'une des choses qui me manquent le plus de grand-mère : son sens de l'humour, sa perception simultanée des différentes strates de la vie, presque aussi surréaliste que celle de maman mais plus consciente et certainement plus vive. Ça, et aussi son rire, large et franc, assumé. Grand-mère riait de l'intérieur et son rire la prenait toute. « Quand je ris, je ris », déclarait-elle, enchantée de s'entendre. Car elle était ainsi : tout ou rien, brutale dans ses sentences, absolue pour tout ce qui pouvait menacer le bien-être des siens, la critique acérée et cruelle quand ça la prenait, sauf avec maman et moi. Avec nous, grand-mère était différente : elle avait aussi sa face B, qu'elle nous réservait à nous deux. C'est peut-être pour ça qu'avec elle je n'ai jamais eu besoin de trop m'expliquer. Grand-mère savait lire en moi, vite et bien, et elle avait toujours recours à une pointe d'humour pour dédramatiser la vie que, depuis mon enfance, j'avais tendance à prendre trop au sérieux, ce que, pratique et optimiste comme elle l'était, elle savait balayer d'un éclat de rire avec ce bon sens de femme qui a vu trop souvent changer le monde pour se laisser abattre. Je me rappelle ce jour-là, dans sa salle à manger, je sens encore la chaleur du soleil de l'après-midi sur le parquet, et je revois ses mains tremblantes, toutes tachées, avec les deux alliances à son doigt, en train de servir le café. Nous sommes restés un moment à nous regarder, puis, désignant mes yeux de l'index, elle a repris :

« Comme une forêt allemande, oui : pleins de recoins où n'arrive jamais le soleil. »

Je n'ai pas su quoi dire. Après tant d'années, l'explicitation de cette comparaison m'avait atteint comme un coup au sternum, sourd et profond. J'ai souri pour donner le change et elle a continué à servir le café comme si de rien n'était. Puis elle a déposé un demi-sandwich dans mon assiette, et, couvrant ma main de la sienne, a ajouté :

« Essaie d'y laisser entrer un peu plus de lumière, Fer. » Puis, détournant le regard : « Avant qu'il ne soit trop tard. »

Elle a compris que je ne voyais pas bien ce qu'elle voulait dire et m'a souri :

« Je parle des recoins, mon grand, pas des yeux… »

Ce sont ces mots – cette expression, précisément – qui me sont d'abord venus à l'esprit quand il y a deux mois à peine la silhouette assise dans le café à la table du fond s'est tournée vers le comptoir, main levée, et que nos regards se sont croisés dans le miroir pendant que je sentais, brûlant, le sang affluer à mon visage.

C'étaient mes yeux. C'étaient aussi ceux de papa.

Les yeux plantés dans les miens étaient deux renfoncements verts dans un visage vieilli qui m'a surpris. *Comme il a l'air vieux*, ai-je pensé. J'ai péniblement avalé ma salive. Je ne savais pas quoi faire. Ma première impulsion a été de me lever et de partir en courant, mais je ne l'ai pas fait parce qu'à ce moment-là le garçon est arrivé avec mon café et mon croissant, et que sa silhouette s'est interposée entre nos regards, brisant l'instant. Quand il s'est écarté, papa était de nouveau de dos, courbé sur sa table.

Je pense qu'il ne s'est pas passé plus d'une minute, deux, maximum. Ça a duré ce que ça a duré et ça n'a pas grande importance maintenant, parce que plus que la durée, ce qui compte c'est ce qu'il y a eu : papa sur une rive et moi sur une autre, nous tournant le dos, chacun avec sa propre histoire, chacun avec le poids que la vie a fait peser sur ses épaules. Et les mêmes yeux aux recoins sombres. J'ai essayé de réfléchir, de mettre un peu d'ordre dans le flot d'idées, de reproches, d'émotions et d'images qui soudain me vissait sur mon tabouret, en vain. J'ai senti mon tee-shirt trempé de sueur et une seconde j'ai pensé à appeler Silvia, mais j'ai compris tout de suite que ce n'était pas une bonne idée. Pendant que j'essayais de me calmer et que je sucrais mon café, le garçon est revenu et s'est mis à sécher des assiettes et des couverts devant moi ; il me cachait de nouveau le miroir. Un peu plus tard, il a levé la tête et m'a souri.

J'ai pensé alors que ce que voulait dire grand-mère par « laisser entrer plus de lumière dans les recoins », c'était peut-être quelque chose d'aussi simple et humain que de comprendre que, même si dans la vie nombreuses sont les choses qui nous arrivent sans que nous ayons aucun contrôle sur elles – des choses qui nous affectent, qui nous font changer d'une façon ou d'une autre –, nous pouvons aussi parfois nous permettre de nous arrêter pour poser une question. Ce n'est peut-être rien d'extraordinaire, mais on s'y risque rarement et c'est bien mieux que de continuer de subir, d'accumuler ce poids sur les épaules, histoire de ne pas déranger. J'ai compris soudain qu'il y avait beaucoup de choses que je ne savais pas et que je voulais savoir, et j'ai pensé que peut-être j'arriverais par la raison à comprendre et à mettre de l'ordre dans ce que le temps et le silence n'avaient pas réussi à démêler. J'ai de nouveau entendu la voix de grand-mère ainsi que son rire, et elle m'a tant manqué soudain que j'aurais donné n'importe quoi pour qu'elle soit là, assise au comptoir avec moi, à partager ce moment avec ses certitudes, son carnet à spirale et à feuilles de couleur toujours à portée de main, celui-là même que, les dernières années – depuis qu'elle avait commencé à avoir des trous de mémoire et que ces lacunes étaient de plus en plus fréquentes –, elle remplissait de listes de choses qu'elle ne voulait pas oublier : courses à faire, nouvelles qu'elle entendait à la radio au petit déjeuner et qui lui semblaient importantes ou curieuses, souvenirs qui la surprenaient soudain et qu'elle s'efforçait de saisir et de retenir, listes d'amis et de gens qui avaient été importants et qui n'étaient plus là. Et surtout, listes de choses qu'elle voulait savoir – ou dont elle voulait se souvenir – et qui souvent commençaient par « Pourquoi… ? » : des questions qui, sur la fin, étaient gênantes car presque infantiles et dépourvues de toute pudeur. Les pourquoi de grand-mère étaient devenus ceux d'une petite fille qui posait les questions qu'elle n'avait jamais osé poser à haute voix, des flèches tirées dans le mille de cibles enfouies dans les placards des réalités familiales, flèches que personne ne décoche d'habitude parce que les réponses ouvriraient des boîtes renfermant d'autres boîtes qui cachent des trésors vénéneux. La partie du carnet consacrée aux pourquoi – les feuilles violettes, tout à la fin –, grand-mère ne la partageait qu'avec moi. Elle était retenue par deux trombones, qu'elle ne retirait que pour ajouter une nouvelle question – ou la réponse, si je la lui donnais ou si nous arrivions à la trouver elle et moi – ou pour me lire ses nouveaux pourquoi à haute voix. Avec le temps, j'ai compris que ce que faisait grand-mère Ester, c'était se préparer à mourir en paix, une fois qu'elle aurait eu ses réponses à toutes les questions qui pour elle étaient vitales. Elle voulait partir en sachant tout ça, ses devoirs faits. Elle avait besoin que tout soit expliqué et en ordre. Parfois, elle me téléphonait et après son « Bonjour, Fer, que fais-tu, mon grand ? » presque de politesse, elle m'annonçait : « J'ai une page de remplie. Tu viens goûter demain ? » Et j'allais la voir chaque fois que je pouvais. J'aimais arriver chez elle et la trouver qui m'attendait à la porte de l'ascenseur, avec ses perles, son pantalon – jamais je ne l'ai vue en jupe –, ses pulls à col montant et cette lueur dans les yeux accompagnée d'un sourire espiègle qui me désarmait. Quand elle avait refermé la porte, elle me prenait par la main et m'entraînait au salon, où étaient déjà disposés le café, les sandwichs et un plateau de petits-fours. Sur le bras de son fauteuil trônait le carnet, toujours ouvert aux pages violettes. Elle s'asseyait et, avec un petit soupir d'aise, annonçait : « C'est l'heure de conspirer », ce à quoi je répondais invariablement : « Tu as bien fouillé le salon, des fois qu'il y aurait des micros cachés ? » Alors elle riait, et moi avec elle. C'était toujours la même blague et toujours les mêmes rires. Nous riions, les yeux dans les yeux, ravis de conspirer ensemble, loin de tout ce qui n'était pas nous, comme si rien d'autre n'existait. Puis elle servait le café, déposait un demi-sandwich dans mon assiette, et pendant que je mangeais, elle attrapait son carnet, chaussait ses lunettes et lisait les cinq ou six questions qu'elle avait notées depuis la dernière fois, comme par exemple : « Pourquoi quand grand-père est mort, ton père n'est pas venu à l'enterrement ? » ou « Pourquoi ta sœur Silvia et ce Norvégien n'ont-ils pas eu d'enfants ? Est-ce que c'est à cause d'elle ou de lui ? » ou « Et Emma ? Tu crois qu'elle est comme ça à cause des deux goujats qu'elle a eus comme petits amis ou qu'elle est née comme ça ? » Des questions. Des pourquoi. La curiosité de grand-mère était sans limites et la placidité avec laquelle elle acceptait mes réponses n'a jamais cessé de me surprendre. À mesure que je répondais, elle prenait des notes dans son carnet, très lentement, de sa belle écriture ronde, tout en hochant la tête et en murmurant entre ses dents ; j'étais devenu sa mémoire amie, son biographe familial, et à nous deux nous éclairions ainsi les recoins qu'elle ne voulait pas laisser dans l'ombre.

Cette histoire de pages violettes et des pourquoi de grand-mère Ester a duré jusqu'à la veille de sa mort. Un après-midi, à l'hôpital, quelques heures avant de s'éteindre, elle a attendu que maman et Emma descendent à la cafétéria pour me souffler, une petite flamme dans les yeux :

« J'ai quelque chose pour toi. » J'étais assis à son chevet, à lire un magazine. « Ouvre le tiroir. »

J'ai obtempéré. À l'intérieur, il y avait une enveloppe en papier bulle à mon nom.

« Tu ne le montres à personne. Promis ? a-t-elle dit, pendant que je décachetais l'enveloppe.

— Promis. »

En voyant le contenu de l'enveloppe, j'ai eu un goût amer dans la bouche. J'ai laissé passer quelques secondes avant d'affronter de nouveau son regard.

« Garde-le précieusement, a-t-elle repris avec un sourire si las qu'il m'a serré le cœur. C'est notre histoire, l'histoire de notre famille racontée par toi. » Elle respirait difficilement. « Celle des vérités, pas celle des zones d'ombre. »

Sans l'ouvrir, j'ai remis le carnet dans son enveloppe et je me suis étendu près d'elle. Elle m'a fait une place en geignant un peu et je lui ai passé le bras autour des épaules. Elle était toute fluette et ratatinée : un petit sac d'os avec de grandes oreilles, des bras comme deux ailes chétives. Nous sommes restés ainsi quelques minutes, en silence, à regarder par la fenêtre tandis que nous parvenaient le ronron de l'hôpital de l'autre côté de la porte et du jardin des bruits de voix étouffées et le cri des perruches, et puis j'ai senti sa tête se poser doucement sur mon épaule. J'ai attendu quelques secondes, pensant qu'elle s'était endormie, mais alors que je me levais précautionneusement, elle a dit :

« N'attends pas autant que moi pour t'occuper de tes zones d'ombre, Fer. » Elle l'avait soufflé d'une voix sans force mais je l'ai entendue. Je me suis penché sur elle et je l'ai vue me sourire faiblement (toujours ce même sourire) de ses lèvres sans couleur. « Toi, tu n'as pas un petit-fils aussi beau que le mien pour t'aider quand tu commenceras à perdre la mémoire », a-t-elle ajouté en pressant mon bras de sa main osseuse. Puis elle a fermé les yeux avec un faible soupir, la bouche entrouverte.

Je l'ai laissée endormie en compagnie de maman.

Elle est partie pendant la nuit, en emportant avec elle un morceau du puzzle de ceux qui avaient eu la chance de l'avoir près d'eux et en laissant un grand vide quant au pourquoi de sa mort, celui-là même auquel personne n'a encore trouvé de réponse. Maman, qui dormait auprès d'elle cette nuit-là à l'hôpital, nous a raconté qu'elle était morte quand elle-même était aux toilettes, au petit matin. « Comme si elle avait attendu d'être seule pour s'en aller », a-t-elle précisé, et nous l'avons tous crue, parce que nous n'avions aucun mal à imaginer grand-mère planifiant le moment de son départ. Maman a dit aussi que quelques heures avant de mourir elle avait repris conscience un instant. Grand-mère avait ouvert les yeux, avait regardé maman qui lisait près d'elle et avait dit : « Je crois que je n'oublie rien. » Puis elle avait replongé dans ce sommeil profond d'où elle n'était plus sortie.

J'ai mis quelques mois à rouvrir l'enveloppe qui contenait le carnet de grand-mère. Je l'avais rangée dans mon studio entre quelques livres la nuit même où elle me l'avait donnée et elle y était restée. Je n'avais plus repensé à ce carnet jusqu'à ce qu'il reparaisse, un après-midi où je faisais le ménage. Étrangement, depuis plusieurs jours, j'avais grand-mère en tête et j'avais même rêvé d'elle les deux nuits précédentes. Je ne me souvenais pas précisément des rêves, mais je savais qu'elle était dedans, qu'elle parlait.

Je me suis assis, j'ai ouvert l'enveloppe et j'ai sorti le carnet. J'ai souri en voyant qu'il était retenu par un élastique – avec deux tours, toujours deux tours – et j'ai été étonné de sa finesse. J'ai compris pourquoi en l'ouvrant : il ne restait que les pages violettes. Toutes les autres, les autres couleurs, avaient disparu. Je les ai feuilletées un moment, me rappelant les scènes, les conversations et les rires, tout en relisant les questions et leurs réponses, écrites de cette écriture soignée de gamine appliquée, et elle m'a manqué, une fois de plus. À la fin, j'ai trouvé une petite enveloppe, collée à l'intérieur de la couverture. Je l'ai ouverte. Dedans, il y avait une de ses cartes de visite, avec son nom et son adresse dans un coin. Au centre, au feutre violet, était écrit :

« On a toujours le droit de vouloir savoir, Fer. »

On a toujours le droit de vouloir savoir. Voilà ce que disait son message, et c'est ce qui m'est revenu en tête quand, sur ce tabouret, tournant ma cuillère dans mon café en face du garçon, j'ai décidé que si papa était assis là, que si lui pouvait être assis là, me tournant le dos comme s'il ne me connaissait pas, moi… je voulais savoir. Et à cet instant, dès que j'ai décidé que je ne quitterais pas ce bar sans aller le voir à sa table et sans refermer avec lui ma page de pourquoi, j'ai imaginé grand-mère assise dans son salon, avec son carnet et ses pages violettes pleines de listes. J'ai demandé au garçon un papier et un crayon. Il a fait un signe de la tête, s'est séché les mains à son torchon, est allé à la caisse et m'a rapporté une feuille de papier quadrillé et un stylo. Il me les a tendus avec un sourire et dans les secondes qui ont suivi j'ai griffonné en vitesse cinq brefs pourquoi presque inintelligibles.

Pourquoi tu n'es pas venu à l'enterrement de grand-mère ?

Pourquoi tu t'es moqué de maman et tu l'as traitée d'idiote le jour où elle s'est ouvert le front en rentrant dans la baie vitrée parce qu'elle n'avait pas vu qu'elle était fermée ?

Pourquoi tu ne nous as jamais pris dans tes bras ?

Pourquoi tu dis toujours que tu es comme ça, point ? C'est quoi, comme ça ? Comme ça pour qui ? Et nous ? Est-ce qu'on n'est rien, nous ? Est-ce qu'on ne devrait pas être quelque chose ?

Pourquoi tu ne me manques pas, si tu es mon père ? Pourquoi je ne sais pas qui tu es, papa ? Pourquoi tu ne nous as jamais fait de cadeau pour nos anniversaires ? Pourquoi je voudrais encore que les choses soient différentes ?

Je n'ai pas voulu continuer. La petite page était pleine et j'ai décidé que ça suffisait, au moins pour commencer. J'ai rendu le stylo au garçon, j'ai avalé d'une traite mon café au lait et j'ai pris le papier. J'ai inspiré à fond à deux reprises et je me suis levé. Avant de me retourner, j'ai repensé à grand-mère et à sa phrase – « On a toujours le droit de vouloir savoir » – et j'ai souri. Le garçon m'a jeté un coup d'œil et s'est remis à ce qu'il faisait.

Alors je me suis retourné.

Des heures plus tard, quand maman m'a ouvert et m'a trouvé debout, appuyé au chambranle de sa porte, avec Max et mon sac de voyage, elle a plissé les yeux et a dû percevoir très clairement quelque chose dans mon expression parce que, contrairement à son habitude, elle ne s'est pas approchée pour m'embrasser. Elle est restée là, à me regarder.

« Ça t'embête si Max et moi on reste quelques jours avec Shirley et toi ? ai-je demandé.

— Bien sûr que non », a-t-elle fait en s'écartant pour nous laisser entrer.

Aucun « Pourquoi ? » ou « Qu'est-ce qu'il t'arrive ? ». Rien. Après que j'ai déposé mon sac sur le lit jumeau et que je me suis assis sur le sien avec elle, maman a mis la main sur ma tête :

« Tu veux un thé ? Ou une bière, peut-être ? »

J'ai levé les yeux, surpris :

« Je ne bois pas, maman. »

Elle a pris un air innocent :

« Je sais. Justement. »

Nous avons ri. D'abord moi, puis elle m'a suivi, mais ça n'a pas duré longtemps parce qu'elle a entrepris de me faire de la place dans son armoire. J'ai bien été tenté d'essayer mais je n'ai pas voulu – ou pu – lui raconter, et elle ne me l'a pas demandé, et dans les semaines qui ont suivi jusqu'à aujourd'hui, non plus. Jamais une allusion à ce jour-là. Pas une question ou un commentaire pendant tout ce temps. Depuis, je suis installé chez elle. Nous partageons cette chambre comme si nous étions à l'hôtel et je continue ma vie comme avant – travail, club de sport, Max, certains week-ends à la campagne chez Emma et Olga, padel avec Emma quand elle vient à Barcelone, padel avec les gens du club quand Emma n'est pas là – avec la seule différence que je passe deux fois par semaine chez moi pour prendre le courrier. Et c'est tout.

J'attends. Je ne sais pas quoi, mais j'attends. Maman me laisse tranquille et je sais bien qu'au fond elle est ravie de m'avoir chez elle, même si la cohabitation n'est pas toujours facile et que nous avons nos moments avec et nos moments sans, qui finissent toujours par se résoudre avec l'une de ses reparties bien à elle et nos rires, invariablement. Elle continue ses petites folies, conspirant avec Ingrid dans notre dos, même si elle finit par partager avec moi la plupart de ses fredaines et que je la couvre pour que Silvia ne l'apprenne pas et que la paix demeure. Ce n'est pas facile. Vivre ainsi, dans quarante-cinq mètres carrés, avec deux chiens et une mère – quelle qu'elle soit –, ce n'est pas dans l'ordre des choses, je le sais bien.

« Ce n'est pas normal, me lance Silvia parfois, avec un soupir énervé, quand nous nous retrouvons pour déjeuner dans le centre et que je lui parle de maman. Je ne comprends pas ce que tu fais toujours fourré chez elle. Ce n'est pas sain ni pour maman ni pour toi. » Et, souvent, elle ajoute, un ton plus bas : « Franchement, je me demande comment tu fais pour la supporter. »

Ni elle ni Emma ne sont au courant que je vis chez maman. Elles ne savent pas que c'est mon refuge, et elles n'imaginent pas qu'il puisse s'être passé ce qui s'est passé ce matin-là dans ce café parce que je n'en ai parlé à aucune des trois. Je ne sais pas comment Emma le prendrait. Avec elle, il est difficile de savoir, mais probablement ça l'affecterait peu, maintenant qu'elle est si heureuse avec Olga et cette maternité partagée. Quant à Silvia… elle n'est pas au mieux de sa forme, il suffit de la regarder.

Maintenant que j'y pense, peut-être que je ne lui en parlerai jamais.

C'est certainement mieux comme ça.

Comment savoir ?

24

« Cuba ? »

À ma gauche, Silvia fume lentement, le regard sombre et la nuque raide, comme si elle cherchait à retenir la bile qui lui remonterait de l'estomac. À ma droite, maman se sert un peu d'eau et renverse la moitié au passage.

Oui, Cuba. C'est ce qu'elle a dit. Puis elle m'a regardé avec sa grimace typique sous-entendant « Aïe, aïe, aïe, qu'est-ce que je vais prendre. J'aurais mieux fait de me taire… » qui m'aurait amusé si nous avions été seuls mais qui, à en juger par le regard et l'attitude de Silvia ou par le sourcil levé d'Olga, n'a pas été bien reçue.

Ça, c'était il y a quelques secondes. Maman a lâché sa petite bombe personnelle et la mitraille a volé dans toutes les directions, éclaboussant le relâchement qui nous envahit d'un éclair d'angoisse à cette heure avancée de la nuit. Après la bombe est venu le silence, et maman, qui redoute la suite, n'hésite pas à le combler en se lançant à corps perdu dans une avalanche de détails sur son voyage, laquelle risque fort de ne pas arranger les choses.

« On part avec une ONG », commence-t-elle par se justifier, devançant Silvia qui, manifestement à bout, a opté pour se resservir un peu de mousseux. Voyant qu'aucun d'entre nous ne se manifeste, maman décide de poursuivre :

« Ingrid a une amie, Zuleyia, qui est professeur de yoga et tient un blog sur Internet, ça veut dire qu'elle écrit sur le yoga, le *body healing* et tous ces trucs sur le corps et l'esprit. Eh bien, cette Zuleyia, elle est aussi gourou, mais une vraie, hein, avec une robe orange et tout, et elle a un centre de yoga à Soria où les stars vont se faire désintoxiquer et où des bénévoles cubains lui font le ménage gratis. De temps en temps, elle organise des stages à Varadero avec plusieurs femmes. C'est un petit groupe, quinze ou vingt, pas plus. » Elle se tourne de nouveau vers moi, guettant sur mon visage le moindre signe qui lui confirme qu'elle est sur la bonne voie. Je ne sais pas ce qu'elle y lit, mais elle détourne le regard et continue :

« Imaginez comme Zuleyia est généreuse : elle nous paie la moitié du billet d'avion de sa poche et elle nous a obtenu un forfait tout compris à l'hôtel. Et VIP en plus ! »

Oncle Eduardo prend un air impressionné et fronce les sourcils :

« Mmm, eh bien… Oui, oui, les Cubains, ils sont comme ça, fait-il de sa voix d'homme du monde. Ils vous donnent tout ce qu'ils ont. Le problème, c'est qu'ils n'ont jamais rien, alors ils inventent. Parce qu'ils aimeraient bien pouvoir donner. En fait, ce n'est pas qu'ils mentent : ils devancent la réalité. C'est de là que vient le cubisme. »

Là, c'est moi qui le regarde, les yeux ronds. Olga prend un morceau de touron et se le fourre tout entier dans la bouche ; Emma bâille en astiquant l'écran de son iPhone avec la serviette de la Chaise des Absences.

« Le cubisme, hein ? » fait Silvia en reposant sa coupe sur la table et en tirant une cigarette de son paquet.

Oncle Eduardo sourit, enchanté d'être le centre de l'attention.

« Bien sûr. Le cubisme a été inventé à Cuba… Où, sinon ? » Il a cette mimique de se passer la langue sur les dents du haut et, devant notre expression perplexe, ajoute : « Ne me dites pas que vous ne le saviez pas ! »

Maman vole à son secours.

« Évidemment, Edu. Il n'y a qu'à voir Gloria Estefan. » Cette fois, c'est vers elle que nous nous tournons tous en chœur. Comme à un match de tennis. « Ou Bola de Nieve. »

Oncle Eduardo lâche un énorme éclat de rire qui résonne contre les murs du salon et que maman accueille avec un sourire soulagé. À mes pieds, Max lève la tête et pousse un gros soupir. Quand le silence revient, maman décide de poursuivre :

« Donc, voilà. Il n'y a pas de quoi s'inquiéter. » Elle regarde Silvia, toujours adossée à sa chaise, comme absente, et précise : « Quelques jours de yoga, de bains médicinaux, de massages, de méditation… Et Zuleyia, qui est la générosité même, nous a juste demandé un peu de… théâtre en échange. »

Emma lève la tête.

« Du théâtre ? »

Maman acquiesce.

« Oui. Que chacune fasse semblant de se marier un peu avec un des petits jeunes qui sont là-bas pour qu'ils puissent venir faire le ménage dans son centre de yoga à Soria et gagner leur vie. Si c'est pas de la générosité, ça ! »

Silence. Olga a enfin réussi à croquer dans le morceau de touron qu'elle promenait dans sa bouche et ce « crac » a comme un son funeste. Silvia pose les deux coudes sur la table.

« Se… marier ? » répète-t-elle, très lentement.

Maman opine de nouveau du chef.

« Oui, mais enfin, c'est pour de faux, hein ! précise-t-elle, tout sourire. Seulement à l'aéroport. Puis, une fois en Espagne, c'est fini. Ingrid dit que les garçons ne resteront pas à Madrid : Zuleyia affrète un bus rien que pour eux et les emmène directement à Soria, chez elle. Il faut dire que la pauvre a été un peu échaudée parce que apparemment au début elle les faisait rester deux jours dans une pension à Madrid pour qu'ils voient un peu la ville et s'acclimatent, mais Ingrid m'a raconté que, quand ils entraient au Corte Inglés, la plupart descendaient carrément au rayon alimentation et se mettaient à dévorer sur place tout ce qu'ils trouvaient, mais tout… même les crabes et les langoustes vivantes, et donc elle en a conclu qu'il valait mieux les conduire tout droit au centre pour qu'ils l'aident à faire le ménage et à masser les clientes et qu'ils oublient un peu leur cubisme. »

Silvia me regarde, ferme les yeux et prend deux profondes inspirations. Puis elle pose son coude sur la table et son menton dans la paume de sa main et dit d'une voix exténuée, presque résignée, qui nous surprend tous :

« Maman. »

Celle-ci se tourne vers elle :

« Oui ?

— Tu as bien conscience que ce que tu viens de dire n'est pas normal, n'est-ce pas ? » demande Silvia très lentement.

Il y a dans sa voix comme une menace mais très voilée, diffuse.

Maman, qui la perçoit aussi bien que moi, a les yeux qui papillotent ; elle essaye de gagner du temps.

« Normal, comment ?

— Normal, maman, réplique Silvia. Juste normal. »

Maman fait la moue, ce qui généralement met Silvia hors d'elle mais qui cette fois ne la fait même pas ciller.

« Eh bien, c'est vrai que Zuleyia n'est pas très…

— Maman, je t'en prie, je suis trop fatiguée », la coupe Silvia.

Maman se tait et pousse un soupir, mal à l'aise :

« Oui, c'est vrai qu'il est tard. » Elle regarde sa montre. « Oh, presque quatre heures !

— Non, maman. Je veux dire fatiguée en général, fait Silvia. Et surtout fatiguée de… de tout ça », termine-t-elle avec un bref soupir, en balayant la table d'un geste de la main.

Maman déglutit :

« De… tout ça ?

— Oui, maman, reprend Silvia d'une voix triste. De t'entendre déblatérer toutes ces conneries et de devoir passer mon temps à te surveiller, à être toujours derrière toi pour t'empêcher de faire des tiennes, comme si c'était moi la mère et toi la fille. Oui, de ça, de ça, surtout ! De toutes ces années passées à jouer le rôle de mère pour ma mère. C'est épuisant. Tu n'imagines pas à quel point c'est épuisant.

— Bon, bon », intervient oncle Eduardo d'un ton conciliant, la tête un peu inclinée, en posant la main sur l'avant-bras de Silvia qui le retire d'un geste brusque comme si elle venait de recevoir une décharge électrique.

Elle n'en a pas fini :

« Et de tes coups de folie. Du fait que tu n'écoutes jamais rien et de devoir ensuite accourir pour te sauver la mise parce que, évidemment, pauvre Amalia, comme chacun sait, elle est si étourdie, si peu habituée à vivre seule… » Elle s'interrompt et prend une grande inspiration. « Mais tu sais quoi ? Tu n'es pas la seule à être seule, et même si c'était le cas, ça ne te donne pas le droit de faire n'importe quoi sans penser aux autres.

— Mais je… commence maman.

— Exactement. Le voilà le problème, la coupe Silvia, ce "mais je" avec lequel tu t'excuses de tout, avec lequel tout le monde excuse tout, parce que c'est tellement plus facile ! Je fais, je pense, je décide, je joue, et les autres… tant pis pour leur gueule. C'est comme ça que tout le monde fonctionne. Et c'est pour ça que tout marche si bien : pour moi, pour cette famille, pour cette ville et pour ce pays de merde, avec un gouvernement de merde et des patrons de merde qui te foutent à la porte après t'avoir pressée comme un citron comme si tu n'étais sur Terre que pour ça, pour qu'ils te pressent et qu'un jour ils te fassent asseoir devant eux pour te dire qu'ils sont très contents de toi, que tu es une crack, mais qu'il y a deux chefs dans le département et que donc il y en a un de trop, surtout en ces temps de vaches maigres, et que, ils ont choisi, celle qui part, c'est toi parce que… eh bien, parce que tu n'as pas une foutue famille à nourrir et que tu n'es pas de celles qui lèchent les bottes au DG, que tu ne joues pas au golf avec lui et que tu ne lui dégotes pas des places gratis pour qu'il aille voir jouer Nadal avec sa fiancée russe. Tout ce qu'il y a de plus simple. Tout ce qu'il y a de plus… normal. »

Aïe.

Je baisse les yeux. Du coin de l'œil, je vois maman un peu tassée sur elle-même, la main encore en l'air, comme suspendue à quelques centimètres au-dessus de la table, les yeux à demi fermés parce que Olga a déplacé la bouteille et que le reflet de la lampe sur le verre l'éblouit.

« Silvia », dit-elle, d'une toute petite voix. À ma gauche, Silvia inspire à fond. Elle a vraiment l'air épuisé. Elle ne répond pas. Elle est juste là. « Mais, alors… ? »

Silvia tarde à parler. Quand elle reprend la parole, elle a de nouveau son ton sec, même si ce n'est pas la Silvia que nous connaissons.

« Alors rien, dit-elle en se frottant le cou du bout des doigts. C'est tout.

— Ah. »

Quelques secondes passent, personne ne dit rien. Enfin, maman pose sa main sur la table.

« Quelqu'un veut encore du café ? » demande Olga en tendant une main raide vers la cafetière vide.

Silence.

« Bon », dit maman d'une voix neutre. Puis, dans un murmure : « Eh bien, moi… je suis contente. »

Silvia lève les yeux et secoue la tête lentement. Perplexe, elle est perplexe :

« Pardon ?

— J'ai dit que j'étais contente, Silvia.

— Pourquoi ?

— Parce que tu vas arrêter de m'envoyer des cartes postales. »

Elle prend un morceau de mie de pain qu'elle commence à malaxer entre ses doigts lentement, machinalement.

Silvia lâche un soupir excédé :

« Maman, je viens de te dire que je me suis fait virer de mon travail. "C'est tout", ça voulait dire "à la porte" », explicite-t-elle, la voix tremblante de colère.

Maman baisse les yeux :

« Oui, j'avais compris. » Puis, presque entre ses dents : « Je ne suis pas idiote. »

Silvia se tasse sur elle-même, comme sous l'effet d'un coup invisible.

« Ce n'est pas ce que j'ai voulu dire. »

Maman a un sourire si peiné que même Olga lâche un petit toussotement. Silvia et elle échangent un regard avant que maman se remette à parler :

« Tes cartes postales, elles me rendaient triste », reprend-elle, plus bas, comme pour s'excuser.

Silvia plisse le front. Elle ne s'attendait pas à ça. Nous non plus.

« Triste ?

— Oui.

— Pourquoi ?

— Parce que je te sentais si loin…

— Mais je travaillais, maman ! » Puis, baissant un peu le ton : « J'étais en voyage.

— Mais tu es toujours en voyage, ma chérie… même quand tu n'es pas partie. » Maman lâche ça, les yeux sur sa boulette de mie de pain comme si elle l'examinait, sans oser regarder Silvia, qui à en juger par son expression a perçu dans la phrase le même dépit que moi. « Tu es toujours… partie. » Maman est triste et parle comme une mère triste. Quelques secondes passent. Puis, alors que Silvia s'est remise à se masser le cou : « Maintenant que tu vas avoir du temps, peut-être que… » Elle s'arrête et inspire profondément avant d'achever : « … qu'on pourra voyager ensemble un jour. Sans carte postale, ni rien. »

Une seconde de silence. Silvia avale sa salive et grimace quelque chose qui se veut un sourire mais ses lèvres tremblent et ses yeux sont plus brillants que d'habitude.

« Moi, j'aimerais bien », reprend maman, avec ces yeux de gamine apeurée qu'elle a quand elle demande quelque chose et qu'elle a peur de la réponse, des yeux que nous connaissons bien, de sa face B, celle avec laquelle nous avons grandi. Devant le silence de Silvia, elle baisse la tête et ajoute, timide : « Enfin, si ça ne dérange pas trop Peter, évidemment. »

J'aurais voulu éviter de regarder Silvia mais il est trop tard. Dans ses yeux, je lis le doute, la tentation d'aller jusqu'au bout et de vider son sac. Je la vois briller un instant, puis je la vois s'éteindre. Quand elle ouvre de nouveau la bouche, ce qui brillait dans ses yeux est devenu liquide.

« Ça ne gênera pas Peter, maman, dit-elle avec un sourire qui lui vient presque malgré elle. Ne t'inquiète pas pour ça. »

Maman sourit aussi. Heureuse, sobrement heureuse :

« On n'aura qu'à lui envoyer une carte postale. On lui mettra qu'il nous manque. Tu veux ? »

Silvia serre les dents et continue de sourire, pendant que l'eau dans ses yeux reste suspendue à ses cils. Elle bat des paupières plus vite et les deux larmes s'écrasent lourdement sur la nappe. Ma main cherche la sienne sous la table. Quand elle la sent, elle la serre subrepticement.

« Mais oui, maman, fait-elle d'une voix étouffée, mais oui. »

Alors maman brûle sa dernière cartouche de l'année en nous prenant tous par surprise. Après s'être raclé la gorge, elle se lève très lentement et, déposant Shirley au sol, elle se dirige vers la salle de bains. Elle en ressort quelques secondes plus tard le petit tableau de liège avec les cartes postales de Silvia à la main et contourne la table pour se planter près de ma sœur, figée devant son assiette à dessert avec les restes de touron. Alors, comme elle l'avait fait à l'époque avec Emma, elle se penche sur elle, l'entoure de ses bras et colle sa joue contre la joue mouillée de Silvia. Elle la serre contre sa poitrine et la berce doucement.

« Fini les cartes, ma chérie. Fini les cartes », lui murmure-t-elle à l'oreille.

Pendant qu'elles se balancent à côté de moi, la cloche de l'église sonne quatre heures et quart, et, dans le silence qui nous enveloppe au-delà de l'écho des coups égrenés, Max s'étire à mes pieds et Olga se tourne vers Emma :

« On devrait peut-être y aller, non, ma puce ? » dit-elle d'une voix douce que je ne me souviens pas de lui avoir jamais entendue.

En bout de table, oncle Eduardo hoche doucement la tête, le regard un peu voilé, comme s'il donnait son assentiment à quelque chose qu'il serait le seul à entendre, alors que maman et Silvia sont toujours serrées l'une contre l'autre, étrangères à lui et à tout ce qui leur est extérieur. Elles ne se balancent plus. À présent, elles respirent juste à l'unisson, les yeux droit devant elles. Maman sourit et dans ses bras Silvia a enfin l'air détendu ; la peau de son front brille.

« Peter n'est plus là, n'est-ce pas ? » demande maman.

Silvia ne répond pas tout de suite. Elle se balance encore une fois, doucement, blottie dans les bras de maman, puis se tourne vers elle.

« Non », fait-elle dans un souffle.

Maman hoche la tête :

« Bon. »

Elles ne disent rien d'autre. Maman la serre plus fort et elles restent ainsi toutes les deux, respirant ensemble, comme s'il n'y avait rien ni personne d'autre qu'elles dans ce salon et que le temps n'existait pas. Enfin, maman reprend :

« Alors je vais retirer tes cartes, d'accord, ma chérie ? »

Silvia ne réagit pas. Quand maman comprend qu'elle ne dira rien, elle approche sa main de la première carte, mais alors oncle Eduardo tend la sienne et la pose sur le poignet de Silvia :

« Non. »

Maman s'immobilise. Silvia et elle se tournent vers lui, sans comprendre.

« C'est à toi de les enlever », dit oncle Eduardo, les yeux plantés dans ceux de Silvia. Elle hoche légèrement la tête en signe de refus.

« Si », insiste-t-il. Maman retire sa main, toujours collée à Silvia, qui reste pelotonnée dans ses bras. « Et tu sais pourquoi ? » fait-il, sans la quitter des yeux. Silvia fait doucement non de la tête.

« Parce que comme ça, on va pouvoir le faire ensemble, dit-il avec un début de sourire. Comme avant. Comme avant… tout ça. » Il se tait un instant avant de reprendre : « Et parce que pendant qu'on enlèvera ces cartes je vais te raconter des choses. » Silvia ne bouge pas. « Tu veux ? »

Silence.

Oncle Eduardo dirige le poignet de Silvia jusqu'au panneau et, si au début elle résiste, il réussit à conduire sa main jusqu'à la première carte. Il referme ses doigts sur la première épingle. Lentement, très lentement, leurs doigts à eux deux la retirent et enlèvent la carte :

« Je te dirai que j'aime m'asseoir ici, à cette table, et constater qu'il reste encore quelqu'un qui m'attend tous les ans malgré les années. Que ça m'aide à vivre, à continuer, parce que depuis la mort de grand-père et de grand-mère, je n'ai jamais pu me faire à cet état d'orphelin et je crains que ce soit un peu tard pour apprendre. »

La main de Silvia, guidée par celle d'oncle Eduardo, dépose la carte sur la nappe près de maman. Puis elles reviennent lentement au panneau d'un geste mécanique, comme les bras de deux automates.

« Je te dirai que j'aime vous voir rire, vous faire rire, dit-il en nous balayant tous des yeux. Mais que si j'avais eu une fille, ce serait toi. Pas une fille comme toi, mais toi. Aussi obstinée, entière, têtue comme une mule… si butée dans tes erreurs, si semblable à moi par bien des aspects, et si toi par d'autres… Et que j'aurais aimé être plus à la hauteur pour toi, plus grand, plus fort, plus présent. Ne pas te laisser si seule avec tant à porter. Et que je suis vraiment désolé de ne pas avoir été là. »

Leurs mains récupèrent la deuxième carte et la déposent sur la première sans que Silvia n'oppose plus aucune résistance. Alors oncle Eduardo retire sa main et celle de Silvia se déplace maintenant seule sur le panneau, très lentement, pendant qu'il continue à parler sans la quitter des yeux.

« Je te dirai que Sindy n'existe pas. » La main s'arrête un instant en suspens, puis reprend son mouvement. « Non, elle n'existe pas. Je me la suis inventée cet après-midi dans l'avion pour arriver ici avec quelque chose à raconter et pour cacher ce qui n'est plus et ne sera plus, je pense, à ce stade. » Il s'arrête un moment et soupire. « Et peut-être que j'aurais bien aimé qu'elle existe, même si j'aime aussi qu'elle n'existe pas, parce que ça me permet de continuer à inventer sans prendre le risque de souffrir plus que nécessaire. »

Silvia est concentrée sur le liège. Elle ôte les cartes postales lentement, régulièrement, comme une petite fille qui range des images dans son album, pendant qu'oncle Eduardo, de son bout de table, continue à parler :

« Je te dirai que tu en veux à la vie et que tu as de bonnes raisons pour ça. À ta place, je lui en voudrais sûrement aussi, mais tu te trompes si tu crois que ne rien faire, c'est vivre mieux. Non, ne rien faire, c'est vivre moins, et ça, toi, tu devrais le savoir. »

Silvia arrête de manipuler les cartes un instant. Elle inspire et expire une fois, à fond, avant de reprendre.

« Je te dirai que je suis seul et que je me sens seul. Et aussi que depuis que ton père n'est plus là et que nous passons ensemble le nouvel an, je viens chaque année avec le désir secret que vous me demandiez de rester, parce que je n'ose pas vous demander si je vous manque. Par peur de la réponse. » Il baisse les yeux et se force à sourire. « Je suis un vieil idiot, je sais bien. »

Silvia continue à retirer les dernières cartes et ses larmes tombent sur les bras de maman qui a le visage plongé dans ses cheveux. Pendant ce temps, oncle Eduardo continue à parler de lui, à raconter ce qu'il n'a jamais dit mais qu'il a envie de dire, jusqu'à ce que Silvia retire la dernière épingle et la dernière carte. Alors, immobile devant le panneau nu, elle murmure :

« Il est vide. »

Et oncle Eduardo sourit, cette fois.

« C'est bien, ma jolie. » Silvia acquiesce de la tête. « Et maintenant, il va falloir penser à le remplir de nouveau. » Silence. « Avec d'autres cartes postales, je veux dire. » Silence. « Peut-être que la première pourrait être… de Lisbonne ? » Silvia lève les yeux vers lui, mais de là où je suis je ne vois pas son expression. Celle d'oncle Eduardo est presque infantile. « Ça te plairait ? »

Ils se regardent mais aucun des deux ne dit rien. La tête penchée de côté, il lisse sa serviette du plat de la main.

« C'était juste une idée, fait-il, un peu rougissant. Tu n'es pas obligée… »

Silvia sourit. De ma place, je ne vois qu'une moitié de son sourire : on dirait un de ceux de maman, mais mouillé de morve et de larmes. Elle tend la main vers oncle Eduardo et la referme sur son bras :

« Oui, répond-elle, j'aimerais beaucoup. »

Il baisse les yeux.

« Bon, alors je crois qu'il va falloir que je pense à faire un peu de ménage chez moi avant ton arrivée », dit-il sans lever la tête, comme un petit garçon fautif.

Elle sourit.

Il ajoute :

« Oui, ça vaudra mieux. »

Et ils restent ainsi tous les deux, silencieux, avec maman enlaçant toujours Silvia par-derrière tandis qu'en face, à côté de la Chaise des Absences, Emma caresse distraitement le bras d'Olga de la main et qu'une sirène se perd au loin. À mes pieds, Max pousse dans son sommeil un gros soupir qui se répand en vaguelettes dans le séjour.

« Je pense qu'on devrait y aller, annonce Olga après un coup d'œil à sa montre puis à Emma. Il est vraiment tard, et on a de la route à faire. On ne sait jamais la circulation qu'on va avoir », se justifie-t-elle auprès de maman.

Maman hoche la tête, se décolle de Silvia et se redresse avec difficulté. Elle pose les mains sur les épaules de sa fille et se tourne vers la fenêtre. Dehors, il fait toujours nuit mais le ciel n'est plus aussi noir. Il y a une lueur ; quelque part au fond de la nuit une lueur semble monter de la mer, même si elle n'éclaire encore rien.

« On dirait que nous allons voir le jour se lever aujourd'hui », dit-elle sans quitter la fenêtre des yeux. Puis, comme si elle s'adressait à quelqu'un de l'autre côté, quelqu'un qu'elle serait la seule à voir, elle répète en hochant la tête, une ombre de sourire au coin des lèvres : « Oui, aujourd'hui nous allons voir le jour se lever. »

Livre 4

Les aubes violettes

« Tout dans notre vie a un sens ;
toutes les fins sont aussi des commencements.
Mais sur le moment nous ne le savons pas. »

Mitch Albom

25

Il est un peu plus de six heures. Oncle Eduardo et Silvia ont été les derniers à partir, à peine dix minutes après Olga et Emma, car le taxi qu'ils ont appelé a mis du temps à arriver. Maman et moi avons fini de débarrasser la table et de mettre les assiettes au lave-vaisselle, puis, alors que je croyais que nous irions nous coucher, elle s'est penchée, a ouvert le placard sous l'évier et a fouillé dedans en grommelant entre ses dents pour finir par sortir une boîte de biscuits.

« Un dernier ? » a-t-elle fait en brandissant la boîte en métal avec une moue friponne.

Ce sont des biscuits au chocolat belge qu'elle achète de temps en temps au rayon gourmet du Corte Inglés et qu'elle cache comme un trésor au milieu des produits ménagers pour que personne ne mette la main dessus.

« Maman, si tu continues, tu vas exploser, l'ai-je grondé. Depuis minuit tu n'as pas arrêté avec le chocolat.

— Pas du tout ! s'est-elle défendue, pendant qu'elle bataillait avec la boîte pour l'ouvrir. Et puis, une fois n'est pas coutume ! »

Nous nous sommes assis à table, la boîte ouverte entre nous. Elle s'est servi un verre de Coca Light et moi un verre de lait.

« Ah, a-t-elle soupiré après avoir avalé une gorgée. Eh bien, c'est formidable, non ? »

Nous nous sommes regardés. J'allais lui demander sur quoi portait cette fois son « C'est formidable » mais ça a été inutile.

« Que tout se soit passé si… enfin, comme ça », a-t-elle précisé, en battant l'air de ses mains.

J'ai ri. Malgré l'heure, la fatigue et maman, j'ai ri. Pas elle.

« Quelle belle façon de commencer l'année, tu ne trouves pas ? » a-t-elle déclaré en se fourrant un biscuit dans la bouche. Puis elle a attrapé ses aiguilles et s'est remise à tricoter, le nez à quelques centimètres de son ouvrage. « Les petites qui sont enceintes, votre oncle qui épouse Tonino ou quel que soit le nom de ce chevelu, parce que, entre nous, je n'ai pas voulu insister, mais cette histoire qu'il faudrait dire "elle" en parlant de Tonino, moi je ne l'ai pas gobée… » Elle a poussé un soupir, en jetant un coup d'œil pardessus ses aiguilles. Puis elle a souri, découvrant des dents noires de chocolat. « Et pour Silvia… ah, je suis rassurée, Fer. Qu'elle n'ait plus à endurer tous ces voyages et tout ce travail et surtout… Peter », ajoute-t-elle en baissant la voix. Puis soudain, comme si elle venait d'avoir une idée lumineuse, elle écarquille les yeux et bat des cils, le cou tendu : « Dis donc, et si c'était vrai, ce dicton, "Jamais deux sans trois", et que son obsession de la serpillière lui passait aussi, tout d'un coup, et qu'elle se trouvait un fiancé un peu plus normal, comme celui qu'elle avait avant, hein ? Tu te souviens de Sergio ? Ah, lui, il était bien gentil. Même ton père l'aimait bien, c'est dire ! En même temps, maintenant que j'y pense, si ton père l'aimait bien, c'est peut-être qu'il n'était pas si sensationnel, non ? »

J'ai pris un biscuit dans la boîte. Maman n'avait pas sommeil, et quand maman n'a pas sommeil, il lui faut de la compagnie. Alors elle parle, elle parle ; elle essaye de vous retenir avec son babillage comme si elle avait un hochet à la main et que c'était vous qui n'arriviez pas à dormir. De nouveau, elle tenait son tricot à quelques centimètres de son visage et j'ai eu un pincement au cœur à la voir s'abîmer les yeux ainsi.

« Tu devrais peut-être arrêter avec cette couverture, maman, lui ai-je suggéré en stoppant ses aiguilles. Laisse, va. Si vraiment tu y tiens, on peut en acheter une. »

Elle m'a regardé par-dessus son tricot, les yeux plissés, une moue contrariée sur le visage.

« Pas question, a-t-elle répliqué fermement. J'ai bien l'intention de la finir. Même si j'y passe une année entière…

— Je ne comprends pas pourquoi tu t'escrimes à me la tricoter, ai-je repris, sans lâcher les aiguilles. Moi, je n'ai pas besoin de couverture et toi tu vas finir de t'esquinter les yeux, tu ne vois pas ? »

Elle a pincé les lèvres.

« Et toi, tu vois une meilleure façon de finir de m'esquinter les yeux qu'avec un cadeau pour toi ? » m'a-t-elle lancé sur un ton où perçaient la vexation et aussi une pointe de tristesse. Je n'ai pas su quoi répondre. Elle a repris ses aiguilles et a continué à tricoter quelques secondes en silence, puis elle a conclu : « Quand je ne serai plus là, tu auras cette couverture. Tu pourras te couvrir avec en hiver pendant ta sieste et moi, je serai heureuse parce que ce sera comme si je te faisais tous ces câlins dont tu as besoin et que tu ne me laisses jamais te faire. »

Je n'ai rien dit. Même si souvent on dirait qu'elle ne comprend rien, maman sait mettre dans le mille. Elle venait de me transmettre un bulletin d'alerte de météo marine que j'ai préféré ne pas relever. Nous sommes restés silencieux un instant, et quand elle s'est remise à tricoter, je me suis levé :

« Bon, je vais me coucher, je crois. Je suis crevé. »

Elle m'a regardé, incrédule :

« Te coucher ?

— Oui.

— Mais, Fer… Et les chiens ? »

J'ai regardé Max et Shirley. Ils ronflaient sur le canapé, Shirley, le ventre et les quatre pattes en l'air, Max, la tête pendant au bord du coussin, presque à toucher le sol.

« Quoi, les chiens ?

— Il va bien falloir les sortir.

— Il est presque six heures, maman !

— Justement. Ça fait plus de dix heures qu'ils ne sont pas sortis, et si nous allons nous coucher maintenant, il va falloir se relever dans très peu de temps pour les sortir. »

Elle avait raison. Malgré l'heure tardive, la fatigue et mon manque d'entrain, il fallait bien reconnaître que maman avait raison.

« OK, alors on y va maintenant, et on fait juste le tour de la place, pas plus. »

Elle s'est levée, a mis le dernier biscuit au chocolat dans sa bouche et a refermé la boîte.

Deux minutes plus tard, nous passions la porte en verre de l'immeuble. Au-dessus de nous, la nuit commençait à s'estomper et un voile blanchâtre recouvrait le ciel. Shirley et Max marchaient un peu étourdis à nos pieds et maman a agrippé mon bras.

C'était il y a à peine quelques minutes. Nous avons traversé lentement l'esplanade et nous sommes maintenant à l'autre bout, près du kiosque et de l'arrêt de bus. Nous marchons en silence. Une brise mêlée de souffles tièdes et humides traverse l'air nocturne, spécialement à cet endroit, moins protégé par les bâtiments. Ce n'est plus tout à fait la nuit mais le jour n'a pas encore commencé à se lever.

« Je me demande pourquoi nous avons autant de mal à nous parler dans cette famille, lâche soudain maman, qui semblait depuis un moment chercher ses mots. Avec tout ce qui nous arrive, c'est fou, non ? »

Je ne dis rien. Mais elle insiste :

« Surtout quand on sait comme c'est sain de se parler. Tu as vu comme ils étaient plus détendus, en repartant ? »

Nous continuons à marcher en silence.

« Il n'y a rien de mieux que sortir ce qu'on a au fond de soi. D'autant plus que souvent, on croit que c'est terrible, ou quoi, et en fait, pouf ! » Elle agite sa main libre dans l'air : « Au fond, rien n'est jamais aussi grave que ce qu'on imagine. »

Je m'arrête pour la regarder :

« Maman… est-ce que tu as quelque chose… à me dire ? »

Elle tourne la tête et me dévisage, comme surprise par ma question.

« Moi ? fait-elle, en se désignant de l'index.

— Oui, toi. »

Je ne sais pas pourquoi je lui demande ça : je connais parfaitement la réponse, parce que je connais maman sur le bout des doigts, mais je ne suis pas sûr d'avoir envie de l'entendre. Nous nous remettons à marcher. Quelques mètres plus loin, alors que nous arrivons à un coin de parterres plantés d'herbe, elle reprend :

« Peut-être que c'est toi qui as quelque chose à me dire. » Je me tourne vers elle : elle est en train de me dévisager, tête penchée, avec une expression de mère inquiète qui me met mal à l'aise. « Non ? » insiste-t-elle, l'air faussement innocent, en s'asseyant sur le banc le plus proche et en tirant sur mon bras, ce qui m'oblige à m'asseoir moi aussi.

Pendant que Max et Shirley cavalent librement sur l'herbe rase, maman et moi restons assis l'un contre l'autre sans rien dire sur le métal froid du banc. Sur l'esplanade, le silence est total ; le ciel s'est mis à pâlir au-dessus de la mer, teintant l'obscurité de bandes moins sombres, presque des ombres. Tandis que les minutes passent et que cette nouvelle année marche vers ses premières lueurs, je comprends que maman veut savoir, qu'elle attend depuis longtemps et que, d'une certaine façon, après ces deux mois passés ensemble, cette nuit, et tout ce que nous avons traversé ces dernières années, je le lui dois. Je lui dois cette confiance et aussi cette complicité.

Et même si c'est difficile, même s'il est difficile de raconter, je sais que je suis entre de bonnes mains, en bonne compagnie. Nous restons silencieux encore un peu, à regarder déambuler Max et Shirley sur l'herbe, partageant l'attente, jusqu'à ce que je me décide à parler :

« J'ai rencontré papa. » Maman regarde toujours droit devant elle, sans ciller. « Je l'ai rencontré le jour où je suis venu m'installer chez toi. Au café en bas de chez moi. »

Maman expulse très lentement l'air par la bouche avant de parler.

« Ah », fait-elle. C'est un petit « Ah », comme pour une égratignure ou un léger coup. Puis nous retombons dans le silence, jusqu'à ce qu'elle se décide, d'une voix où se mêlent inquiétude et curiosité. C'est l'Amalia des deux faces qui pose la question : la B (la plus adulte) redoute ma réponse ; la A (la gamine qui conspire encore en cachette et fait des bêtises avec son amie Ingrid) meurt d'envie de savoir. La question est simple et c'est bien celle que j'attends : « Qu'est-ce qu'il s'est passé ? »

26

Tout.

Je lui raconte tout pendant que dans le ciel la nuit se retire lentement comme un voile translucide et que les chiens se couchent dans l'herbe, attentifs aux premiers sons du matin. Je lui raconte ma nuit blanche après le week-end chez Emma et Olga, le changement de message de l'enseigne lumineuse qui toutes ces années m'avait servi de bible de néon dans mon studio, mon entrée dans ce café, les yeux de papa dans le miroir, le serveur, mes souvenirs de grand-mère, son carnet violet, les questions, les pourquoi. Tout, tous les détails de ce matin-là. Et pendant que je parle, maman, les yeux toujours dans le lointain, m'écoute attentivement, jusqu'à ce j'en arrive au moment où je me suis levé de mon tabouret et où je me suis tourné vers la baie vitrée, ma feuille de papier quadrillé à la main. Alors je m'interromps.

Au bout d'un instant, maman tourne la tête vers moi, les yeux plissés à cause de la lumière du réverbère qui l'éblouit :

« Et ensuite ? »

Quelques secondes passent. Une voiture freine quand le feu passe à l'orange. J'attends qu'elle s'éloigne pour répondre :

« Rien. Ensuite, rien. »

Elle me regarde toujours, sans mot dire. Je ne sais pas ce qu'elle a pu déceler dans ma voix, mais elle pose la main sur mon bras et elle reste ainsi, immobile, à attendre. Puis elle me presse le bras de ses doigts et appuie la tête contre mon coude, comme pour m'encourager à poursuivre.

Et c'est ce que je fais, je continue à me souvenir pour elle et à lui raconter, en cette aube ouvrant sur une nouvelle année, qu'il n'y avait personne à la table de papa. Voilà ce qui est arrivé : papa n'y était pas. Il y avait le journal, un reste de sandwich et la tasse vide, mais lui n'était plus là. Je suis resté planté là, ma feuille à la main, dos au bar, sans quitter sa table des yeux, quand de l'autre côté de la vitre, sur le trottoir, quelqu'un a levé brusquement la main et quelques secondes plus tard un taxi a freiné. Papa ne s'est pas retourné. Il a ouvert, est rapidement monté et a claqué la portière derrière lui. Le taxi a démarré.

Et c'est tout.

Ce qu'il s'est passé ensuite relève, dans mon dossier de souvenirs récents, des « choses qui sont arrivées après ». La portière claquée par papa a marqué un avant et un après que ma mémoire a conservés comme suit : quand je suis sorti du café, je ne suis pas rentré directement à la maison. J'ai fait un petit tour sur la plage, pour essayer de retrouver mes esprits, en vain. J'avais un vide si grand au creux de l'estomac que j'en aurais vomi si j'avais pu. Et de la tristesse. Il y avait aussi de la tristesse. Et beaucoup d'autres sentiments confus qui à ce moment faisaient mal et ne semblaient conçus que pour ça, pour faire mal. J'ai pensé à grand-mère, à Andrés et à maman, et je me suis senti coupable d'être aussi idiot, d'avoir une fois de plus commis l'erreur d'attendre quelque chose de la mauvaise personne. Une fois de plus, oui. Soudain, la honte m'a pris comme une gifle quand je me suis revu, ridicule, dans ce café, à écrire ma liste de pourquoi comme quand j'étais petit et que deux semaines avant Noël, Emma, Silvia et moi nous nous asseyions dans le salon pour écrire notre lettre au père Noël, bien après que papa se fut chargé de nous dire que c'était lui qui achetait les cadeaux, et maman qui les distribuait. Oui, en me revoyant avec ma feuille de pourquoi à la main je me suis senti le dernier des idiots de croire que les gens peuvent changer. Comme maman, comme grand-mère. Comme Emma. Comme nous tous qui ne sommes pas papa.

Après ce tour sur la plage, je suis monté chez moi et je me suis préparé un thé. Max est venu me dire bonjour puis il est sorti sur la terrasse et s'est étendu à l'ombre. Ma tasse à la main, je l'ai rejoint et je me suis assis par terre à côté de lui. Sur un balcon pas loin quelqu'un donnait des coups de marteau sur quelque chose de métallique ; une humidité désagréable commençait à tomber.

Max a posé sa grosse tête sur mes jambes et m'a montré ses dents, sa façon à lui de sourire, et soudain, en le voyant ainsi, aussi fidèle et aussi confiant, aussi dépendant de moi, je me suis vu tout petit, petit comme quand tout vous paraît au-dessus de vos forces, que vous vous rendez compte que vous êtes trop seul et qu'apprendre à se protéger n'est pas toujours apprendre à vivre mieux. Et j'ai senti un vertige terrible quand j'ai repensé à papa, à sa table vide et à sa silhouette grimpant en vitesse dans ce taxi, me fuyant comme si j'étais un ennemi et non son fils.

À ce moment la question d'Emma m'est revenue et sa voix calme a résonné dans ma tête : « Combien de temps encore tu penses rester dans ton phare ? » Puis, dans la foulée de sa question est arrivée aussi sa réponse, notre phrase à tous les deux.

« On ne peut pas trouver la paix en évitant la vie, Leonard », ai-je dit à haute voix, en regardant Max, qui m'a répondu avec un soupir d'aise et s'est étiré, pattes en avant. Alors j'ai soupiré moi aussi et je me suis entendu prononcer : « Mais moi je ne sais pas par où commencer pour arrêter d'éviter, Max. La seule chose que je sais, c'est que j'ai besoin que quelqu'un m'aide, que quelqu'un m'apprenne, parce que sinon… »

Je n'ai pas terminé ma phrase. Soudain, un nouveau déferlement de coups de marteau a retenti suivi d'un vacarme métallique qui a fait sursauter Max. J'ai posé ma tasse par terre et je me suis levé pour aller voir.

De l'autre côté de la rue, trois ouvriers travaillaient sur l'enseigne lumineuse de l'immeuble d'en face. Ils devaient être dessus depuis le début de la journée parce qu'ils avaient déjà eu le temps de démonter plusieurs lettres, et ce qui restait debout n'était plus qu'une sorte de bouche édentée, avec plus de trous que de pièces. Les trois ouvriers s'étaient assis pour fumer et riaient. Quand j'ai lu les dernières lettres qu'il leur fallait encore démonter, j'ai ressenti un pincement au creux de l'estomac. Il n'y en avait plus que quatre :

MA MA

Voilà ce qu'il restait sur le toit : deux lettres doublées comme ânonnées par un enfant qui commence tout juste à parler, et ça – ce « ma-ma » –, c'est ce que j'ai commencé à me répéter tout bas sur la terrasse, ce que j'ai continué à me murmurer pendant que j'entrais dans mon studio, que je fourrais mon portable et deux, trois affaires dans mon sac de voyage et que je dévalais l'escalier avec Max.

Il nous a fallu presque deux heures et demie pour arriver chez maman.

*

« Le reste, tu le sais. »

Maman ne me regarde pas. Elle a toujours la tête collée à mon coude, si légère, presque aérienne, pendant qu'à l'est une myriade de franges rosées avance dans le ciel.

« Oh, Fer », dit-elle. Puis après avoir pris une grande inspiration, elle répète, presque dans un murmure : « Oh, Fer. »

Ma gorge se serre. Au-dessus de nous, un avion zèbre le ciel dans un rugissement sonore et je pense à grand-mère, à son carnet aux pages de couleur et à son sourire franc, et elle me manque tant que je dois déglutir deux ou trois fois pour faire passer la boule que j'ai dans la gorge.

« Tu sais ce que dirait grand-mère ? » dit maman comme si elle avait lu dans mes pensées, après s'être écartée et un peu redressée.

Je fais non de la tête.

Elle ne reprend pas tout de suite. Mais quand elle le fait, c'est d'une voix claire :

« Elle dirait que ton père t'a rendu service. Pour une fois. » Je ne sais pas pourquoi, mais je n'aime pas cette remarque. Et je ne sais pas pourquoi, mais je m'attendais à quelque chose de ce genre. Et ça me fait mal, physiquement mal, même si en y pensant, je comprends qu'elle a certainement raison. « Qu'il t'a rendu service en disparaissant comme ça, et que maintenant tu n'as plus aucune excuse. »

Je me tourne vers elle.

« Aucune excuse ? Pour quoi ? »

Elle baisse les yeux et se frotte les mains l'une contre l'autre. La nuit est de plus en plus ténue et les formes ne se devinent plus seulement : maintenant, elles commencent à se voir.

« Pour continuer à éviter la vie, mon chéri. Quoi d'autre ?

— Je n'évite pas la vie, maman. »

J'ai bondi.

« Si, tu l'évites, Fer, insiste-t-elle dans un demi-sourire que je lui connais bien. Tu l'évites parce que tu as tellement peur que la vie te refasse souffrir que tu préfères ne pas la vivre. » Puis, avant que j'aie eu le temps de répliquer : « Et je sais parfaitement de quoi je parle, mon chéri. Crois-moi. »

Je ne dis rien.

« Mais tu sais quoi ? reprend-elle, en posant la main sur ma cuisse dans un geste apaisant.

— Non.

— Tu as été très courageux. » Elle hoche la tête, l'air convaincu. « Et au fond, le fait que ton père soit parti, c'est encore ce qui compte le moins.

— Ah, oui ?

— Oui, dit-elle, en hochant toujours la tête, plus lentement. L'important, c'est que tu aies osé demander. Que tu aies voulu savoir. Ce n'est pas donné à tout le monde. »

Nous restons silencieux un court instant. Un sifflement étouffé se perd dans l'une des rues adjacentes : le camion-poubelle. La ville ne dort jamais.

« Je ne l'ai pas fait, dit-elle, tête basse. J'ai passé presque cinquante années de ma vie à avoir peur de demander. »

Je me tourne vers elle pour la prendre dans mes bras, mais au moment où je bouge, elle s'éloigne un peu ; elle cherche Shirley les yeux plissés et finit par l'apercevoir près d'une haie. Alors elle dit :

« Je ne veux pas te voir comme ça, Fer. »

Aïe.

Je suis là, sur le banc, en alerte, le dos soudain tendu et contracté. « *Et moi, je ne veux pas en entendre plus*, ai-je envie de lui dire. *Je veux me lever, rentrer avec toi à la maison et qu'on s'endorme devant la chaîne d'infos. Je veux que rien ne change. Je veux du temps. Plus de temps.* »

« Je ne veux pas te voir comme ça, a dit maman.

— Comment, comme ça ? »

Elle a un haussement d'épaules avant de répondre :

« Comme ça… Sans vie à toi. Réfugié chez moi à attendre je ne sais quoi pour que les choses changent », débite-t-elle d'une traite. Puis elle secoue la tête avec de l'inquiétude, presque de la colère sur le visage. « Le problème, c'est que si les choses changent et que tu n'y prêtes pas attention, si tu ne tends pas la main pour les toucher, jamais tu ne te rendras compte qu'elles ne sont plus ce qu'elles étaient. Et il n'arrivera rien, Fer. Il n'arrivera jamais rien. »

J'ai un goût amer dans la bouche. Je n'aime pas ça. Je n'aime pas écouter ça. Encore moins de la bouche de maman. Alors que je vais me lever pour mettre un point final à cette conversation, elle revient à la charge :

« Tous les hommes dans le monde ne sont pas ton père, Fer. Et toutes les femmes ne sont pas moi non plus. Personne n'a de double. On peut trouver des gens qui se ressemblent, peut-être, mais jamais de doubles exacts. Et c'est ça, la vie, Fer : trouver les ressemblances en évitant les répétitions. Le reste arrive ou pas, surgit ou pas, est douloureux ou pas. »

Elle me serre la cuisse et en sentant ses doigts maigres sur mon muscle, je me sens soudain tout petit. Tant et si bien que le nœud que j'ai dans la gorge commence à se défaire ; il commence à se changer en eau et aussi en sel.

« Tu dois sortir et te donner une chance, reprend-elle, parce que si tu continues comme ça, enfermé dans cette peur, tu vas arriver à mon âge et un jour tu ne te souviendras plus que de tout ce que tu n'auras jamais été. Et ça, c'est tellement triste, mon fils… »

Je me tourne vers elle et d'une voix sèche, une voix que je ne reconnais pas parmi les dizaines que j'ai en catalogue, je lui lance :

« Je me demande comment tu as pu pardonner à papa. »

Elle reçoit ma phrase avec un petit recul du corps comme pour amortir le coup. Puis elle regarde le ciel et sourit :

« J'ai pardonné à mon mari, dit-elle en retirant sa main de ma cuisse et en caressant du bout de l'index sa tempe où, même si je ne la vois pas, je sais qu'il lui reste une cicatrice du jour où elle est passée à travers la baie vitrée du salon et où il a fallu lui faire des points de suture. Pas à votre père. »

Nous restons à regarder devant nous les chiens errer sur l'herbe, flairer et profiter de la liberté de ce petit matin sans congénères canins. Deux silhouettes traversent la place et se perdent à l'autre bout.

« Je ne sais pas par où commencer. »

Elle se tourne vers moi, m'attrape le bras et appuie sa joue dessus.

« Tu as déjà commencé, mon chéri.

— Ah bon ?

— Oui, fait-elle, en hochant la tête de haut en bas. Tu as commencé quand tu as décidé de poser tes questions et de descendre de ton phare. Maintenant il te faut oser voler seul, loin ou près, peu importe, mais seul. Et recommencer à trébucher, à prendre des risques là-dehors, et à faire confiance, Fer. Tu es trop jeune pour jeter l'éponge. Ce serait être diminué, rater trop de choses. Et moi, je ne veux pas aider mon fils à ça. Ne me le demande pas, Fer. »

Tout à coup, j'ai la sensation qu'elle me repousse, ou plutôt qu'elle me pousse, très doucement, certes, mais qu'elle me pousse. Loin d'elle. Dehors. *Elle ne veut plus de moi*, me dis-je, et même si j'écarte tout de suite cette idée, la phrase continue à clignoter dans ma tête encore quelques secondes, douloureusement.

« Tu ne peux pas habiter chez moi éternellement, Fer, explique-t-elle, me devinant de nouveau. Et je t'en prie, ne le prends pas mal, ajoute-t-elle, une main levée pour m'empêcher de parler. Je dis ça pour toi. » Je reste muet. Je le sais bien, qu'elle dit ça pour moi, mais j'ai mal quand même. Si mal que je baisse la tête parce que je ne veux pas qu'elle me voie pleurer. « Mais surtout, je dis ça pour moi », poursuit-elle, en se recroquevillant un peu sur le banc froid tandis qu'au-dessus de nous la voûte céleste se déploie en une immense rosace de bleus, de mauves, de touches de rouge éparses. Je sens maman toute ratatinée sur elle-même. Même sa voix est ratatinée. « Parce que si tu restes chez moi, si tu restes longtemps, plus tu tarderas à partir, plus je souffrirai quand tu partiras. Je souffrirai tant que je ne peux même pas l'imaginer maintenant. Alors fais-le, et fais-le vite, parce que tu vas tellement me manquer que je vais en être folle de tristesse et rien que l'idée me panique », achève-t-elle. Sa main sur ma tête caresse mes cheveux tout doucement pendant que je sens dans ma gorge plus d'eau que d'air et que je vois les gouttes s'écraser sur les carreaux entre mes deux genoux.

Les minutes passent ainsi, avec elle qui me cajole et moi qui sens combien elle me manque déjà, moi qui voudrais lui dire tant de choses que je ne lui ai jamais dites que j'en perds la voix. Je voudrais savoir lui dire merci mais je sais que jamais je ne trouverai l'intonation ni la voix adéquate pour exprimer jusqu'à quel point ma vie est spéciale parce que sa façon de me regarder la rend ainsi. Je voudrais lui dire que si je ne le fais pas, c'est parce que ma voix n'a pas cette dimension et que je ne sais pas où l'apprendre. Et aussi : quelle chance de nous être rencontrés. Quelle grande chance que la nôtre.

« Qu'est-ce qu'elle disait, grand-mère, à propos des aubes violettes ? » Elle a posé la question d'une voix tremblotante en me caressant toujours les cheveux.

Je renifle deux ou trois fois et je m'essuie les yeux d'un revers de main :

« "Nuits de lune grise et de brises contraires, aubes violettes." »

Elle hoche la tête :

« Oui, mais elle disait autre chose aussi. Tu ne te souviens pas ? »

Quand je me tourne vers elle, elle sourit ; les yeux sur le ciel, elle aussi a des éclats de lumière mouillée sur les joues. Au-dessus de nous, un océan de franges violacées, mauves et indigo se mêle à ce qui subsiste de la nuit.

« Oui, elle disait : "Il n'est pas d'aubes violettes sans yeux pour les refléter, ni de longs chemins sans pieds pour les parcourir." »

Le sourire de maman s'élargit.

« Eh oui, voilà, fait-elle sans cesser de me caresser la tête, une main sur mon épaule. Tu as encore beaucoup de chemin à parcourir, Fer… Et moi, je voudrais le voir », ajoute-t-elle d'une voix fatiguée. Puis, prenant appui de son autre main sur le banc pour se lever avec un faible gémissement, la main en visière sur les yeux :

« On y va ? »

Nous traversons lentement la place, enlacés. Max et Shirley gambadent autour de nous, tranquilles et confiants, pendant que les premières voitures roulent dans les rues proches, ronronnant dans le petit matin.

Près de la fontaine sans eau, maman s'arrête soudain et s'exclame, avec l'air enjoué d'une gamine ravie de son idée :

« Et si on se faisait un chocolat chaud avec des croissants ? Tu veux bien ? »

Quand je la regarde, son sourire est aussi léger que sa main menue agrippée à ma taille, et le ciel se réfléchit dans ses yeux, les teignant de violet et y gravant deux petites aubes toutes neuves. Sur les pupilles de maman, c'est mon image que je vois, entourée de nuages et du ciel changeant auquel elle ne prête pas attention et qui passe au-dessus de nous comme au-dessus de la ville qui commence à s'éveiller à cette journée nouvelle. Aujourd'hui, maintenant, la ville qui s'éveille à l'aube violette, c'est elle et moi sur cette place. Seuls, ensemble, et avec toutes nos absences. Aujourd'hui, c'est notre aube violette, à maman et moi.

« Bien sûr, maman, lui dis-je en approchant le nez de ses cheveux et en lui embrassant le sommet du crâne. Bien sûr que je veux bien. »

Alors elle appuie la tête contre moi et nous restons ainsi quelques secondes, à regarder la lumière qui avance de la mer jusqu'à nous comme si quelqu'un levait doucement le voile qui nous sépare du jour, entre bleus, oranges et indigo. Puis nous nous remettons à marcher ensemble, lentement, chacun à son rythme, entourés des chiens.

Dans les premiers balbutiements de cette nouvelle année.

Vers la maison.

Remerciements

Je voudrais remercier Sandra Bruna, pour tout ce que nous avons vécu ensemble ; Quique Comyn, pour tant de choses ; Ofelia Grande, parce que je reviens toujours et que ça me fait du bien ; Pilar Argudo, pour sa joie et son éternelle énergie ; tous les « Graniteros » et toutes les « Graniteras » (www.graniteandrainbow.com), qui tendent toujours au meilleur ; et surtout tout mon groupe Facebook : vous êtes si nombreux et tous si importants, vous m'avez tant aidé dans l'écriture de ce roman qu'il vous appartient pour une grande part. Je m'en voudrais de n'en citer que quelques-uns et de laisser les autres dans l'ombre.

Et surtout merci aux femmes de ma famille, parce que pour ce qui est de réapprendre à vivre, elles ont été les premières.

Twitter : @Palomas_Alejand
Facebook : Facebook.com/Avenidadeladesazon11

Composition et mise en pages
Nord Compo à Villeneuve-d'Ascq

Imprimé en Allemagne
par GGP Media GmbH
à Pößneck
en avril 2018

S27762/01